초크체리 중학교의
# 위험한 낙서

LINKED by Gordon Korman

# 초크체리 중학교의 위험한 낙서

**1판 1쇄 펴낸날** 2023년 4월 20일

**지은이** 고든 코먼 **옮긴이** 김영란 **펴낸이** 김민지 **펴낸곳** 미래M&B
**등록** 1993년 1월 8일(제10-772호) **주소** 서울시 마포구 동교로 134(서교동 464-41) 미진빌딩 2층
**전화** 02-562-1800(대표) **팩스** 02-562-1885(대표)
**전자우편** mirae@miraemnb.com **홈페이지** www.miraeinbooks.com
**블로그** blog.naver.com/miraeibooks **인스타그램** @mirae_inbooks

ISBN 978-89-8394-948-6 03840

＊잘못 만들어진 책은 구입처에서 바꾸어 드립니다.
＊미래인은 미래M&B가 만든 단행본 브랜드입니다.

# 초크체리 중학교의
# 위험한 낙서

CHOKECHERRY MIDDLE SCHOOL

고든 코먼 지음 · 김영란 옮김

미래인

# 차 례

# 1장
★★★★
# 마이클 아모로사

엄마는 내 몸에서 머리가 분리되었다면 틀림없이 머리도 잃어버리고 다녔을 거라고 핀잔을 줬다.

내 휴대폰이라도 어딘가에 잘 좀 붙어 있을 것이지. 또 학교에 두고 왔다는 사실은 내 휴대폰에서 집으로 전화가 잘못 걸려와서 알게 되었다. 이유는 모르겠는데 변기에 떨어뜨린 이후로 상태가 영 좋지 않다.

수화기 너머로 모터 소리가 희미하게 들렸다. 아마도 휴대폰은 사물함 안에 있고, 경비인 케네디 아저씨가 대형 바닥 광택기를 돌리고 있는 모양이다. 갑자기 조용해졌다. 케네디 아저씨가 기계를 멈췄거나 내 휴대폰이 꺼졌거나 둘 중 하나일 것이다. 구닥다리 기종이라 배터리가 100만분의 1초도 버티지 못한다.

나는 자전거에 올라탔다. 초크체리는 아주 작은 마을이었지만, 우리 집은 학교 반대편 끝에 있었기 때문에 학교까지 가려면 시간이 꽤 걸렸다. 하지만 나에게는 익숙한 일이다. 학교에 뭔가를 두고 오는 일은 종종 있었으므로, 나는 학교에서 돌아오면 열 번 중 아홉 번은 다시 돌아가서 두고 온 걸 가져오곤 했다. 엄마와 아빠한테 차로 데려다 달라고 부탁할 수도 있지만, 그러면 두 분이 내가 뭔가를 두고 온 걸 알게 될 것이다.

나는 "다녀올게요."라고만 말하고 학교로 향했다.

학교의 새 보안 시스템 덕분에 모든 문이 잠겨 있었다. 출입구마다 돌아다니면서 문을 두드리고 큰 소리로 불렀다. 케네디 아저씨가 그 문들 중 하나에 가까이 왔을 때 엄청난 기계 소음을 뚫고 내 목소리가 전달되기를 바라면서 말이다. 마침 발로 찬 문이 휙 하고 열렸다. 남자 탈의실로 통하는 출입구였다.

그곳으로 들어서니 축구장으로 연결되는 학교 뒤편 모퉁이가 나왔다. 하지만 내 사물함은 교장실과 멀지 않은 중앙 홀에 있다. 멀리서 바닥 광택기 돌아가는 소리가 들려왔는데, 아마 위층인 것 같다.

사물함을 열자 예상대로 고물 휴대폰이 있었다. 열한 번씩이나 전화하는 게 아니었는데. 포스터물감 트레이 위에 있던 휴대폰의 진동이 울리면서 파란색과 노란색 물감이 새어 나와 지리 교과서 표지에 연두색으로 번져 버렸다. 나는 미술 동아리 회장이기 때문에 사물함에는 항상 미술 용품들이 있었다. 그래서 체육복이며 책이며 여기저기에 물감이 묻기 일쑤였다. 작년에는 아이패드 화면에 눌어붙은 파스텔 물감을 50달러나 들여서 제거한 일도 있었다. 방학식 날 기온이 38도까지 올라갈 줄 누가 알았겠는가.

휴대폰을 확인했더니 아니나 다를까 완전히 맛이 갔다. 사물함을 닫고 돌아선 나는 순간 얼음이 되었다.

내가 보고 있는 것이 실제인가 싶어서 몇 번이고 눈을 깜빡거렸다.

2층으로 올라가는 계단 위쪽 빈 벽면에 빨간색 스프레이로 갈고리 십자 모양이 칠해져 있었다.

저 빨간색의 이상한 문양이 설마 내가 아는 그것은 아니겠지…. 의심과 공포에 사로잡힌 채 나는 그것을 뚫어지게 쳐다보았다.

'하켄크로이츠'였다.

"마이클?"

나를 부르는 케네디 아저씨의 목소리에 겨우 정신을 차렸다. 그와 동시에 손에 힘이 풀리는 바람에 휴대폰이 바닥에 그대로 떨어졌다. 분명 금이 가거나 망가졌을 텐데, 지금 그게 문제가 아니다. 나는 벽에서 도저히 눈을 뗄 수가 없었다.

"오늘은 또 뭘 두고 간 게야?"

케네디 아저씨가 짜증 섞인 투로 말했다.

내가 할 수 있는 것이라고는 벽을 가리키는 것밖에는 없었다. 그것을 본 케네디 아저씨도 숨을 멈췄다.

아저씨는 나를 보며 말했다. "설마, 아니, 내 말은 설마 네가 그랬을 리는…."

"당연히 아니에요!" 놀라서 대답했다. 학교에서 유일한 도미니카 공화국 출신인 내가 인종차별적인 문양을 그렸을 리가 있겠는가? "이런 걸 대체 누가…." 하지만 우리 눈앞에 버젓이 증거가 있다.

누군가가 한 짓이다.

휴대폰을 주우려고 손을 뻗었다가 다시 떨어뜨릴 뻔했다. 액정이 깨져 있었다. 거미줄처럼 금이 간 액정으로 벽면의 끔찍한 문양이 반사되어 눈에 들어왔다.

케네디 아저씨는 휴대폰을 꺼냈다. "경찰에 신고해야겠다."

## 2장
★ ★ ★ ★
# 링컨 롤리

한 가지 확실히 해 두자. 애초에 공룡 똥이 아니었다면 이런 일은 일어나지 않았을 것이다.

무슨 변명을 늘어놓으려는 게 아니다. 하지만 쥐라기 시대에 스테고사우루스 몇 마리가 이 마을의 산에서 볼일을 봤고, 1억 년이 지난 어느 날 조디 두로스와 클레이턴 파운시 그리고 내가 36킬로그램이나 되는 포대 자루를 질질 끌며 어두컴컴한 주차장을 가로질러 가고 있다.

"이거 비료가 확실한 거지?" 나는 끙끙거리며 가로등 불빛에 포대 자루를 비춰 보았다. "비료가 아니라 피트모스라고 쓰여 있네."

"아무 냄새도 안 나면 어쩌지?" 파운시가 걱정했다.

"나를 믿어 봐. 일단 열어 보면 너무 지독해서 숨도 못 쉴걸." 조디가 안심시켰다. "우리 엄마가 3주 전 삼나무 울타리 위에 이걸 부어 놨거든. 근데 냄새 때문에 아직까지도 내 방 창문을 못 열잖아."

밤이라서 날이 제법 쌀쌀했지만 무거운 포대 자루를 드느라 우리는 땀범벅이 되어 돼지처럼 꿍꿍댔다.

여자애들이 사무실 앞에서 우리를 기다리고 있었다.

"왜 이렇게 오래 걸려? 얼어 죽는 줄 알았네!" 소피 태버너가 투덜거렸다.

"그럼 네가 한번 옮겨 보든가. 춥다는 말이 쏙 들어갈 거다." 나는 짜증을 내며 말했다.

문에는 문패가 붙어 있었다.

**웩스퍼드 스마이스 대학교**
**고생물학과**

매사추세츠주의 콧대 높은 대학교가 뭐 하러 3200킬로미터나 떨어진 콜로라도주 초크체리까지 와서 사무실을 만든 거지? 우리 마을에서 공룡 똥이 나왔고, 이 대학교 사람들이 아주 완벽하게 화석이 된 공룡 똥을 찾아냈다. 바위처럼 생겨서 믿기 어렵겠지만. 똥이 먼저 발견되었고, 거기서 공룡 발자국이 나왔다. 똥을 밟다니, 아마도 공룡은 깔끔 떠는 종족은 아니었나 보다. 대학 측에서는 우리 마을로 조사팀을 보냈고, 공룡 뼛조각이 발견되자 과학자들은 이곳에 몇 년 더 머물 거라고 했다. 심지어 그들의 자녀 중에는 우리 학교에 다니는 아이들도 있었다.

발굴은 주로 산에서 진행되었지만, 사무실은 마을에 있었다. 박사들은 그곳을 베이스캠프로 삼았고, 자기들이 얼마나 우월한지 우리 코앞에서 잘난 척할 수 있었다. 이 장난은 파운시가 뱉은 말에서 영감을 받은 내가 꾸며 낸 일이다. 파운시는 화석이 된 똥을 손으로 파내고 무릎으로 짓이겨 가루를 낸 다음, 사무실에 가득 부어 똥 냄새로 진동을 하게 만들면 꽤 재미있을 거라고 했다.

"깔때기는 누가 가져왔어?" 파운시가 여자아이들에게 물었다.

"나." 패멀라는 조리용 플라스틱 깔때기를 들어 보였다. 구멍이 5밀리미터도 안 돼 보였다.

"지금 장난해? 팸!"

조디가 열을 냈다. "그걸로 어떻게 36킬로그램이나 되는 비료를 붓겠다는 거야!"

어두웠지만 당황한 패멀라의 얼굴이 붉어지는 것이 보였다. "그냥 깔때기라며! 그럼 큰 깔때기라고 했어야지."

"됐어, 괜찮아." 내가 끼어들었다. 두 사람이 티격태격하기 시작하면 밤을 새워도 부족할 것이다. 일곱 살 때부터 그래 왔으니, 내가 보기에 둘은 진정한 사랑 같다. 조디와 패멀라의 싸움은 대체로 꽤 재미있지만, 36킬로그램짜리 짐을 처리해야 하는 지금은 아니다.

나는 포대 자루를 왼쪽으로 기울인 다음, 오른쪽 모서리 부분을 10센티미터 정도 찢어서 구멍을 냈다. 순간 강한 거름 냄새가 코를 찔렀다.

패멀라는 코를 찡그렸다. "아유, 지독해!"

"똥 냄새가 당연히 지독하지, 무슨 장미향이라도 날 줄 알았냐." 조디가 핀잔을 줬다.

소피가 우편함 투입구를 열어젖혔다. 우리는 급조한 포대 자루의 구멍이 우편함 투입구에 제대로 고정되도록 포대 자루를 거

꾸로 들어 올렸다. 그러고는 그 안으로 비료가 쏟아지게끔 흔들었다

패멀라는 공룡 똥이라고 쓰인 3×5 사이즈 카드를 투입구로 밀어 넣었다. "장난인지 못 알아챌까 봐." 패멀라가 설명했다.

"그래 봬도 과학자들이야." 조디가 참지 못하고 말했다. "똑똑한 사람들이라고. 바로 눈치챌걸."

"뭐 어쨌든 저 카드를 보면 더 약이 오르긴 하겠다." 나는 포대 자루를 놓치지 않게 힘을 주면서 낄낄 웃었다.

"그 사람들 그렇게 똑똑하지 않아." 파운시가 코웃음을 쳤다. "졸업장이 뭐 별거야? 그냥 그럴싸한 종잇조각일 뿐이라고. 우리 아빠가 그랬어." 파운시는 아빠 얘기를 많이 하는 편인데, 둘은 서로를 견디기 힘들어한다는 점에서 참 이상한 관계다.

"나도 가져왔지." 소피는 재킷 주머니에서 중간 크기 닭의 위시본(닭고기, 오리고기 등에서 목과 가슴 사이에 있는 V자형 뼈─옮긴이)을 꺼냈다. "뼈가 발견되자 웩스퍼드 스마이스 대학교는 온통 흥분의 도가니가 되었다죠." 소피는 우편함 투입구로 그 닭 뼈 '화석'을 쑤셔 넣었다.

다들 한바탕 웃음을 터트렸다. 유머 감각 없기로 유명한 파운시조차 웃음을 참지 못했다.

어둠에 적응되었던 터라 때마침 주차장으로 차가 들어서자 헤드라이트 불빛에 눈을 뜰 수 없을 정도로 눈이 부셨다. 우리는 잽싸게 포대 자루를 문 뒤로 숨겼지만 꼼짝없이 현장에서 들켜 버렸다. 마치 무대 위의 배우들처럼.

조디가 소리쳤다. "도망쳐!"

"소용없을 것 같은데." 나는 체념했다.

나만 한발 늦었다. 다들 도망가 버리고 이 모든 일을 혼자 덮어쓰게 생겼다. 비료는 5~6킬로그램 정도가 우편함 투입구로 들어갔고, 나머지는 내 위로 쏟아졌다. 순간 나는 넘어지면서 머리를 바닥에 쿵 부딪히고 말았다. 별이라고 꼭 하늘에 있으란 법은 없나 보다. 내 눈앞에 별이 빙글빙글 돌고 있으니.

차 문이 열리고 이쪽으로 달려오는 발소리가 들렸다. 겨우 포대 자루를 밀치고 상체를 일으켜 세우자 한 남자가 걱정 가득한 눈빛으로 나를 내려다보고 있었다.

"애야, 괜찮니? 이건 무슨 냄새니?"

괜찮다고 말하려고 했지만 30킬로그램나 되는 비료 때문에 숨이 턱 막혔다.

"내가 이 시간에 세탁소가 열었을 리 없다고 했잖아요." 차 안에서 여자 목소리가 들려오다 멈췄다. "너, 조지 롤리 씨네 아들 아니니?"

들통나 버렸다.


초크체리같이 코딱지만 한 동네의 문제점은 뭐든 그냥 넘어가는 법이 없다는 것이다. 더군다나 아빠가 섀드부시 카운티의 초크체리에서 가장 큰, 사실상 하나뿐인 부동산의 사장이라면 더욱 그렇다.

아빠는 초크체리를 사랑한다. 내가 보기에 문제만 일으키는 자기 아들보다 더 아끼는 것 같다.

그것은 내가 이 공룡 똥 작전의 주모자가 된 이유기도 하다.

언젠가 우리 다섯 명이 쇼핑몰에서 장난을 친 적이 있는데, 그 여자가 나를 알아본 뒤로는 도망칠 수 있는 특권도 사라져 버렸다. 이 동네의 모든 사람들이 나의 아빠를 안다. 그러니까 아빠는 마치 마을에 잠입해 있는 시장 같은 존재다. 물론 아빠는 정치 따위에 할애할 시간이 없기 때문에 래디슨 시장이 걱정할 필요는 없다. 아빠는 "초크체리가 잘되는 것이 우리 모두가 잘되는 것이다."라는 슬로건을 내걸고 초크체리 최고의 치어리더 노릇을 하느라 아주 바쁘다.

어찌 보면 아빠가 나에게 화를 내는 것도 당연하다. 마을의 자랑이자 기쁨인 대학교 사무실을 조롱한 것도 모자라, 그마저도 실패했으니 말이다.

내 인생은 늘 이런 식이다. "기분이 어떨 것 같니, 링크?" 아빠는 나를 차에 태우자마자 따져 물었다. "고객한테서 내 아들이 자기 사무실을 훼손하다 잡혔다는 전화를 받았다면 말이다."

"이 동네에서 아빠 고객이 아닌 사람도 있어요?" 내가 날카롭게 대꾸했다. "모르는 사람에게서 전화를 받고 싶으시다면, 저는 버스를 타고 섀드부시 크로싱까지 나가서 사고를 쳐야 할걸요."

"링크." 조수석에 있던 엄마가 경고의 목소리로 말했다. 나는 엄마를 심판관이라 불렀다. "잘못을 저지른 건 너야. 대체 무슨 생각으로 그런 거니?"

"생각이라는 게 전혀 없었던 거겠지." 아빠가 말했다. "조금이라도 생각이 있는 애라면 지금 우리가 여기 있지도 않겠지."

"우리는 그냥 재미로 그랬던 거예요." 나는 이런 식의 변명이 먹히지 않는다는 걸 알지만, 그 말은 분명 사실이기도 했다. 초크체리에 조디와 파운시 그리고 나만큼 못 말리는 말썽꾸러기들도 없다. 여자아이들의 도움이 좀 필요하긴 하지만. 솔직히 우리가 장난치고 깝죽대는 시간에 비하면 웃고 떠들 수 있는 시간은 그렇게 길지 않다. 여유 부리다 잡히면 우리만 손해이기 때문이다.

뭐, 괜찮다. 나의 진짜 목적은 아빠 같은 사람들의 관심을 끄는 것이니까.

비록 계획대로는 되지 않았지만, 어쨌든 미션 성공!

친구들을 생각해서, 나는 바로 내답을 정정했다. "그냥 제 생각에 그렇다고요." 친구들은 모두 도망갔지만, 나는 고자질쟁이가 아니다.

엄마는 어깨 너머로 화가 난 눈으로 나를 쏘아보았다. "애쓸 것 없다. 누굴 바보로 아니? 아이 혼자서 36킬로그램짜리 비료 포대를 끌고 마을을 절반이나 가로질러 갈 수는 없으니까. 누구랑 같이 있었니?"

나는 대답하지 않았다. 아빠도 대답을 강요하지 않았다. 아빠가 쿨하거나 친구들 사이의 일종의 규칙을 존중해서가 아니다. 아빠는 정말로 이 일에 누가 관련되어 있는지 관심이 없었던 것이다. 그저 사람들이 이 사건을 어떻게 생각할지에만 온 신경을 집중하고 있었다. '남의 눈'. '초크체리' 다음으로 아빠의 머릿속을 가득 채우고 있는 단어다. 시큼한 야생 베리의 이름을 딴 이곳 초크체리에 포탄 크기의 구덩이가 하나 발견됨으로써 아빠는 이제까지 가져 본 적 없는 야망을 품게 되었다.

아빠는 블로섬 애비뉴로 차를 몰았다. "아빠는 네가 생각하는 것만큼 그렇게 꽉 막힌 사람이 아니야. 나도 어린아이였던 때가 있단다. 네가 때로는 실컷 장난을 치고 싶어 한다는 거 알아. 그런데 하필 왜 그 사무실이지? 초크체리를 지도에 올려 줄 사람들이 일하는 곳을?"

이것이 바로 아빠가 열을 내는 진짜 이유다. 이 보잘것없는 자그마한 산동네를 유명 A급 관광지로 만드는 것이 아빠의 숙원 사업이다. 어떻게 그것이 가능할 수 있을까? 바로 '공룡'!

웩스퍼드 스마이스의 고생물학자들 말처럼 우리 마을에서 발굴된 것이 정말로 엄청난 것이 맞다면, 아빠는 초크체리를 북아메리카의 공룡의 메카로 재탄생시키길 원할 것이다. 먼저, 그 모든 것의 시작인 공룡 똥이 고이 간직된 특수 유리 케이스와, 그것을 둘러싸고 거대한 공룡 뼈 모형이 잔뜩 설치된 박물관. 다음은 다이노디즈니 혹은 식스플래그 다이노랜드와 같은 테마파크. 또 호텔, 식당, 스키 리조트, 골프 코스까지 무궁무진하다. 이렇게 우리 마을은 굉장해질 운명이고, 더불어 우리 마을의 부동산도 엄청나질 운명이다. 그렇게 된다면 누가 가장 이득을 볼까? 반대로 다이노랜드가 물거품이 되면 1만 3000에이커의 빈 땅을 소유한 그 사람은 어떤 신세가 될까?

"초크체리는 이미 지도에 나와 있어요." 나는 말했다. "이 마을을 중요한 곳으로 만드는 데 왜 군이 과학자가 필요한 거죠? 그 사람들의 아이들하고 학교도 같이 다닌다고요. 걔들은 죄다 재수 없고 잘난 척만 해요. 대체 그 바보 멍청이 같은 대학교에 대해 들어 본 사람이 있기나 해요?"

"플로리다주의 올랜도가 디즈니의 눈에 들기 전에 어떤 곳이었는지 아니?" 아빠는 집요하게 말을 이어 갔다. "그냥 습지였어.

그런데 지금은 어떠니? 초크체리도 충분히 제2의 올랜도가 될 수 있어!"

"차가 너무 막히네요." 엄마가 끼어들었다.

아빠는 엄마의 말을 무시한 채 계속 말했다. "링크, 큰 그림을 봐야지. 이 마을의 미래는 곧 우리 가족의 미래야. 그리고 우리 가족의 미래가 너의 미래라고!"

나는 고개를 돌려 버렸다. 아빠가 '남의 눈'만큼이나 좋아하는 단어가 있다면, 그건 '미래'일 것이다. 아빠의 논리대로라면 내 인생은 마치 거대한 체스판이다. 중학생인 내가 두는 하나하나의 작은 수들이 수십 년 후 영광스러운 결승 게임으로 이어지도록 완벽하게 설계되어야 하는 그런 곳이다. 내가 조디와 파운시와 함께 독립기념일 퍼레이드 때 길바닥에 돼지비계를 뿌렸던 건 그저 밴드가 꼴 보기 싫어서 방해하고 싶었을 뿐이다. 우리라고 거기 모인 사람들 가운데 절반이 그 돼지비계를 밟고 전신주 쪽으로 미끄러질 줄 알았나? 아빠가 그 벌로 나를 학교의 모든 스포츠 팀에서 탈퇴시킨 건, 3일 동안 온 마을이 정전되었기 때문이 아니라 바로 '나의 미래를 지키기 위해서'였다고 했다.

밴드 연주자들이 균형을 잡지 못하고 교차로에서 사방으로 버둥거리는 모습이 얼마나 우스꽝스러웠는지 아빠에게 말해 봐야 소용없다. 우리 아빠의 유머 감각은 빵 한 조각만큼도 되지 않으니까. 내게서 스포츠를 금지하는 건 초크체리 상공회의소에서 아빠를 끌어내리는 일과 마찬가지라고 설명하는 것도 다 부질없다. 그러니까 내 말은, 내가 꽤 인기 있는 학생이긴 하지만, 사람들에게 링크 롤리에 대해 물어본다면, 아마 '운동선수'라는 대답을 가장 많이 들을 것이라는 점이다.

아빠는 계속 나를 벌주고 혼내고 몰아세우면 내가 현명해질 거라고 생각한다. 사실 나는 이미 아빠의 수를 꿰고 있다.

엄마는 분위기를 바꿔 보려 숨을 크게 내쉰 다음 말했다. "그만들 좀 하죠. 얼른 비료 포대를 창고로 옮겨야 트렁크를 청소할 게 아니겠어요."

아빠는 맞는 말이라고 퉁명스럽게 대답하고는 좀 더 속도를 냈다. 신호등 앞에서 잠시 멈춰 섰을 때 아빠의 휴대폰이 울렸다. 통화 버튼을 누르자 다급한 목소리가 들려왔다. 아빠는 액셀을 세게 밟았고, 우리는 놀란 숨을 헉하고 내쉬었다. 아빠는 끽 하는 소리와 함께 불법 유턴을 해서 왔던 길을 다시 급하게 내달렸다. 뒤쪽으로 순식간에 불빛이 사라졌다.

"조지! 갑자기 어딜 가는 거예요?" 엄마는 대시보드를 꽉 잡았다.

"브라데마스 교장이야. 학교에 문제가 생긴 것 같아." 아빠는 심각한 목소리로 대답하고는 속도를 더 냈다.

# 3장
★ ★ ★ ★
## 데이나 레빈슨

여기 아이들은 자기들이 나를 쳐다보고 있다는 걸 내가 모를 거라고 생각하나 본데, 당연히 난 알고 있다.

등굣길에 앞을 보고 걸어가고 있으면, 아이들은 내 쪽으로 고개를 돌리고서 자기들끼리 시시덕거리기 일쑤다.

나는 어디에서든 뉴페이스인 게 익숙하다. 아빠가 웩스퍼드 스마이스 대학에서 일하는 덕분에 공룡 화석을 발굴하느라 전 세계를 누비고 있다. 그런데 초크체리는 좀 달랐다. 그냥 작은 마을이라고 하기엔 뭔가 부족하다. '고립된 곳'이라고 표현하는 게 정확하겠다. 이곳에서 가장 가까운 대도시인 덴버까지 가려면 차로 네 시간이나 가야 하고, 심지어 카운티 행정 소재지인 섀드부시 크로싱도 160킬로미터나 떨어져 있다.

초크체리의 아이들은 갓난아기 때부터 다 같이 자랐다. 그러니 당연히 내가 낄 자리는 없다. 원래 무리의 바깥은 추운 법이다. 내가 초등학교 6학년에 처음 이곳에 왔을 때, 이미 여기 아이들 사이에는 몇 년 전부터 자기들끼리 어울려 노는 무리가 형성되어 있었다.

어느 정도 이해한다. 그리고 이제는 별로 신경 쓰이지도 않는다. 하지만 그 아이들과 같이 학교를 다닌 지도 벌써 반년이나 지났는데… 이젠 나를 그만 궁금해할 때도 되지 않았나? 나를 좋아할 필요는 없지만, 적어도 내가 다리 하나가 잘려서 절뚝거리며 산을 누비는 코요테라도 되는 양 신기하게 쳐다보지는 말아 주었으면 좋겠다.

피해망상일지 몰라도 오늘은 유독 심한 것 같다. 학교 건물로 들어가니 삼삼오오 모인 아이들이 나를 빤히 쳐다보면서 숙덕거렸다. 무슨 일이지?

중앙 홀에는 평소보다 많은 아이들이 모여 있었다. 브라데마스 교장 선생님은 각자 사물함으로 돌아가라고 소리쳤지만 아무도 꿈쩍하지 않았다. 모두가 벽에 붙은 거대한 천을 쳐다보고 있었다. 경비 아저씨 두 명이 계단에 걸터앉아 펄럭이는 천 뒤에서 긴 손잡이가 달린 대걸레로 벽을 필사적으로 닦고 있었다. 벽을 타고 흘러내린 붉은색 물이 바닥에 고였다.

무심코 말이 튀어나왔다. "설마, 피야?"

중학교 2학년인 앤드루 이가 내 팔을 잡고 그 자리를 벗어나려 했다. 앤드루의 엄마와 우리 아빠는 같은 연구소에서 일하는 동료다. "가자, 데이나. 여기서 더 볼 거 없어."

나는 그의 손을 뿌리쳤다. "벽에 뭐가 있는데?"

"아니, 그냥 청소하는 거야." 앤드루가 대답했다.

바로 그때, 접착테이프가 벽에서 떨어지면서 천이 바닥으로 흘러내렸다. 나는 드러난 벽을 뚫어지게 쳐다보았다.

눈이 휘둥그레진 채 나는 그 자리에서 얼음처럼 굳었다.

걸레질로 선이 연해지긴 했지만 누군가가 페인트칠을 했다는 건 분명했다. 나는 충격에 사로잡혀 중앙 홀 벽에 그려져 있는 하켄크로이츠를 빤히 보았다. 이렇게 바로 눈앞에서 목격한 건 처음이다. 물론 나치와 홀로코스트에 대한 내용을 다룬 제2차 세계대전 영화나 책에서는 본 적이 있지만, 매일 600명의 학생들이 수업을 듣는 학교 안에서 이것을 보게 되다니. 그림도 장식품도 아닌 이 이상한 문양은 영화와 책에서 보던 것보다 훨씬 끔찍했다. 이야기를 전달하거나 교육을 위한 것이 아니다. 그저 분노와 증오를 드러내는 것이었다.

수백 개의 휴대폰에서 카메라 작동음이 울렸다. 나는 발이 땅에 붙은 것처럼 몸을 꼼짝할 수 없었다. 그제야 나를 쳐다보며 수군거리던 아이들의 행동이 이해가 갔다. 하켄크로이츠는 일반적으로 증오를 의미하는데, 특히 반유대주의의 상징이다. 그리고 전교생이 익히 알고 있듯이 나는 초크체리 중학교에서 유일한 유대인이다.

브라데마스 교장 선생님은 떨어진 천을 집어 들더니 계단 쪽 경비 아저씨들에게 건넸다. 교장 선생님의 몸놀림이 그렇게 빠른지 처음 알았다. 경비 아저씨들이 천을 펼쳐 벽에 다시 붙이는 동안, 교장 선생님은 학생들을 향해 교실로 돌아가라고 계속 명령했다.

역시나 누구 하나 움직이지 않았다. 우리가 보고 있는 것은 매우 끔찍한 것이었지만, 어떤 이유에서인지 발걸음이 떨어지지 않았다.

"휴대폰 다 집어넣어!" 급기야 브라데마스 교장 선생님은 해

병대 훈련 교관이 신병들에게 명령하듯이 고함을 질렀다. "전원 교실로!"

마침 종이 울렸고, 우리는 그제야 사물함과 교실로 터벅터벅 이동하기 시작했다. 뒤쪽에서 천이 바닥으로 흘러내리는 소리가 났다. 모퉁이를 돌면서 한 번 더 그것을 눈으로 똑똑히 보았다.

"괜찮아?" 앤드루는 걱정하는 눈빛으로 물었다.

"안 괜찮을 건 뭐야." 나는 쏘아붙이듯 말했다.

나는 괜찮다. 속으로 되뇌었다. 어떤 미친놈이 벽에다 하켄크로이츠를 그려 놓은 것이 내가 안 괜찮아야 할 이유라도 되나? 지금까지 13년을 살아오면서 말도 안 되는 일을 한두 번 본 것도 아닌데. 그리고 나치를 상징하는 문양을 그렸다고 그 사람이 반드시 독일 나치라는 법은 없지 않나?

나는 복도에 있는 아이들을 쓱 훑어보았다. 대부분 방금 목격한 것에 대해 쉬지 않고 지껄이고 있었다. 초크체리와 같은 작은 마을의 특징 중 하나는 아무 일도 일어나지 않는다는 것이다. 그래서 무슨 일이라도 생기면 곧바로 큰 뉴스거리가 된다. 몇몇 아이들은 심각한 표정으로 입을 굳게 다물고 있지만, 대부분은 휴대폰에서 하켄크로이츠 사진을 검색해서 찾아보고 있었다. 심지어 어떤 아이들은 그 끔찍한 문양을 배경으로 셀카도 찍었다. 아마 수업이 끝날 때쯤이면 인스타그램은 관련 피드로 넘쳐날 것이다. #하켄크로이츠와나. 이 상황에서 셀카라니, 정말이지 대단들 하다.

아니, 전혀 대단하지 않다.

오히려 굉장히 불편하다.

그렇다. 하켄크로이츠가 등장했다는 건 이 학교에서 나를 싫어하는 사람이 있을 수도 있다는 뜻인데, 그걸 인정하기에는 내가 너무 당황했나 보다. 지금까지 누군가가 나를 대놓고 싫어하거나 짜증 나게 하는 사람은 없다고 생각했는데, 하켄크로이츠는 모노폴리 게임에서 출발점도 통과하지 못하고 200달러도 못받은 나를 바로 감옥으로 보내 버린 느낌이었다.

평소 나는 표정이 부드러운 편은 아니다. 무뚝뚝하고 재수 없는 말투이긴 하지만, 그렇다고 남들이 싫어할 정도는 아니다.

하켄크로이츠는 그 자체로도 몹시 기분 나쁘지만, 누군가가 몰래 그것을 그렸다는 사실은 더 끔찍하다. 도대체 누가 그런 짓을 했을까? 그냥 역겨운 장난일 수도 있지만, 만약에 다른 의도가 있다면?

갑자기 등골이 오싹해졌다. 내 말이 맞다면, 아마 반 아이들이 더 호들갑을 떨 것이다. 그 많은 아이들이 이번 일을 버스가 고장 나서 커다란 견인차를 불러야 했던 일처럼 따분한 학교생활에 자극제가 되는 재밋거리 정도로 취급한다는 게 믿을 수 없었다. 다들 흥분에 사로잡혀 추측을 남발했다. 누구 짓일까? 그리고 왜? 우리 학교에 인종차별주의자가 있나? 아니면 신나치주의자인가? 심각한 상황일까 아니면 단순한 장난일까? 이 학교 학생 짓일까 아니면 어떤 어른이 빨간 스프레이 페인트를 가지고 몰래 학교로 들어와서 벌인 짓일까?

"마이클 아모로사 짓이라고 들었어." 근처에서 패멀라 바인즈의 목소리가 들려왔다. "케네디 아저씨가 현장에서 잡았대."

"무슨 미친 소리야. 마이클이 왜 그런 걸 그려?" 조디 두로스가 빈정거렸다.

"걔는 아니야." 고렌 룬드도 거들었다. "걔가 처음 발견했다던데. 너무 놀라서 휴대폰까지 떨어뜨려서 박살 났대."

"케네디 아저씨가 범인 아닐까? 항상 학교에 있잖아." 패멀라가 말했다.

"여기서 평생 일하신 분인데, 만약에 나치라면 우리가 눈치를 못 챘을 리가 있겠어?" 조디가 반박했다.

나는 학교 아이들 이름을 줄줄 외고 있는데, 과연 그들도 앤드루와 내 이름을 알고 있을지 의문이다. 학교 아이들이 과학자인 우리의 부모님들을 비꼬아서 우리를 배운 애들이라고 부르는 걸 들은 적이 있다. 별로 모욕적이지는 않다. 여기 사람들이 나쁜 뜻으로 그랬다고는 생각하지 않는다. 그저 이 동네의 분위기일 뿐. 인종과 종교가 아닌 다른 이유로도 아웃사이더가 될 수 있는 그런 동네다.

앤드루는 굳이 내 교실 앞까지 따라왔다. 내가 무슨 깨지기 쉬운 크리스털이라도 된다고 생각하는 모양이다. 항상 느끼는 것인데 앤드루는 우리가 아웃사이더인 것에 대해 나만큼 신경 쓰는 것 같지는 않다. 내 느낌이 틀린 것일 수도 있다. 아니면 생각보다 내가 더 심각해 보였을지도 모른다.

"겁먹지 마. 금방 지나갈 거야. 내가 장담해." 앤드루는 교실 문 앞에서 나를 배웅하며 말했다.

"고마워."

하지만 내가 슬로브도킨 선생님 교실에 들어서자 그 안의 모든 시선이 내게로 집중되었다. 앤드루는 대체 뭘 보고 그렇게 장담한 거지.

아이들은 모두 나를 쳐다보았지만 슬로브도킨 선생님은 내 쪽을 보지 않으려 필사적으로 노력했다. 저러다 목에 담이라도 걸릴까 걱정될 정도였다. 과연 이 교실에서 내가 맨 정신으로 살아남을 수 있을까?

때마침 스피커를 통해 나온 교내 방송이 나를 살렸다. "중요한 공지가 있을 예정이니 전교생은 10분 후 강당으로 모여 주세요."

설마 저글링하는 사람들이 깜짝 순회공연이라도 왔을 리는 없고. 예감이 불길하다.

나는 항상 심장이 내려앉는 게 어떤 느낌일지 궁금했다. 그런데 이제 그 느낌이 어떤 것인지 확실히 안다.

강당의 좌석은 540개다. 전교생은 600명이 조금 넘었으므로 자리가 없는 학생들은 오케스트라석의 접이식 의자에 앉아야 한다. 제발 발코니 맨 뒷줄이 비어 있기를 기도했다. 하지만 그런 행운 따위가 내게 올 리 없었다. 슬로브도킨 선생님은 학교에서 가장 연세가 많고 움직임이 굼뜨다. 우리가 강당에 도착했을 때 남은 자리라고는 강단 앞쪽뿐이었다. 더 이상 구경거리가 될 수는 없다…. 아니면 적어도 그런 느낌을 받고 싶지는 않았다.

내가 초크체리로 이사 온 지 6개월이 지났는데, 브라데마스 교장 선생님이 이렇게 격앙되어 감정을 주체하지 못하고 화내는 모습은 처음 보았다. 그것은 아주 새로운 모습이었고, 굉장히 초췌해 보이기도 했다. 얼굴은 시뻘겋게 달아오른 데다 머리카락은 곤두서 있고, 무엇보다 표정이 가관이었다. 그는 전교생을 눈으로 훑더니, 당연히 나겠지만, 맨 앞줄에 있는 유대인 소녀에게 시선을 고정시켰다.

"지난밤 우리 학교에서 끔찍한 공공 기물 파손 사건이 있었다는 것을 알고 있을 것입니다. 누군가가 백인 우월주의의 상징을 중앙 홀 벽에 그려 놨어요. 지금은 그 누구도 이 사건에 대해 아는 바가 없다는 것을 강조합니다. 누가 그랬는지, 어떤 이유로 그랬는지, 전혀 밝혀진 것이 없습니다. 따라서 루머가 걷잡을 수 없이 커지기 전에 다 같이 모여서 사실을 정리하는 것이 중요합니다."

숨소리조차 들리지 않아 강당이 텅 빈 줄 알았다.

교장 선생님은 계속 말했다. "어떤 사람은 여러분에게 학교 벽에 그려진 하켄크로이츠가 수 세기에 걸쳐 여러 의미를 지녀 온 고대 상징물이자 십자가의 한 종류라고 말할 것입니다. 하지만 그런 말에 넘어가서는 안 됩니다. 오늘날 하켄크로이츠는 단 한 가지, 순전히 증오만을 의미합니다. 수백만 명의 목숨을 앗아간 악명 높은 사악한 독일 나치의 상징입니다. 반유대주의뿐 아니라 편견과 인종차별을 옹호하지요. 이는 분명 소수 민족 학생뿐 아니라 우리 모두에 대한 공격입니다. 절대 용납할 수 없습니다."

약간의 박수가 나왔지만, 나는 거기에 동참하지 않았다. 마치 납덩이가 매달린 것처럼 두 손이 무거웠다. 옆자리에 앉아 있던 엘리 바르디가 하이파이브를 하자고 손을 내밀었지만 나는 그냥 쳐다보기만 했다.

"갑자기 하이파이브는 왜?" 나는 엘리에게 물었다.

"너한테 좋은 얘기잖아." 엘리는 손을 내민 채 대답했다.

"그걸 어떻게 알아?"

"교장 선생님은 하켄크로이츠를 굉장히 싫어해. 그리고 너는…." 엘리가 설명했다.

나는 못 알아듣는 척했다. "매사추세츠주에서 왔다고?"

"경비 아저씨들이 지금 중앙 홀 벽에 그려진 그 끔찍한 상징을 지우고 계십니다." 교장 선생님은 말을 이어 갔다. "깨끗하게 지워 낸 후에는 더 이상 그것을 볼 일은 없을 것입니다. 하지만 그렇다고 해서 이 일이 없던 일이 되는 것은 아닙니다. 하켄크로이츠는 단순히 그림일 수도 있지만, 지워진 이후에도 오랫동안 독을 품고 살아남는 정신이기도 합니다. 다행스럽게도 이 독을 없애는 해독제가 있습니다. 바로 정보입니다. 나는 교육 위원회와 선생님들 그리고 학부모님들과 이 문제에 관해 대화할 것입니다. 그리고 전교생을 대상으로 관용 교육을 실시함으로써 이 문제와 싸워 나갈 것입니다. 어둠이 있는 곳에 빛이 비칠 것입니다."

교장 선생님은 여기까지 말하고 진이 빠진 듯 잠시 멍해 보였다. 그러곤 다시 말을 이어 갔다. "이런 일을 겪어야 하는 것은 참으로 유감입니다만, 우리가 함께 이 난관을 잘 극복해 나간다면 하나의 공동체로서 더욱 강해질 것입니다." 교장 선생님은 그렇게 말을 마치고 어깨가 축 처진 채 강단에서 내려왔다.

이번에는 선생님들과 몇몇 아이들이 박수를 쳤다. 심지어 나도 박수를 치려고 손을 들어 올렸다. 하지만 대부분의 아이들은 꿀 먹은 벙어리처럼 가만히 있었다. 초크체리 중학교의 학생들이 모두 브라데마스 교장 선생님을 좋아하는 것은 아니다. 하지만 교장 신생님이 저렇게 맥없이 흔들리는 걸 보니, 왠지 이 문제를 더 심각하게 받아들여야 할 것 같았다.

점심시간이 되자 중앙 홀의 벽은 덧칠해져 있었지만, 아이들은 빈 벽에서 눈을 떼지 않았다.

하켄크로이츠는 사라졌지만, 사라진 것이 아니었다.

# 4장
★★★
# 링컨 롤리

오늘의 첫 번째 교훈. 학교 벽에 그려진 하켄크로이츠가 우편물 투입구 안으로 부어진 공룡 똥을 이겼다.

아빠는 나더러 고생물학 사무실의 비료를 깨끗이 치우라고 했지만 정작 과학자들은 그 일을 대수롭지 않게 넘겼다. 이런 반응에 아빠는 더 화가 난 것 같았다. 그 사람들이 FBI에 신고라도 하면서 극성을 떨기를 바란 모양이다. 과학자들 중 한 명인 레빈슨 박사는 자신의 딸도 우리 학교에 다닌다고 하면서, 닭 뼈가 꽤 기발했다고까지 평가해 줬다.

공룡 똥 사건이 조용히 지나갈 수 있었던 가장 큰 이유는 온 마을이 학교에 그려진 하켄크로이츠로 인해 얼이 빠져 있었기 때문이다. 깨끗이 지워서 더 이상 보이지 않는데도 말이다. 경비 아저씨들은 생각보다 빨리 그 자리를 닦아 내고 깨끗이 덧칠했다. 그리고 오늘의 두 번째 교훈은 공룡 똥 사건은 일회성이지만, 하켄크로이츠 사건은 영원히 잊히지 않는다는 것이다.

나는 사실 놀랐다. 그리는 데 5초도 걸리지 않을 것 같은 벽의 낙서 때문에 전교생을 대상으로 관용 교육을 하다니. 장담하는데, 교육이 절반도 진행되기 전에 아이들은 그걸 왜 하는지조차 잊어버릴 것이다.

조디, 파운시, 소피, 패멀라는 내가 공룡 똥 사건에 대해서 자신들을 고자질하지 않은 게 고마웠는지 대놓고 친절하게 굴었다. 평소 다정하게 대하는 법이라고는 없는 파운시를 제외하고 나머지 아이들은 나를 이튿날 안젤리노 가게가 준비한 피자데이에 데려가 끝내주는 점심을 사 줬다.

"고마워." 곧 사회 수업이 시작된다. "점심 잘 먹었어." 나는 일부러 파운시를 쳐다보며 말했다.

파운시는 딴청을 피웠다. "팔이 떨어져라 비료 포대를 들어 올렸는데도 차가 들어오기 전에 우편함 투입구로 비료를 많이 들이붓지도 못했어."

"잘난 팸이 깔때기를 잘못 가지고 와서 그렇지 뭐." 조디가 키득거리며 말했다.

패멀라는 책상 아래로 조디의 다리를 걷어찼다.

배빗 선생님은 교실에 들어오자마자 칠판에 큼지막한 표지판을 붙였다. 거기에는 '증오가 설 자리는 없다'라는 표어가 쓰여 있었다.

"좋아요, 여러분. 바로 시작해 볼까요. 모두 교장 선생님 말씀을 들었으니 우리가 무엇을 할 건지는 짐작하겠지요. 오늘부터 관용 교육이 시작됩니다."

"웬일이야." 조디가 속삭였다. "초등학교 때 놀이터 시설 좀 교체해 달라고 할 때는 3년이나 질질 끌더니, 이런 지루한 교육은 하루 만에 뚝딱 시작해 버리네."

"진짜 싫어." 파운시가 거들었다.

"그만들 해라." 나는 낮은 목소리로 말했다. "저 표어 안 보여?"

배빗 선생님은 제2차 세계대전과 나치 제3제국 그리고 홀로코스트에 대해 설명하기 시작했다. 딱히 새로울 건 없었다. 홀로코스트는 이미 초등학교 5학년 때 배운 적이 있다. 하지만 아무리 여러 번 들어도 놀랄 수밖에 없는 수치다. 나치는 강제 수용소에서 무려 1100만 명을 학살했고, 그중에 유대인은 600만 명이 넘었다.

"600만 명." 선생님은 희생된 유대인의 수를 되뇌었다. "우리처럼 작은 동네에 살고 있으면 600만 명이 얼마나 큰 수인지 상상하기 어려울 겁니다. 덴버 인구보다도 훨씬 많은 수치지요."

우리는 인구 1600명의 테네시주 휫웰에 위치한 중학교에 관한 비디오를 시청했다. 그곳 아이들은 600만이라는 숫자를 가늠해 보기 위해 600만 개의 종이 클립을 모으기 시작했다. 처음에는 휫웰같이 작은 마을에서 그렇게나 많은 클립을 모으는 것은 불가능해 보였다. 하지만 그 프로젝트에 대한 소문이 퍼져 나갔고, 전 세계에서 클립을 보내왔다. 결국 그 아이들은 계획한 것보다 다섯 배나 많은 클립을 모았고, 세계적으로 유명한 홀로코스트 박물관을 설립할 수 있었다.

"클립이 테네시에 죄다 모여 있으니 내가 필요할 때 못 찾는 게 당연하지." 수업을 마치고 교실을 나서면서 조디가 말했다.

"신경 끄자." 소녜가 열을 올리며 말했다. "쟤들은 이제 유명인이야! 종이 클립 프로젝트 책도 여러 권 나왔고, 영화로도 만들어졌잖아."

웩스퍼드 스마이스 아이들 중 한 명인 데이나가 어이없다는 듯이 소피를 향해 말했다. "교육 시간에 배운 게 그게 다야? 그곳 아이들이 유명해진 것?"

사실 우리는 웩스퍼드 스마이스 아이들을 잘 모르지만, 데이나는 한 가지 사실에서 확실히 튀는 아이였다. 그 아이는 유대인이다. 사실 우리 학교에서 유일한 유대인이기도 하다. 그러니 하켄크로이츠와 관련된 모든 것에 과민하게 반응하는 게 어찌 보면 당연하다.

"물론 아니지." 소피가 약간 당황했다. "그냥 그런 일도 있었다고…." 소피의 목소리가 작아졌다. "대단하다는 게 아니라."

데이나는 마지못해 고개를 끄덕이고 복도로 걸어갔지만… 믿지 못하겠다는 눈으로 나를 쳐다보았다.

파운시가 그걸 보았다. "야, 저 애가 너 싫어하나 봐. 이제 마법이 안 통하나 보네."

"아니면 웩스퍼드 스마이스 아이들한테는 별 효과가 없을지도 모르지." 조디가 끼어들었다.

나는 한숨을 쉬었다. "다들 입 좀 다물지 그래." 아이들이 무슨 말을 하는지 알고 있다. 사실 나는 학교에서 인기가 많은 편이다. 내가 운동을 잘하니까 그렇게 된 것이긴 한데, 이번 시즌에 출전하지 못한다고 해서 딱히 인기가 사그라들 것 같지는 않다. 하지만 데이나의 그 표정은 왠지 좀 찜찜했다.

순간 레빈슨 박사의 딸이 우리 학교에 다니고 있다는 사실이 떠올랐다. 그러고 보니 레빈슨 박사가 딸의 이름이 데이나라고 했던 것 같다. "공룡 똥 사건 때문이었어." 그제야 실마리가 풀렸다. "레빈슨 박사가 데이나에게 공룡 똥 사건을 말한 게 틀림없어."

"데이나는 관용 수업에서 낙제하겠네. 벌써부터 너한테 관용을 베푸는 게 힘들어 보이는데."

조디의 말에 우리는 모두 웃었다. 심지어 파운시도 새어 나오는 웃음에 입을 실룩거렸다.

생각해 보니 파운시는 이 수업에서 A+를 받아야 마땅하다. 그 아이가 가족과 함께 사는 것은 우리 모두를 합한 것보다 더 많은 인내심을 필요로 하는 일이기 때문이다.

아빠는 이번에 진행되는 관용 교육이 아주 못마땅한 눈치다. 하지만 학교의 아이들과 같은 이유는 아니다.

"증오가 설 자리는 없다니." 그날 아빠는 저녁 식사 자리에서 관용 교육에 대한 불만을 늘어놓기 시작했다. "괴물이 되지 않기 위해서 스스로 다짐이라도 해야 된다는 거야! 사람들이 어떤 눈으로 보는지 아니? 이보다 더 나쁠 순 없어. 어떤 멍청한 녀석이 관심 끌려고 한 짓이라고. 그 녀석은 하켄크로이츠가 뭘 의미하는지도 모를걸."

"그래서 더 관용 교육이 필요한 거죠." 엄마가 강하게 말했다. "그게 뭔지 알아야 또 다른 멍청이가 그런 짓을 하지 않겠죠."

포크를 들고 있는 아빠의 손에서 초조함이 느껴졌다. "지금 눌은 중요한 걸 놓치고 있어. 대수롭지 않은 낙서 따위에 굳이 이렇게 호들갑을 떨 필요가 없다고. 그냥 지워 버리면 그만인데, 문제를 크게 키워 봤자 마을 이미지만 나빠진다고!"

내 귀에는 아빠의 꿈인 다이노랜드가 멀어져 간다는 소리로 들렸다. 하긴, 나도 꿈이 있었다. 이번 가을 시즌에 축구장을 누비는 꿈. 기억하고 있죠? 인생이 다 그런 거예요, 아빠.

보통은 아빠가 목소리를 높이면, 엄마는 아빠의 말이 끝날 때까지 기다린다. 하지만 무슨 이유에서인지 엄마는 이번 하켄크로이츠 사건에 관해서는 예민하게 반응했다. 나는 함께 차를 몰고 학교로 가서 중앙 홀의 벽을 본 그날 밤, 엄마의 표정을 잊을 수 없다. 엄마는 단 한마디도 하지 않았지만, 넋이 나간 사람처럼 그 그림에서 눈을 떼지 못했다.

"내 생각엔, 이번 일을 진지하게 해결하는 모습을 보여 준다면, 오히려 마을 이미지가 더 좋아질 것 같은데요." 엄마가 강한 어조로 말했다.

아빠는 고개를 내저었다. "아직도 이해하지 못하는군요. 공룡 화석 발굴은 일생에 한 번뿐인 기회예요. 그것이 우리에게 가져다줄 부와 번영에는 한계가 없다고요. 아이들은 공룡이라면 사족을 못 쓰는데, 당연히 그 부모들이 여행 자금을 두둑하게 챙겨서 아이들을 데리고 이곳으로 오지 않겠어요? 초크체리는 사람들이 공룡 하면 가장 먼저 떠올리는 대표 지역이 될 거라고. 음악의 도시 내슈빌, 공연의 도시 뉴욕, 영화의 도시 LA처럼."

나는 항상 아빠 레퍼토리의 마지막에 등장하는 단어를 읊었다. "제2의 올랜도."

"상식적으로 생각해 봐요. 과연 투자자들이 인종차별이니 하

36

켄크로이츠니 하는 꼬리표가 붙은 동네에 투자하고 싶어 하겠어요? 그 사람들은 그림 같은 산이 펼쳐져 있는 고요하고 평화로운 동화 속 마을을 원한다고. 불미스러운 일은 단 한 번도 일어나지 않은 그런 곳."

엄마는 눈썹이 이마의 절반까지 올라갈 정도로 눈을 치켜떴다. "정말로 그렇게 생각해요, 조지? 그런 일이 한 번도 없었다고?"

엄마의 말에 아빠의 얼굴이 홍당무처럼 빨개졌다. "아주 오래전 일이잖아요…." 아빠는 말꼬리를 흐렸다. "거의 일어난 적이 없는 것이나 마찬가지라고."

나는 둘의 대화가 흥미진진해지기 시작했다. "잠깐만, 뭐라고요? 아무 일도 없었던 것이나 마찬가지라고요?"

아빠는 엄마를 노려보았다. "당신 알아요? 다 이런 식으로 시작되는 거예요. 근거 없는 헛소문이 돌기 시작하면, 다이노랜드는 영영 물 건너가 버린다고!"

엄마는 내 쪽으로 시선을 돌렸다. "링크, 너를 혼란스럽게 하고 싶지는 않다만, 40년 전 이 마을은 지금과는 아주 달랐단다."

"니콜!" 아빠가 엄마의 말을 잘랐다. "애한테 쓸데없는 소리하지 말아요. 애가 친구들에게 떠들어 대기라도 하면 순식간에 온 마을에 퍼진다고!"

나는 재빨리 말을 낚아챘다. "40년 전에 무슨 일이 있었는데요?"

"큐 클럭스 클랜(Ku Klux Klan. 백인 우월주의를 표방하는 미국의 극우 비밀결사 단체를 의미함-옮긴이)." 엄마가 설명했다. "그 사람들이 이곳 섀드부시에 있었어."

아빠는 거의 애원하듯 나에게 말했다. "잘 들어, 링크. 거의 반세기나 지난 일이야. 그땐 지금과는 아주 다른 세상이었어. 너희 엄마와 내가 태어나기도 전에 있었던 일이라고. 그 사람들은 초크체리 말고도 여러 곳에 있었어. 자랑거리도 아닌데 굳이 떠벌릴 필요는 없잖니? 그럼, 당연하지. 그런 과거의 일 때문에 모든 걸 희생할 필요는 없어. 웩스퍼드 스마이스 발굴 팀은 우리 입장에서 다시없을 기회야. 그렇지만 언제까지고 기회의 문이 열려 있는 건 아니란다. 만약에 우리가 학교 벽에 뭐가 그려졌다고, 아니면 옛날 일을 끄집어내느라 우물쭈물하다가는 모든 게 수포로 돌아가고 만다고."

와우. 하켄크로이츠가 어른들에게 이렇게나 큰 타격을 주는 일이었다니. 엄마, 아빠는 과거의 망령이 되살아나 자신들을 괴롭힌다고 느끼는 것 같았다.

고작 두 개의 선이 교차된 문양일 뿐인데, 파급력은 상당했다. 하켄크로이츠 사건이 아빠의 큰 그림을 위협한다는 건 알았지만, 오랫동안 잊고 있던 마을의 과거까지 파헤칠 줄은 몰랐다.

# 5장
★★★
# 마이클 아모로사

내가 하켄크로이츠를 처음 목격한 탓에 사람들은 그것을 내가 한 짓이라고 생각하는 것 같았다.

말하는 뉘앙스가 그랬다. 누가 그렸는지, 누가 '칠했는지'가 아니라 백이면 백 누가 그런 짓을 '저질렀냐'고 떠들어 댔다.

"내 말 좀 들어 봐." 나는 카페테리아 테이블에서 내 입장을 항변했다. "나는 도미니카 공화국 사람인데, 내가 뭐 하러 학교에다가 인종차별을 상징하는 문양을 그리겠어? 오히려 나를 저격하려는 누군가가 그렸겠지!"

"정말?" 데이나 레빈슨이 세 칸 떨어진 자리에서 의자에 몸을 기댄 채 말했다. "그런 거야?"

"이론상으로 그렇지 않겠어?" 나는 설명했다. "나도 이런 일을 눈앞에서 직접 당해 본 건 처음이야. 내 생각에는 나 보라고 일부러 그려 둔 게 틀림없어."

"아니면 나든지." 데이나와 점심을 먹고 있던 앤드루 이가 덧붙였다.

캐럴라인 맥넛은 고개를 갸우뚱했다. "그런데 너희들은 유대인이 아니잖아."

나는 눈을 굴렸다. "지난주 내내 귀가 닳도록 들었잖아. 하켄크로이츠가 반유대인만 의미하는 건 아니라고. 백인 우월주의자와 똑같이 생각하지 않는 사람 모두를 증오하는 거라잖아. 거기에는 백인이 포함될 수도 있고."

"나는 그냥 교육이 빨리 좀 끝났으면 좋겠어." 데이나는 지쳤다는 듯 말했다. "우리가 그날 3분 동안 벽에 그려진 하켄크로이츠를 봤기 때문에 교육이 시작된 거잖아. 그런데 지금은 이게 뭐 하는 거지? 종일 그걸 보고 있다니."

데이나는 핵심을 찔렀다. 관용 교육 덕분에 우리는 깃발, 벽, 모자, 자동차, 현수막, 완장, 책 표지까지 온갖 것에 들어가 있는 하켄크로이츠 문양을 봐야 했다. 거기다 히틀러의 제3제국이 등장하는 영화와 폭력적인 혐오 단체, 백인 우월주의자들의 집회 장면도 봐야 했다. 교과서와 유인물에 나오는 이미지들도 빼놓지 않고 훑었다. 심지어 관련 자료를 모아 크롬북, 아이패드, 파워포인트 프레젠테이션으로 포토샵까지 해야 했다. 사실 어젯밤에는 숙제를 하다 말고 넋 놓고 하켄크로이츠를 그리는 나 자신을 발견하고는 화들짝 놀라서 종이를 갈기갈기 찢어 변기에 던져 버렸다. 혹시나 아이들이 나를 범인이라고 오해할까 봐 새벽 두 시까지 숙제를 다시 하면서도 어이가 없었다. 숙제는 '증오가 설 자리는 없다'에 관한 것이었다. 처음 중앙 홀에서 하켄크로이츠를 봤을 때 그게 뭔지 잘 알지 못한 사람이 있었다면, 이제는 모든 것을, 심지어 숙제까지 하켄크로이츠와 연결 짓는다는 게 문제다.

"너도 그게 중요하다는 건 인정하잖아. 그렇지?" 나는 데이나에게 물었다. "이미 벌어진 일을 묻고 갈 수는 없어."

데이나는 생각에 잠겼다. "이 모든 걸 하는 것보다 더 나쁜 것은 아무것도 하지 않는 것이라고 생각해."

"그래도 이제 우리도 할 만큼 했어." 중학교 1학년 회장인 캐럴라인이 끼어들었다. "당연히 관용은 중요하지. 하지만 거의 2주 동안 그것에만 매달리고 있잖아. 핼러윈 댄스파티도 준비해야 되는데."

나는 인상을 쓰며 말했다. "핼러윈 댄스파티도 해?" 작년에도 이런 파티가 있었는지 기억이 나지 않았다.

"해야지." 캐럴라인이 대답했다. "일반 학교에서는 다 해. 다른 학교들은 2학년 회장이 다 알아서 해 주기만을 기다리면 된다는데. 알다시피 우리 학교 2학년들은 아무 생각이 없잖아. 뭐, 그렇다고 2학년들을 딱히 공격하려는 건 아니야." 캐럴라인은 2학년인 앤드루를 흘끗 보았다.

"이봐, 나는 매사추세츠에서 왔다고." 앤드루는 어깨를 으쓱해 보였다. "공룡 화석 발굴이 진행되는 동안만 이 학교에 다닐 거야. 엄마가 공룡 뼈 목록만 완성하면 더는 여기에 있을 이유가 없어."

"참 한심하다." 캐럴라인이 어이없다는 듯 말했다. "어쨌든 공룡 화석 발굴이 끝날 때까지 이곳에 있어야 할 테니까 너도 아마 초크체리에서 고등학교에 진학할 거고, SAT랑 ACT 시험도 봐야 하고, 대학 입시 때문에 스트레스를 받겠지. 그러니까 그전에 중학교에서 최고의 시간을 보내야 한다고. 우리 대부분이 그 일을 저지른 것도 아니고, 앞으로도 절대 다시는 일어나지 않을 일을 가지고 절절매느라 아까운 시간을 다 낭비하고 있잖아."

　캐럴라인과 미술 동아리 회장인 나 사이에는 일종의 역사가 있다. 캐럴라인은 기발한 아이디어를 계획할 때마다 나에게 포스터를 의뢰했다. 작년 12월에 우리 동아리에서는 캐럴라인이 기획한 시크릿 산타 프로그램 포스터를 36장이나 만들어서 모든 교실에 세 장씩 넉넉하게 붙였다. 우리 둘은 환상의 호흡을 자랑했고, 그 덕에 시크릿 산타는 굉장한 성공을 거두었다. 초크체리 학교 사람들이라면 모두가 알고 있는 사실이다. 하지만 그렇지 않은 단 한 사람이 있는데, 누굴까? 바로 브라데마스 교장 선생님이다. 교장 선생님은 당장 그만두라고, 기획자인 캐럴라인이 아닌 미술 동아리만 호되게 꾸짖었다. 단, 캐럴라인은 예외였다. 그일이 있고 교장 선생님은 곧바로 미술 동아리 활동을 일시 중단시켰다. 그런데 나는 어느 쪽이 더 두려운지 모르겠다. 중앙 홀의 하켄크로이츠인지, 아니면 나에게 모든 걸 떠넘길 캐럴라인의 핼러윈 댄스파티인지.

　관용 교육이 3주 차로 접어들면서 우리가 유일하게 얻은 교훈은 관용 교육을 질리도록 받지 않으려면 인종차별주의자가 되지 않아야 한다는 것이었다. 우리 소수의 학생들은 다른 아이들보다 더 진절머리가 났다. 다들 우리가 관용 교육을 원한다고 생각하는데, 전혀 그렇지 않다. 아침마다 교장 선생님이 그날의 새로운 프로젝트와 강의, 시청해야 할 영화를 공지할 때마다 교실에서 터져 나오는 한숨 소리에 창문이 덜커덕거릴 정도였다. 그렇지만 모두 기본 예의는 지켰다. 욕을 하거나 야유를 쏟아 내지는 않았으니까. 우리는 묵묵히 수업을 들었다. 관용 교육에 대한 우리의 관용은 이제 한계에 다다랐다.

선생님들도 눈치를 챈 모양이었다. 금요일 점심시간, 나는 교장 선생님의 호출을 받고 뭐가 있겠구나 직감했다. 교장 선생님은 교장실 바깥쪽에 붙일 용도로 미술 동아리가 지난 3주간의 교육을 기념하는 포스터를 벽면 크기로 제작해 주기를 원했다.

"먼저…." 교장 선생님이 단도직입적으로 말했다. "우리가 왜 이 교육을 하게 됐는지 알고 있지? 관용 교육과 관련해서 하이라이트 몇 개만 넣어 주렴."

나에게 교장 선생님의 지시를 거부할 권리는 없었다. "그럼 교육은 이제 끝나는 건가요?"

"그렇단다." 교장 선생님이 대답했다. "일단 너만 알고 있거라. 오늘 오후에 따로 공지할 거니까."

"네, 물론이죠." 나는 이렇게 대답하고는 교장실을 나서자마자 곧바로 온 학교에 말을 옮겼다. 미술 동아리의 회장직은 아이들 사이에서 인지도가 별로 없기 때문에, 내부 특종을 손에 넣으면 무조건 퍼트려야 한다. 이는 미술 동아리 회장의 신분으로는 감히 말을 걸어 볼 수도 없는 핵인싸들에게 접근할 수 있는 절호의 기회이기 때문이다. 2학년들과 소피 태버너, 패멀라 바인즈같이 인기 있는 여자아이들까지도 말이다.

단, 이야기를 전할 때는 당연히 비밀이니 아무에게도 말하지 말라는 단서를 붙인다. 그러면 자연스럽게 비밀을 입수한 아이가 친한 친구에게 가서 이 비밀을 떠벌린다. 장담하는데, 빅뉴스가 모두의 귀에 들어가는 데는 45분도 채 걸리지 않을 것이다. 우리는 이미 알고 있는 사실을 듣기 위해서 체육관에 모였고, 긴장된 분위기가 감돌았다.

내가 미리 소문을 낸 덕에 아이들은 교장 선생님이 공지하는 동안 쥐 죽은 듯이 얌전하게 있었다. 방정맞은 내 입이 아니었다면 진작에 아이들은 벌떡 일어나서 환호성을 질렀을 것이다. 그랬다면 브라데마스 교장 선생님은 틀림없이 교육이 부족했다고 생각할 것이다.

"지난 3주 동안 성숙한 태도로 진지하게 교육에 임해 준 여러분 모두에게 감사드립니다." 교장 선생님은 본론으로 들어갔다. "우리가 여기 다시 모인 것이 유쾌한 일은 아니지만, 분명 우리는 그 일로 더 나은 사람이 되었다고 생각합니다. 누가 그 끔찍한 문양을 그렸고, 어떤 목적으로 그런 짓을 했는지 끝까지 밝혀내지 못할 수도 있겠지요. 역겨운 장난을 하고 싶었던 것인지, 아니면 학교 기물을 훼손하려고 그런 것인지, 그것도 아니면 더 사악한 의도가 있는지도 모릅니다. 이유가 무엇이든, 이제 과거의 일이 되었고 우리는 극복해 냈습니다."

'더 사악한 의도.' 나는 이 말을 곱씹어 보았다. 나는 소수 집단의 아이들 중 한 명이니 더 충격을 받았어야 한다는 말일까.

"그리고 이제…." 브라데마스 교장 선생님은 말을 계속 이어 갔다. "기쁜 소식을 전할 차례가 되었습니다. 지난봄, 우리 학교 야구팀의 챔피언십 우승을 축하하도록 하겠습니다."

이 소식을 전하려고 강당이 아닌 체육관으로 집합시킨 것이 었다. 이제 초크체리 치타스를 기념하는 현수막이 내려올 타이밍이다. 나는 좀 속이 쓰렸다. 브라데마스 교장 선생님은 학교에서 포스터와 전단지가 필요할 때는 아무 보상도 없이 미술 동아리를 잘도 부려먹으면서 잘난 스포츠 팀이 좋은 성적을 올리면 전문가에게 현수막 제작을 맡긴다. 여지없이 그 현수막은 전교생이 박수갈채를 보내는 가운데 극적으로 펼쳐진다.

나는 이제 한동안 스포츠 현수막을 볼 일은 없을 거라 생각하며 스스로 위안을 삼았다. 우리 학교의 스타플레이어인 링크 롤리가 심한 장난을 치는 바람에 몹시 열이 받은 링크네 아빠가 링크에게 스포츠 팀 활동을 금지시켰기 때문이다. 링크와 그의 친구들이 워낙 시도 때도 없이 장난을 쳐서, 어떤 것이었는지도 기억나지 않는다. 아무튼 그런 이유로 이번 축구 시즌과 어쩌면 야구 시즌까지도 현수막 없이 지나갈지도 모르겠다.

연주 팀이 드럼 연주를 시작했다. 높은 사다리 위에서 대기하고 있던 케네디 아저씨가 끈을 풀자 현수막이 아래로 차르르 내려왔다. 그 순간 처음 몇 음이 흘러나오던 응원가가 멈추고 그 자리에 있던 모두는 숨이 턱 막혔다.

현수막에는 분명히 '사우스웨스턴 콜로라도 중학교 베이스볼 리그 챔피언스'라고 쓰여 있어야 했는데, 그 문구는 어디에도 없었다. 대신 진하고 얼룩덜룩한 검은색의 하켄크로이츠가 자리하고 있었다.

아이들은 중앙 홀에서 처음 하켄크로이츠를 봤을 때처럼 흥분하지 않았다. 아무도 휴대폰을 꺼내서 사진을 찍거나 셀카를 찍지 않았다. 3주 동안 관용 교육을 받았기 때문에 우리는 모두 그것이 정확히 무엇을 의미하는지 알고 있었다.

두려움이 엄습했다.

# 6장

**★★★★**

# 조디 두로스

아빠가 운영하는 두로스 건설은 초크체리와 섀드부시 카운티 전역에서 지붕을 설치하고 수리하는 일을 한다.

정말 고마워요, 아빠.

문제는 야구팀의 우승을 축하하는 현수막에 등장한 두 번째 하켄크로이츠가 지붕용 타르로 칠해졌다는 것이다. 그래서 경찰들이 우리 집으로 들이닥쳤고, 근처 사무실과 창고를 수색했다. 경찰들은 무엇을 찾으러 왔을까? 맞혀 보라. 당연히 대용량 지붕용 타르다.

아빠는 이런 일에 당황하는 법이 없다. "당신들은 내가 지붕에 무엇을 칠할 거라고 생각하는 거요? 풍선껌? 아니면 샐러드?"

경찰들은 아빠의 말장난을 받아칠 생각이 없어 보였다. "아들이 중학교 1학년이죠?"

오캐섹 경관은 의미심장한 눈으로 내 쪽을 쳐다보았다.

아빠는 경관을 경계하며 말했다. "그건 왜 묻는 거죠?"

그는 어깨를 으쓱했다. "타르를 쉽게 구할 수 있고, 학교에 다니고 있고, 설명이 더 필요해요?"

어쨌든 경찰들은 돌아갔다. 나는 나를 쳐다보는 그들의 눈빛이 마음에 들지 않았다. 마을 사람들도 나를 그런 눈으로 보는 것 같았다. 물론 내가 과민하게 반응하는 것일 수도 있지만. 경찰관에게 집을 수색당하는 건 정말이지 끔찍한 일이다.

설상가상으로 지역 신문 《섀드부시 카운티 데일리》에서 하켄크로이츠에 대해서 크게 떠들어 댔다.

## 또다시 등장한 인종차별 문양이 도시의 어두운 과거를 깨우다

*초크체리 중학교 관계자들은 학교 건물에서 두 번째 하켄크로이츠 문양을 발견하고 경악을 금치 못했다. 그것은 야구팀을 축하하는 현수막에 등장했다. 이로써 3주 전 발생한 첫 사건이 고의에 의한 것이었음이 증명되었다. 섀드부시 카운티 경찰청은 조사에 들어갔지만, 이 인종차별적이고 반유대주의적인 행위의 배후에 누가 있는지 명확한 그림을 얻어 내지 못하고 있다.*

*웩스퍼드 스마이스 대학교 공룡 화석 발굴 팀이 이 지역에 파견된 이후 초크체리에는 다양한 인종의 사람들이 유입되었다. 발굴 팀의 몇몇 자녀들이 중학교에 다니고 있지만, 고생물학자들과 그 가족들이 사건의 대상이라는 증거는 없다.*

*"아직 밝혀낸 것은 없지만, 반드시 범인을 잡을 것입니다." 베넷 오캐섹 경관은 초크체리 시청에서 가진 기자회견에서 이렇게 장담했다. "이런 짓을 한 자는 절대로 그냥 두어서는 안 됩니다."*

*초크체리 부동산의 소유주이자 지역 상공회의소 회장인 조지 롤린스는 "이 같은 사건은 우리 마을에서 전에 없던 일"이라고 덧붙였다.*

그런데 엄밀히 따지자면 그의 발언은 틀렸다. 1970년대까지만 해도 섀드부시 카운티는 극성 큐 클럭스 클랜들의 활동지였기 때문이다. 오래전부터 이곳에서 살아온 주민들은 1978년의 악명 높은 '천 개의 횃불의 밤'을 기억할 것이다. 당시 서부 전역에서 KKK 단체들이 섀드부시 카운티에 모여들어 불타는 십자가로 초크체리 산등성이를 에워쌌다….

다행히 기사에는 지붕용 타르나 두로스 건설에 대한 언급이 없었다. 하지만 찝찝한 기분은 여전했다.

"뉴스 기사 읽어 봤어?" 링크에게 말했다. "너의 아빠 이름이 나오더라."

월요일 아침, 우리 셋은 학교로 가고 있었다. 그 길에는 신문 자판기가 있는데, 파운시는 자판기를 발로 차서 신문이 나오게 하는 법을 알고 있었다. 파운시 덕에 우리는 공짜로 신문을 확보할 수 있었다. 지역 학교 스포츠 기사에 우리 이름이 나온 적은 있지만, 이번 하켄크로이츠 사건은 그런 기사와는 비교도 되지 않게 두고두고 사람들의 입방아에 올랐다.

"봤어." 링크가 씁쓸하게 받아쳤다. "안 그래도 아빠가 지난 주말에 집이 떠나가라 화를 냈어. 악성 기사 때문에 다이노파크의 꿈이 날아가 버릴까 봐 잔뜩 겁에 질리셨지. 너도 알잖아. 초크체리를 제2의 올랜도로 만드는 게 우리 아빠의 숙원 사업이란 거."

"자업자득 아닌가." 나는 말했다. "이로써 아빠에게 빼앗긴 네 이번 축구 시즌의 가격이 매겨졌네. 자그마치 다이노파크 하나의 값이었다니." 나는 좀 무서워졌다. 그리고 멀리 산등성이로 눈을 돌렸다. 어둠 속에서 불타는 십자가가 빙 둘러싸고 있는 모습을 상상해 보았다. "천 개의 횃불의 밤이라. 내가 알던 초크체리가 아닌 것 같아."

"우리 아빠는 별거 아니라고 하시던데." 링크가 끼어들었다. "그렇게 유명한 사건이야?"

"너네 아빠 말이 맞겠지?" 나는 링크와 하이파이브를 했다. "초크체리같이 지루한 동네에 그렇게 큰 사건이 일어났을 리 없지. 더군다나 그런 끔찍한 일이."

"가짜 뉴스야." 링크가 덧붙였다. "신문사는 사람들이 당혹스러워한다는 사실을 기사화하는 것 자체에 들떠 있는 거겠지."

"우리 아빠가 거기 있었어." 파운시가 먼 곳을 응시하면서 불쑥 말을 뱉었다.

"너희 아빠가? 어디에?" 나는 물었다.

"천 개의 횃불의 밤에." 파운시는 나지막한 목소리로 대답했다.

"1978년에?" 링크가 되물었다.

"그때 아빠는 다섯 살이었어." 파운시가 설명했다. "할아버지가 아빠를 거기에 데려갔대. 우리 아빠가 얼마나 얼간이인지 알지? 그런데 할아버지는 더 형편없었어. 클랜이었대. 생각보다 더 끔찍한 인간이었던 거야. 무슨 재미 삼아 낚시하러 가듯이 그런 곳에 아이를 데려간 거지."

링크가 자신의 머리를 부여잡았다. "부탁인데, 우리 집에서는 그 애기 절대로 꺼내지 마. 우리 꼰대가 그렇게 열 내는 거 처음

봤어. 그리고 알잖아. 더 최악은 우리 엄마야. 엄마는 다이노랜드 같은 데는 조금도 관심 없는 척하더니, 하켄크로이츠가 또 나왔다니까 완전히 충격 받은 눈치야. 하긴 아빠에게 제발 골프장이랑 리조트가 들어올 거라고 확신하지 말라고, 그 땅에 전 재산을 투자하지 말라고 애원한 사람도 엄마긴 하지."

몇 해 전, 파운시의 할아버지가 돌아가셨을 때가 떠올랐다. 장례식에는 사람이 별로 없었던 걸로 기억하는데, 돌이켜 생각해 보니 파운시의 할아버지가 KKK였기 때문이었나 보다. 어렸을 때라 잘 생각나지 않지만, 그땐 아마도 파운시를 위로하러 장례식에 갔던 것 같다. 이제 와서 그 노인의 실체를 알게 되다니, 소름이 끼친다.

"하지만 너희 아빠는 클랜이 아니잖아. 그렇지?" 나는 물었다.

파운시는 어깨를 으쓱해 보였다. "가족 일에는 신경 쓰고 싶지도 않아. 한집에서 같이 사는 것만으로도 충분히 괴로워. 어쨌든 확실한 건, 더는 우리 지역에서 클랜이 활동하지 않는다는 거지. 그건 전부 70년대 이전에 있었던 일이야."

학교로 들어서면서 링크는 미처 내가 생각하지 못한 얘기를 꺼냈다. "더 끔찍한 게 뭔지 알아? 이제 관용 교육은 절대 끝나지 않을 거란 거야. 두고 봐. 우리는 매일 아침, 무한으로 반복되는 〈그라운드호그 데이(똑같은 날을 여러 차례 다시 살게 되는 남자를 그린 영화-옮긴이)〉를 경험하게 될 테니."

"종이 클립 600만 개를 모았다는 테네시주의 그 학교가 자꾸 생각나." 내가 말했다. "꿈을 꿨는데, 우리가 어떤 사람들하고 폐차장에서 쓰는 거대한 마그넷 크레인을 몰고 있었어."

파운시가 콧방귀를 뀌었다. "선생님들 성에 찰 때까지 하는 바람에 종이 클립이 3000만 개나 모인 거 아닐까."

수업이 시작되려면 10분 정도 여유가 있었으므로, 잔디에는 아직 아이들이 많이 모여 있었다. 혹시 아이들이 지붕용 타르에 대한 이야기를 듣고는 내가 범인이라고 생각하는 건 아닐까 신경이 쓰였다. 우리 쪽으로 많은 시선이 쏠려 있었지만 특별한 점은 없었다. 여자아이들은 평소처럼 우리 마을의 스포츠 스타인 링크를 주로 보고 있었다. 그렇다고 나도 그렇게 꿀리는 외모는 아니다. 그때 데이나 레빈슨이 내 쪽을 보았다. 그런데 어쩐지 호의적은 눈빛이 아니다. 하켄크로이츠를 증오할 가장 큰 명분을 지닌 여자아이가 하켄크로이츠 사건의 가장 유력한 용의자인 누군가를 응시하는 것은 절대 우연일 수 없다.

"내가 뭘 어쨌는데?" 내가 데이나 쪽으로 얼굴을 불쑥 내밀자, 데이나는 홱 하고 가 버렸다.

건물 모퉁이를 돌아가니, 열댓 명의 아이들이 잔디에 트위스터 매트 네 장을 깔고 그 위에서 프레첼 모양으로 엉켜서 놀고 있었다. 캐럴라인 맥넛의 손에는 스피너가 있었고, 무슨 게임 중인 것 같았다.

"왼발, 녹색!"

아이들은 낄낄거리면서 번갈아 움직이다가 두 명이 머리를 부딪혀 꽥 하고 소리를 질렀다. 초등학교 6학년 아이들은 어쩌다 끌려왔는지 꿰다 놓은 보릿자루처럼 앉아서 구경하고 있었다.

"뭐 하는 거야?" 링크가 물었다.

"게임이야. 같이 하자!" 캐럴라인이 링크에게 오라고 손짓했다. "링크도 같이 한대!" 캐럴라인이 너무 큰 소리로 말하는 바람에 링크는 뒤로 물러섰다. "아니, 안 해."

"같이 하면 뭐 줄 건데, 캐럴라인?" 내가 물었다. "애들 데리고 뭐 하고 있냐? 아침 먹은 거 다 토하겠다."

캐럴라인은 방어적으로 말했다. "일반 학교에서는 다 이러고 놀아. 요즘 좀 바보 같은 일이 많았지만, 같이 뭉치게 하는 게 중학교 1학년 회장으로서 내가 할 일이라고."

"그래도 사건의 심각성을 안다면 트위스터나 하고 있지는 않을 것 같은데." 링크가 지적했다.

"정확히 짚었네." 캐럴라인이 설명했다. "우리가 그 사건에 빠져서 다 같이 풀이 죽어 있다면 하켄크로이츠 따위에 지는 거라고. 이게 우리가 싸우는 방식이야."

"트위스터를 하면서?" 내가 물었다.

"우리의 방식대로 삶을 살아가는 거라고!" 캐럴라인의 목소리가 커졌다. "누가 그런 짓을 했든지 간에 그 병신 같은 문양이 우리를 바꾸지 못한다는 걸 보여 주는 거라고!"

"내가 트위스터 게임을 하게 만들려면 하켄크로이츠보다 더 지독한 게 필요할 거야." 파운시가 말했다.

"그러지 말고 같이 하자!" 캐럴라인은 파운시의 소매를 잡아당겼지만 꿈쩍도 하지 않았다. 덩치 큰 아이들도 합세하여 파운시를 움직여 보려 했지만, 그럴수록 파운시는 더 있는 힘껏 발을 땅에 붙였다. 그 모습이 마치 펀칭 크라운(아이들이 주먹으로 치고 노는 오뚝이같이 생긴 장난감-옮긴이) 같았다.

그때 커다란 엔진 굉음이 들려왔고, 아이들은 일제히 하던 걸 멈췄다. 건물 모퉁이를 돌아가 보았더니 배달 트럭 한 대가 접수처를 지나 멀어지고 있었다. 차도 근처의 적재 구획 옆으로 못 보던 검은색 금속 쓰레기통이 놓여 있었고, 거기에 흰색으로 진하게 칠해진 무언가가 보였다.

세 번째 하켄크로이츠.

# 7장
★★★★
# 링컨 롤리

공룡 화석 발굴과 관련해서 엄청난 소식이 있었다. 발굴 팀이 벗겨진 페인트 조각만 한 캄프토사우루스의 두개골 파편을 발견한 것이었다. 과학자들도 굉장히 흥분했지만, 아빠는 그들보다 더 흥분했다.

"이거야말로 우리에게 필요한 거야!" 아빠가 환호성을 질렀다. "하켄크로이츠 같은 헛소리를 신문 1면에서 쓸어버릴 수 있는 엄청난 희소식이라고!"

"나라면 헛소리라는 표현은 쓰지 않겠어요." 건넛방에서 트레드밀 소리와 함께 엄마의 목소리가 들렸다. 엄마는 요즘 한창 운동에 빠져 있다. 아마도 하켄크로이츠 사건으로 복잡해진 머리를 식히려는 모양이다.

"이제 곧 보게 될 거요!" 아빠가 큰 소리로 말했다. "굉장한 게 발굴되었으니 매스컴에서도 여기저기 떠들어 대기 시작할 거라고. 이제 내가 예상했던 길로 잘 가면 되는 거야." 아빠는 노트북 앞에 앉아서 구글을 열었다.

다행이었다. 아빠는 내가 우편함 투입구로 비료를 털어 넣었던 일로 웩스퍼드 스마이스 대학이 화가 나서 초크체리에서 발굴 팀을 철수해 버린다면 내가 얼마나 후회하게 될지 이미 경고했었다. 아빠는 그 장난 때문에 법적인 문제에 휘말려 내 미래가 발목 잡힐 거라 생각했나 보다. 그래. 뭐니 뭐니 해도 한 사람의 미래를 원래의 궤도로 되돌려 놓기에, 완전히 새롭게 발견된 1억 년 전의 파편만 한 것은 없으니까.

그런데 아빠 이마에 진 주름과 키보드를 치는 소리가 더 격렬해졌다. "왜 이러는 거지? 두개골 파편 이야기는 어디로 간 거야?"

엄마가 트레드밀의 속도를 높이는 소리가 들렸다.

나는 아빠의 어깨 너머로 노트북 화면을 응시했다. '캄프토사우루스 두개골'을 검색해서 나온 결과라고는 '7세 이상(삼킬 위험이 있음)을 대상으로 하는 캄프토사우루스 뼈 모형과 리얼리티 공룡 인터랙션' 광고가 전부였다. 다음으로 웩스퍼드 스마이스 대학을 검색하자, 나무가 즐비한 캠퍼스 사진과 적외선 천문학 강의 요강이 나왔다.

"초크체리로 검색해 보세요." 내가 말했다.

이 말을 하는 게 아니었다. 아빠가 검색창에 우리 마을의 이름을 입력했더니, 그 결과 유독 한 단어가 도드라지게 나타났다. 한 페이지에 무려 열일곱 번이나 등장한 그 단어는 바로 '하켄크로이츠'였다.

*초크체리 중학교에 등장한 세 번째 하켄크로이츠… 하켄크로이츠 낙서가 산골 동네를 뒤집어 놓다… 하켄크로이츠 사건에 당황한 경관… 마을의 인종차별적 과거를 일깨운 하켄크로이츠.*

이런 식의 검색 결과가 줄줄이 이어졌다.

"이러니 사람들이 언론이라고 하면 진저리를 치지." 아빠는 격하게 비난했다. "저런 자극적인 기사나 내보내느라고 정작 중요한 과학적 발견은 무시하는 꼴이라니!"

내가 있는 자리에서 엄마는 보이지 않았지만, 엄마의 발소리가 기관총처럼 빨라지는 걸 보니 엄청난 속도로 달리고 있는 모양이다.

나는 중간쯤 나와 있는 검색 결과를 가리켰다. "와우, 릴톡이다. 엄청 유명한 블로거예요!"

아빠는 내가 무슨 죽을죄라도 지은 것처럼 나를 쏘아보았다. "정말이야? 이 작자에 대해서 들어 봤다고?" 아빠는 링크를 클릭했다.

유튜브 클립이 열리고, 인터넷상에서 릴톡이라는 이름을 사용하는 애덤 톡의 얼굴이 등장했다. 그는 항상 카메라 렌즈에 얼굴을 바짝 붙이고 있어서 눈썹부터 턱 중간까지밖에 보이지 않았다. 여기에 이글이글 타는 눈빛과 혀짤배기 속사포 말투가 더해져 아주 강렬한 인상을 준다.

"톡네이션에 올라온 댓글 아주 잘 읽었습니다. 나에게 도시를 떠나 보라고 했죠? 좁아터진 주차 공간 때문에 피가 터지게 싸우지 말고 범죄와 쓰레기 더미에서도 해방되라고. 상쾌한 공기와 친절한 사람들이 살고 있는, 밤의 재스민 향기가 창문을 통해 스미는 작은 마을을 찾아보라고 그랬잖아요. 정말 좋은 생각이군요!" 순간 그의 일자 눈썹이 V자 모양으로 변하더니 얼굴이 벌겋게 달아올랐다. "그렇다면 콜로라도에 있는 초크체리는 어때요? 중학교 건물에서 하켄크로이츠가 발견되었다는 그 동네 말이에요."

아빠는 곧바로 유튜브 창을 닫아 버렸다. "링크, 이 정신 나간 녀석은 뭐야? 뉴욕 사람이라면서 우리 동네에 대해서 대체 뭐라고 떠벌리는 거야?"

"저 사람, 원래 저런 식이에요. 저게 트레이드마크예요." 나는 애써 설명했다. "어떤 주제를 논리적으로 얘기하다가 갑자기 열을 올리면서 소리를 질러요. 그런 식으로 재미를 주는 거죠."

"그런데 왜 초크체리 얘기를 하면서 소리를 지르냐?" 아빠가 다그쳤다.

"개인적인 감정은 없을걸요. 어떤 얘기든 저렇게 화를 내요. 와이파이가 나갔을 때의 얘기를 올린 영상을 보셨어야 하는데. 하느님을 탓하던데요."

내 말에 아빠는 더욱 화를 냈다. "뭐 눈에는 뭐만 보인다더니, 이게 웃기다고? 저 녀석은 초크체리에 와 본 적도 없다면서? 우리 마을에 대해 뭘 안다고 저런 말을 지껄이는 거야? 그냥 웃기려고 인터넷에 접속한 수백만 명의 사람들 앞에서 우리 동네를 깎아내리는 거라고."

"그냥 장난 같은 거예요." 나도 지지 않았다. "오늘은 그 대상이 초크체리일 뿐이라고요. 내일은 또 다른 영상이 올라올걸요. 날씨나 기름 값이나 초콜릿이 듬뿍 들어가지 않은 초콜릿 우유 같은 시시한 얘기들이요."

아빠는 요지부동이었다. "이건 고소감이야. 상공회의소에서 투표에 부쳐야겠어. 그 누구도 우리 마을에 대해서 거짓 뉴스를 퍼트릴 자격은 없다고."

"엄밀히 따지면 릴톡이 거짓말한 것도 아니죠." 나는 아빠의 말을 정정했다. "우리 학교에서 하켄크로이츠가 나온 건 백 퍼센트 사실이니까."

아빠는 키보드가 천장까지 튕기지 않는 게 기적일 정도로 노트북을 세게 덮어 버렸다. "난 산책 좀 해야겠다!" 아빠는 못마땅한 목소리로 말하고는 문을 쾅 닫고 나가 버렸다.

집은 다시 조용해졌고, 나는 트레드밀 소리가 더 이상 들리지 않는다는 것을 알아차렸다.

"오늘 운동은 끝났어요?" 나는 엄마 쪽으로 갔다.

엄마가 있는 방으로 머리를 쏙 들이밀자 엄마는 마치 유일한 친구를 잃은 듯 망연자실한 얼굴로 의자에 털썩 주저앉아 있었다.

"무슨 일 있어요?" 순간 무서운 생각이 머리를 스쳤다. "혹시 아빠가 다이노랜드에 전 재산을 투자한 거예요?"

엄마는 예상치 못한 질문이라는 듯 대답했다. "아니, 그런 게 아니야. 우리는 괜찮단다. 더러운 부자는 되지 않을 거니까. 안심하렴."

"그럼 뭐 때문에 그러고 계세요? 아빠가 하켄크로이츠 뉴스에는 저렇게 발끈하시지만 시간이 지나면 또 괜찮아지잖아요."

"하켄크로이츠 뉴스." 엄마는 힘없이 그 단어를 되뇌었다. "나는 살면서 '하켄크로이츠' 때문에 걱정하는 일이 생길 거라고는 꿈에도 몰랐단다."

"그렇지 않아요." 내가 말했다. "나치나 백인 우월주의자들이 그 문양을 사용하면 위험하지만, 이제 그럴 일은 없잖아요."

"어쩌면 그럴지도 모르지." 엄마는 의미심장하게 말했다. "하지만 70년대에 불타는 십자가 얘기는 생각만 해도 정말 끔찍하구나. 다시 그런 일이 생긴다면….”

“그럴 일은 없을 거예요.” 나는 엄마를 안심시켰다. “설령 그런 일이 또 일어난다 해도, 내 말은, 그러니까 그건 나쁜 짓이잖아요. 우리 가족에게 위협이 되지는 않을 거예요.”

순간 엄마의 눈가에 고여 있던 눈물이 뺨을 타고 흘러내렸다. 대체 무슨 일인가. 나는 난생처음 엄마가 우는 모습을 보고 어리둥절했다.

“엄마, 괜찮아요?” 내가 물었다.

엄마는 대답 대신 질문했다. “너는 엄마 친척들에 대해서 궁금한 적 없었니? 할아버지 쪽 친척 말고, 할머니 쪽 말이야.”

나는 엄마가 무슨 대답을 원하는지 알 수 없었다. “생각해 본 적 없는데요.” 나는 솔직하게 말했다. “그런데 할머니가 고아원에서 자라셨다는 건 기억나요. 맞죠?”

엄마는 고개를 끄덕였다. “맞아, 프랑스에 있는 고아원이었지. 그게 뭘 의미하는지 생각해 본 적 있어?”

나는 조금 당황했다. “우리가 프랑스계 미국인이라는 거요?”

엄마는 가볍게 미소를 지었다. “맞는 말이긴 하지. 하지만 중요한 건 그게 아니야. 할머니는 고아가 아니었는데도 한 번도 자신의 부모님을 본 적이 없으셔. 그분들은 할머니의 목숨을 구하려고 아기였던 할머니를 수녀원으로 보낸 거야.”

“뭐라고요?” 처음 듣는 이야기였다. “왜…?”

“1941년에.” 엄마는 설명을 이어 갔다. “당시 프랑스는 나치 점령하에 있었어. 할머니의 부모님은 두 분 다 체포되어 수용소로 끌려가셨기 때문에 할머니를 포기했던 거야.”

“수용소요?” 나는 충격에 휩싸였다. “무슨 잘못을 하셨는데요?”

“아직 모르겠니?” 엄마는 힘겹게 눈물을 참으며 말했다. “내 가족은 유대인이란다. 할머니는 수녀원에서 가톨릭 신자로 자라셨지만 유대인이었어.”

나는 도무지 이해되지 않았다. “그럴 리가! 작년 크리스마스에도 할머니 보러 갔었잖아요! 분명 크리스마스트리도 있었는데.”

“3년 전 수녀원에서 기록을 공개하기 전까지만 해도 할머니 역시 모르셨어.” 엄마가 말했다. “할머니는 가족 중에 유일한 생존자였단다. 할머니의 부모님과 모든 친척들은 홀로코스트에서 나치에 의해 학살당했어. 할머니가 그 사실을 알게 되었을 때는 이미 80년 가까이 크리스천으로 살아오신 후였단다. 할머니는 기독교 문화에서 결혼하고 자식들을 키우셨지. 나 역시 그렇게 자랐고. 하지만 출생의 배경은 알아야 하지 않겠니? 이제 너도 알 때가 되었다고 생각해.”

나는 어리둥절했다. “그럼 우리는 유대인이에요?”

“음, 아빠는 아니지. 그리고 나도 절반만 유대인이고. 그러니까 너는 25퍼센트가 유대인인 셈이야.” 엄마는 나를 안심시키려는 듯 내 어깨를 감쌌다. “달라지는 건 없어, 링크. 우리는 이전과 똑같이 살아갈 거야. 당연히 크리스마스와 부활절도 지킬 거고. 이제 와서 교회나 종교를 바꾸는 일은 없어. 하지만 하켄크로이츠가 우리와 아무 상관이 없다는 네 생각은 틀렸단다.”

“아빠도 이 사실을 아세요?”

엄마는 엷은 미소를 지었다. "당연히 알고 있지. 아빠가 나에게 얼마나 힘이 되어 주는지 몰라. 아빠가 하켄크로이츠 이야기만 나오면 그렇게 화를 내는 것도 다 그 이유 때문이야. 너는 아빠가 다이노랜드에 집착한다고 생각하는 거 알아. 하지만 다 너와 나를 위해서 그러시는 거야."

머리가 핑 도는 것 같았다. 어떻게 하루아침에 다른 사람이 될 수 있는 거지? 내가 유대인이라고? 그게 잘못됐다는 건 아니지만, 왠지 나는 내가 아닌 것 같았다. 심지어 나는 유대인을 본 적도 없다.

음, 정확히 말하면 아는 유대인이 한 명 있긴 하다. 데이나. 잘 아는 사이는 아니지만. 데이나는 초크체리 아이가 아니다. 하지만 그것 말고는 지극히 평범하다. 게다가 데이나의 아빠는 공룡 똥 사건을 두고 농담으로 받아칠 줄 아는 사람이다.

내가 지금까지와는 다른 사람이라는 사실을 알게 되다니, 말로 표현할 수 없을 정도로 기분이 이상했다. 하지만 기본적으로 달라지는 건 없다. 어떻게 달라질 수 있겠어? 전혀 그럴 리 없다. 그렇겠지?

'내 말이 맞는 거겠지?'

"이 사실을 언제쯤 저한테 말씀하실 작정이셨어요?" 내가 물었다. "끝까지 비밀로 할 생각이셨어요?"

"너 화났구나."

"당연히 화가 나죠!" 나는 버럭 소리를 질렀다. "그동안 나는 내가 누구인지도 모른 채 살아왔다고요! 이렇게 중요한 얘기를 이제야 꺼내다니!"

엄마는 난처한 기색이 역력했다. "미안해. 적당한 때를 기다리고 있었는데 기회가 없었어. 엄마도 3년 전에 알게 됐다고 했잖니. 그때 나도 너와 똑같은 느낌이었어. 그래서 네가 지금 얼마나 혼란스러울지 이해해. 하지만 결국 나는 이전의 나와 다르지 않다는 사실을 깨달았단다. 과거에 대해서 아는 건 중요해. 하지만 정말 중요한 건 현재야. 우리의 삶, 우리 가족, 너와 엄마, 아빠. 달라지는 건 없단다."

나는 뒷걸음질 쳤다. "그래도 빨리 말해 주셨어야죠." 그 말에 엄마는 다시 울음을 터트렸다. 나는 내가 유대인이라는 사실에 분노하는 게 아니다. 지난 3주 내내 학교에서 편견과 인종차별, 나치즘과 홀로코스트에 대해 배우고 있다는 걸 알면서도 엄마는 전혀 나에게 내색하지 않았다는 것이다. 바로 이 점이 나를 미치도록 화나게 만들었다.

아빠도 마찬가지다. 아빠는 이 모든 걸 알고 있었으면서, 하켄크로이츠 사건에 대해서는 자기가 하고 싶은 말만 했다. 만약에 우리가 유대인이라는 사실이 이득이 되었다면 내게 진작 말해 주었겠지? 적어도 내 상식에서는 절대 숨겨서는 안 되는 얘기다. 하지만 아무도 나에게 그 어떤 말조차 하지 않았다.

그런데 이제 뭘 어쩌라는 거지? 엄마 말대로라면 나는 그 사실을 무시한 채 살아야 한다. 어떻게 그럴 수 있지? 당장 조디를 만나면 무슨 얘기를 해야 하지?

나: 오늘 뭐 했어?

조디: 공 좀 가지고 놀다가 가게에서 아빠를 도와줬어. 너는?

나: 별거 없었어. 그런데 글쎄, 평생 내 종교를 잘못 알고 있었지

뭐야. 그나저나 엑스박스 게임이나 할까?

아니면 파운시에게는 뭐라고 문자를 하지?

파운시: 뭐 했어?

나: 응, 내가 유대인이래.

솔직히 나는 신경 쓰지 않지만, 파운시의 할아버지가 KKK였다는 사실이 문득 생각났다. 그리고 파운시의 아빠는 거의 모든 분야에서 악명 높은 불한당에다 심지어 인종차별주의자다. 파운시의 아빠가 유대인에 대해서 말하는 건 들어 보지 못했지만, 그건 아마 그가 아는 유대인이 없기 때문일 것이다.

정정: 파운시의 아빠는 자신이 인종차별주의자라고 생각하지 않는다. 하지만 '나는 유대인'이다. 부분적으로. 25퍼센트.

사실 이건 파운시와는 아무 상관도 없는 이야기다. 하지만 마음이 편치 않다.

클랜의 끔찍함을 알고 있던 어제만 해도 아무렇지 않았다. 그런데 뭐가 달라진 걸까? 이제는 내가 '알게' 되었다는 것이다.

달라진 건 없다는 엄마의 말은 또 다른 거짓말이다.

냉정하게 말하자면, 엄마와 아빠는 내게 '거짓말'은 하지 않았다. 단지 내가 물어보지 않았을 뿐. "설마, 우리가 유대인은 아니지?" 하고.

엄마는 정말로 별일 아니라고 생각하는 모양이다. 심지어 이제 그 사실에 익숙해진 것 같다. 나라고 왜 못 하겠는가? 평소처럼 친구들이랑 학교 다니고 운동하면서 바쁘게 지내다 보면 다 잊힐 것이다.

학교 하니까, 갑자기 중앙 홀 벽에 선명하게 칠해져 있던 커다랗고 붉은 하켄크로이츠가 또렷하게 생각났다. 이미 알고 있는 상징, 색깔, 모양인데 뒷머리가 쭈뼛 서는 것 같았다. 동시에 어린 아기였던 할머니가 한 번도 본 적 없는 사람들 손에 넘겨지는 광경을 그려 보았다. 이후 할머니는 두 번 다시 가족을 만나지 못했다.

5학년 때 있었던 홀로코스트 수업과 지난 3주 동안의 관용 교육을 통해 배웠던 독일 나치가 머릿속에서 계속 맴돌았다. '과거'의 역사라고만 생각했는데 '우리' 가족에게 일어난 일이라니. 할머니 쪽 사촌들은 어디에 있는 거지? 그들의 부모님, 조부모님 모두 나치가 학살했기 때문에 이 세상에 태어나지도 못한 거잖아.

정신이 혼미해졌다. 이 모든 생각들이 뒤죽박죽되면서 머리가 깨질 것만 같았다. 누구라도 붙들고 이 이야기를 털어놓고 싶었다. 하지만 누구에게?

부모님?

부모님은 오랫동안 나에게 진실을 숨겨 온 사람들이다.

그럼 친구들?

아마 나만큼이나 당황해서 어쩔 줄 몰라 할 것이다.

과연 내 얘기를 들어 줄 사람이 있을까?

# 8장
**★ ★ ★ ★**
## 데이나 레빈슨

나는 하켄크로이츠 공포증이 있다.

어디서나 그게 보인다. 심지어 구름, 벽지 패턴, 러그 무늬에도 나타난다. 일단 머릿속에 그게 떠오르기 시작하면 미칠 것 같다. 심지어 스파게티를 먹을 때 아무리 포크로 휘저어도 면발이 다시 그 끔찍한 모양으로 돌아가 버린다.

결국 남동생 라이언이 내가 살인마 같은 표정으로 그릇을 응시하는 것을 알아차리고 말았다. 그 녀석은 그걸 자기 접시에서 게티즈버그 전투를 재연해도 좋다는 사인으로 받아들이고는 총소리를 내면서 나지막이 "돌격!"이라고 외쳤다. 순식간에 테이블은 토마토소스 범벅이 되어 버렸다.

아빠는 한숨을 쉬었다. "너희 둘 다 먹기 싫으면 그만 먹어도 돼. 제발 식탁을 엉망으로 만들지는 말자."

끌과 붓으로 사암에서 화석을 찾아내느라 온종일을 보내는 사람으로부터 나온 말이다. 아빠는 늘 진흙 목욕을 한 것 같은 행색으로 집에 온다. 적어도 엄마의 말을 빌리자면 그렇다. 반면 엄마는 과학자들과 함께 발견물의 목록을 만드는 업무를 하기 때문에 아빠처럼 지저분해질 일이 없다.

전혀 상관없는 곳에서 하켄크로이츠를 보게 되는 것보다 더 끔찍한 일은 다음에는 그것이 어디서 나타날지 두려움에 떠는 것이다. 누가 이런 짓을 했건 간에, 그 사람은 이 일을 저지르는 데에 의지를 불태우고 있기 때문에 어느 곳에서든 그 끔찍한 문양을 드러낼 것이다. 사물함에 스크래치를 낸다거나, 창문에 테이프를 붙인다거나, 게시판과 진열장에도 충분히 표시할 수 있다.

그 문양은 벌써 여덟 번이나 등장했지만, 이것이 누구의 소행인지는 아무도 모른다. 학교 측에서는 범인을 잡기 위해 경비의 수를 더 늘렸지만 아직까지 아무 소득이 없다. 그들은 학생 중에 범인이 있을 거라는 한 가지 가정만으로 이 사건에 접근하고 있다. 매일 600명의 학생들이 등교하는데, 이 모든 학생을 감시할 경찰관이나 지역 인력은 턱없이 부족하다.

나는 굳이 어디에서 새로운 하켄크로이츠가 나왔는지 알아볼 필요가 없었다. 갑자기 아이들이 나에게 친절하게 굴거나 내가 잘 살아 있는지 확인하려 든다. 어떻게 지내는지, 잘 견디고 있는지 물어본다. 그것이 그저 단순한 친절인 걸 잘 알면서도 불쑥 튀어나오는 하켄크로이츠보다 아이들의 동정심에 더 화가 나는 건 내가 성격이 모난 사람이기 때문일까? 앤드루와 다른 아시아계의 아이들은 그런 관심을 받지 않는다. 그리고 흑인과 라틴계 아이들도 마찬가지다. 오로지 나에게만 관심이 쏟아진다. 유대인이라는 이유로.

나는 이 사건이 왠지 비행 청소년이 사람들을 놀래 주려고 꾸민 짓이라는 느낌을 지울 수가 없다. 더 심각한 건 이것이 사람들에게 통한다는 것이다. 게다가 1970년대로 거슬러 올라가 불타는 십자가와 큐 클럭스 클랜 이야기까지 끄집어냈다. 만약에 우리 가족이 표적이라면?

엄마와 아빠는 매일 누군가 나에게 위협이 되는 말이나 행동을 했을 경우 엄마, 아빠에게 바로 이야기하라고 단단히 일러두었다. 라이언에게는 간섭이 덜한 편이다. 초등학교 2학년을 겁주려는 사람은 없을 테니까. 하지만 라이언도 밤마다 조용히 물어오는 질문을 피할 수는 없었다. 요즘 들어 친구들의 태도가 달라진 게 있는지, 친구들이 알아듣지 못하는 단어를 이야기하는지.

하루는 라이언이 물었다. "그런데 하큼크로이가 뭐야?"

엄마는 이 질문을 예상하고 있었다는 듯 잠시의 머뭇거림도 없이 대답했다. "응, 그건 올챙이랑 도마뱀이 서식하는 진흙으로 덮인 습지야."

엄마가 아주 자연스럽게 사실적으로 설명한 덕에 동생은 의심 없이 받아들이는 것 같았다. 나는 라이언이 부러웠다. 라이언이 계속 모르길 바라지만, 그럴 수 있을까. 하켄크로이츠 얘기를 모르는 사람이 없고, 점점 더 시끄러워지고 있는데.

아빠는 우리를 걸어가게 하는 대신 학교까지 차로 태워다 주었다. "이로써 불쌍한 아이들은 이제 신선한 공기도 충분히 마시지 못하고, 운동도 못 하게 되었습니다."

라이언이 차에서 내려 차 문을 쾅 닫고 초등학교 건물로 뛰어 들어갔다. "나도 일곱 살이면 좋겠네. 저때는 고민이라고 해봐야 점심 도시락에 어떤 맛 푸딩이 들어 있을까 정도니까."

아빠는 미끼를 물지 않았다. 다음으로 내가 무슨 말을 할지

훤히 꿰고 있기 때문이다. 때로는 박사 부모님들 손에서 자라는 게 피곤할 때도 있다. 두 분은 항상 나보다 한 수 위다. 아빠는 도로 쪽으로 차 핸들을 꺾어서 건너편 중학교를 향해 출발했다.

나는 대놓고 이야기했다. "아빠, 대학교에서 엄마와 아빠를 다른 곳으로 이동시킨다는 얘기는 없어요?"

아빠는 곁눈질로 나를 쳐다보았다. "실은 파리로 가고 싶었는데 에펠탑 아래에는 디플로도쿠스 뼈가 묻혀 있지 않다는구나."

"하나도 재미없거든요." 나는 볼멘소리로 말했다. "하켄크로이츠가 계속 나오고 있는데 유대인 아이라고는 나 하나뿐인 상황 말이에요."

아빠는 학교 앞 하차 구역 앞에 차를 세웠다. "엄마와 나도 그게 달갑지 않다는 거 알아. 우리 둘 다 유대인 아이라고는 나 하나뿐인 환경에서 크진 않았지만 말이다…. 그리고 우리가 이곳으로 온 건 그 사건이 터지기 전이잖니."

"알아요. 하지만 지금은…."

"내가 보기에 너희 학교는 상당히 애쓰고 있어. 그 일을 그냥 덮으려는 것 같지는 않거든. 나는 꼭 범인이 잡힐 거라 믿는다. 아마 누군가가 생각 없이 저지른 장난일 거야. 그래서 우리 가족에게 아무런 위협이 되지 않기를 바란단다. 하지만…." 아빠는 내 눈을 똑바로 쳐다보며 말을 이었다. "만약 너와 라이언의 안전이 위협받는다면, 우리는 이곳을 떠날 거야. 이상 끝."

"하지만 저는 아직 학교에 가야 한다고요." 나는 체념했다.

"하지만 너는 아직 학교에 가야 하지."

나는 한숨을 내쉬며 차에서 내렸다. 아빠가 짐작하는 대로 누군가의 장난일지 모르지만, 아빠는 내 입장이 되어 보지 않았으니까. 아빠는 학교 게시판이나 중앙 홀 벽에 또 그것이 나타나는 건 아닌지 늘 신경을 곤두세워야 하는 내 심정을 모른다. 아빠는 그것이 또 나타났다며 나를 위해 적절한 동정의 표현을 찾는 그 수많은 얼굴을 마주해야 하는 기분을 절대 이해하지 못할 것이다. 자, 이제 끔찍한 내 세상으로 들어가 볼까.

오늘은 아무도 나를 쳐다보지 않는다. 다행이라고 해야 할까? 중앙 홀까지 거의 다 왔는데도 새로운 나쁜 소식에 대해 얼마나 유감인지 말하려고 나를 따로 부르는 사람은 아직 없었다.

어, 그런데 누가 내 사물함 앞에 서 있는 것 같은데. 잠깐, 링크 롤리잖아. 링크는 우리 학교에서 잘나가는 스포츠 스타다. 우리 아빠 사무실에 장난을 친 아이기도 하다. 도대체 저 아이가 나에게 무슨 볼일이 있는 거지? 어쩐지 수상한데.

"데이나, 잠깐 얘기 좀 할 수 있어?"

그래도 대답은 해야겠지. "응, 그런데 무슨 일로?"

링크는 경찰에게 쫓기는 탈옥수처럼 은밀하게 주위를 살폈다. "여기에서 말고."

링크는 내 팔을 잡고는 나를 계단으로 끌고 갔다. 그러고는 두 명의 아이들이 계단 위로 사라지기를 기다렸다가 입을 열었다. 심지어 들릴까 말까 할 정도로 아주 작은 목소리로.

"안 들려." 나는 주뼛거리며 말했다. 나는 인기 있는 남자아이가 말을 걸어오는 것에 익숙하지 않다. 하물며 이런 식은 더 불편했다. 대체 왜 이러는 거지?

"내가 유대인인 것 같다고."

그 말과 함께 여태까지의 불편한 느낌이 싹 가셨다. 나는 화가 치밀어 올랐다. "이러는 게 재미있니?"

"아니야, 진짜라니까! 내가…."

미치도록 화가 났다. "멍청한 네 친구들하고 짜고서 유대인 여자아이나 실컷 놀려 먹으려고?"

"절대 그런 거 아니야! 내 말 좀 들어 봐!"

링크가 쏟아 내는 얘기는 농담이라고 하기에는 너무 충격적이었다. 링크의 할머니는 나치의 손을 피해 수녀원으로 보내졌고, 가족 중 유일하게 홀로코스트에서 살아남은 유대인이었다.

"정말 끔찍하다!" 내가 말했다. 진심이었다. "그런데 왜 지금 이 얘기를 하는 거야?"

"나도 어제서야 알게 된 사실이야." 링크는 진지하게 설명했다. "그동안 아무도 내게 말해 주지 않았어. 그런데 하켄크로이츠 사건으로 엄마가 굉장히 화를 내시는 거야."

나는 링크의 얼굴을 찬찬히 뜯어보았다. 그는 천 퍼센트 진지해 보였고, 꽤 격앙되어 있었다. 링크가 희대의 대배우가 아닌 이상, 거짓을 말하는 게 아니라는 걸 금방 알 수 있었다.

"진짜 충격이었겠다." 나는 말했다.

"그래서 너한테 바로 온 거야."

어떻게 대답해야 할지 몰랐다. "나한테? 왜?"

링크는 놀란 눈으로 나를 쳐다보았다. "너는 유대인이잖아."

"그래서?"

"그러니까 너라면… 어… 내가 어떻게 해야 하는지… 말해 줄 수 있지 않을까 해서."

나는 완전히 할 말을 잃었다. 나의 고조부모님은 20세기 초에 미국으로 이주했고, 홀로코스트에서 죽은 나의 친척들은 내가 한 번도 본 적이 없는 조상의 사촌들이다. 링크처럼 가까운 가족 중에는 없다.

"부모님은 뭐라셔?" 내가 물었다.

"아무 일도 없던 것처럼 지내길 바라지." 링크가 말했다. "하지만 그건 불가능해. 엄마, 아빠는 나에게 사실을 숨겨 왔어. 부모님은 내가 본모습을 찾지 못하게 막고 있다고. 절대로 그렇게 되도록 놔두지 않을 거야."

"잠깐만." 나는 적당한 말을 찾으려 애썼다. "그러니까 네 말은… 유대인이 되고 싶다는 거야? 아니면 종교를 바꾼다거나."

링크는 내키지 않는 듯 어깨를 으쓱했다. "모르겠어. 솔직히 종교는 내 인생에서 그렇게 큰 부분을 차지하지 않거든. 난 매주 교회에 나가지도 않아."

"우리도 그렇게 종교적이지는 않아." 나는 말했다. "유대교 율법을 철저히 따르는 것도 아니고 예배에도 거의 참석하지 않으니까. 가장 가까운 유대교 회당이 160킬로미터나 떨어져 있거든. 하지만 우리 가족에게 문제 될 건 없어. 우리는 우리 식으로 안식일을 지키면서 살아. 우리 부모님은 공룡 화석 탐험가인데, 종교 의식보다 일이 더 중요하다고 생각하셔."

"하지만 너도 분명 유대인이잖아. 그렇지?"

잔뜩 불안에 떨고 있는 링크의 모습에 그만 웃음이 나왔다. "응, 백 퍼센트." 나는 즉시 링크를 안심시켰다. "엄밀히 따지면

너도 유대인이긴 하지. 혈통은 여자 쪽을 따르니까. 너희 할머니
가 유대인이면, 너희 엄마도 유대인이고, 그러니까 너도 유대인인
거지."

링크의 얼굴빛이 밝아졌다. "맞아, 내가 알아야 할 게 바로
그거였어! 또 뭐가 있지?"

나는 웃어 보였다. "너도 알다시피, 나는 랍비가 아니야. 그게
왜 그렇게 중요한 거야?"

한 번도 신중한 스타일이라고 생각해 본 적 없던 아이가, 지
금 내 앞에서 하고 싶은 말을 떠올리느라 굉장히 고심하고 있다.
"어떻게 설명해야 좋을지 모르겠는데, 지금껏 살아오면서 주변
사람 모두 나보다 나에 대해 더 많이 알고 있는 것 같았어. 아빠
는 늘 내 미래에 대해서 훤히 내다보는 것처럼 말해. 그런데 나는
그렇지 않거든. 친구들도 나를 운동 잘하고, 인기 많고, 장난 잘
치는 그런 사람으로 생각하지. 뭐, 맞는 말이긴 하지만… 꼭 그렇
지만은 않아. 난 이제 와서 갑자기 내가 지금껏 알던 나와 다른
사람이었다는 걸 알게 되었어. 지금 내가 하고 있는 것들이 정말
내가 해야 하는 것들인지 혼란스러워. 내 말 이해하겠어?"

링크는 새롭게 알게 된 충격적인 사실 때문에 머리가 복잡해
보였다…. 하지만 나 역시 무슨 말을 해야 할지 몰랐다. 나는 공
식적으로 유대교 환영 위원회 회원은 아니지만, 적어도 지금은 내
가 링크가 의지할 수 있는 유일한 사람이라는 것은 잘 알겠다.
유대인에 대해서 알고 있는 것 중 하나는 도움을 청하는 사람을
모른 척하지 않는다는 것이다.

수업 종이 울리면서 이 예상치 못한 대화로부터 벗어날 구실

이 생겼다. "좋아." 나는 조심스럽게 말했다. "음, 네 얘기 들려 줘서 고마워. 나 먼저 갈게."

"얘기 아직 안 끝났어!" 링크는 다급하게 말했다.

"이제 수업 시작이야."

"이렇게 가겠다고? 너는 태어나면서부터 유대인인 걸 알았지만, 나는 13년이나 지난 뒤에 알게 됐다고. 뭘 어떻게 해야 할지 모르겠어."

'13'이라는 숫자가 머리에 꽂혔다.

"바르 미츠바(유대교에서 치르는 성년 의례를 바르 미츠바Bar Mitzvah와 바트 미츠바Bat Mitzvah라 일컫는데 남자의 경우 13세, 여자의 경우 12세가 되면 각자의 행동에 책임을 질 나이가 되었다고 판단하여 남자는 바르 미츠바를, 여자는 바트 미츠바를 치름-옮긴이) 의식." 나는 불쑥 말을 뱉었다.

링크는 눈을 동그랗게 뜨고 나를 쳐다보았다. 그 단어를 생전 처음 들어 보는 듯한 표정이었다.

"열세 살 유대인 남자아이라면 보통 치러야 하는 의식이야." 나는 설명했다. "바르 미츠바를 치러야겠네. 나 이제 진짜 가야 해." 링크의 대답을 듣기도 전에, 나는 복도를 가득 메운 아이들 쪽으로 발길을 재촉했다.

링크 쪽으로 고개를 돌려 보니, 링크는 넋이 나간 표정으로 계단 통로에 그대로 서 있었다.

# 9장
★ ★ ★ ★
# 링컨 롤리

아빠는 눈이 휘둥그레졌다. "유대인이 되고 싶다는 거야?"

"제 말은 그런 뜻이 아니라…." 나는 말했다. "바르 미츠바를 하고 싶다는 거예요."

"그게 그거잖아!"

"원칙대로라면 저는 유대인이에요." 나 역시 지지 않았다. "저는 엄마에게서, 엄마는 할머니에게서 혈통을 이어받은 거잖아요. 오늘 학교에서 데이나 레빈슨하고 잠깐 얘기했는데, 걔가 알려 줬어요. 그리고 구글에서도 확인했고요."

아빠는 어처구니없다는 듯 말했다. "참 나. 구글에서 너한테 인생을 모조리 갈아엎고 바꾸라고 한다면, 그래도 된다는 거야?"

"지금 그 얘기가 아니잖아요." 나는 강한 어조로 말했다. "모든 걸 바꿀 생각은 없어요. 그냥 한번 해 보고 싶을 뿐이에요. 마침 전 열세 살이고, 바르 미츠바를 하기에 완벽한 나이잖아요."

엄마는 자기 앞에 놓인 접시 위의 포크 촙을 먹으면서 아빠와 내가 하는 대화를 잠자코 듣고만 있었다. 엄마도 적잖이 당황한 눈치였지만, 아빠만큼 강하게 반대하는 것 같지는 않았다. 그렇게 생각한 이유는, 아빠가 자기 편을 들어 주기를 기대하는 듯 엄마 쪽을 흘끗 보았지만 엄마는 아무 반응이 없었기 때문이다. 오히려 굉장히 힘이 없어 보였다.

드디어 엄마가 입을 열었다. "유대교 의식을 치른다고 반드시 엄마의 혈통을 따르는 건 아닌 것 같은데."

"엄마도 유대인이잖아요." 나는 말했다. "엄마도 바트 미츠바를 할 수 있어요. 데이나는 이곳에 오기 직전에 했대요. 엄마는 좀 늦은 것일 뿐이죠. 한 27년 정도."

"아니, 엄마는 괜찮다." 엄마가 낮은 목소리로 대답했다. "그런데 링크, 네 생각은 별로 현실적이지 않은 것 같은데. 초크체리에는 유대교 회당도 없고."

"그 부분은 나도 생각해 봤어요. 여기서 가장 가까운 유대교 회당은 섀드부시 크로싱에 있어요."

"여기서 160킬로미터나 떨어진 곳이야!" 아빠가 참다못해 화를 냈다.

"한 번만 가면 돼요. 바르 미츠바를 치르는 당일이요." 나는 아빠를 설득해 보려 했다. "랍비 골드가 그랬어요."

"잠깐만!" 아빠는 입도 대지 않은 음식을 옆으로 밀어냈다. "랍비 골드가 누구야?"

"유대교 회당으로 전화해 봤어요." 나는 설명했다. "그 사람은 좀 쌀쌀맞던데요. 유대교 회당은 개혁적이라는 이야기를 듣긴 했지만, 그래도 정말 차가운 말투긴 했어요. 어쨌든 나 같은 사람을 환영하는 게 자신들 율법이라고 했어요. 바르 미츠바와 바트 미츠바를 받은 그곳의 아이들은 아주 어렸을 때부터 히브리어를 배웠겠죠. 그 아이들에 비하면 나는 한참 뒤처졌어요. 랍비는 내가 정말로 원한다면 바르 미츠바 단기 코스를 열어 줄 수도 있다고 했어요. 히브리어는 발음 나는 대로 쓸 거라서 히브리어 철자를 따로 배우지 않아도 된대요. 집에서 연습하고 줌으로 같이 공부하기로 했어요. 그 전에 랍비 골드가 엄마, 아빠와 이야기하고 싶대요. 유대교 율법대로 이 문제에 대해 정확히 짚고 넘어가려나 봐요." 나는 윙크했다.

아빠는 망치로 머리를 한 대 얻어맞은 것처럼 얼얼해 보였다. 하긴 아빠는 늘 내가 하는 말에 이런 반응을 보여 왔기 때문에 그리 놀랍지도 않다.

"랍비가 왜 우리와 이야기하고 싶어 하는지 너도 알잖니, 링크?" 아빠가 물었다. "그 사람도 우리처럼, 네 얘기가 완전히, 하나도 말이 안 되는 소리라고 생각하는 거라고!"

아빠가 이렇게 나오리라 예상했으므로, 나는 할 말을 미리 준비해 둔 터였다. "아빠도 곰곰이 생각해 보면 알게 되실 거예요. 흔한 일은 아니죠. 하지만 하나하나 짚어 보면 다 말이 돼요. 유대인은 신뢰할 수 있는 사람들이에요. 랍비 골드도 그렇게 말했어요. 랍비 골드랑 함께 줌으로 수업하면 바르 미츠바를 배울 수 있어요. 그리고 섀드부시 크로싱이 달나라에 있는 것도 아닌데, 그 정도는 토요일에 운전해서 충분히 갈 수 있잖아요."

여전히 아빠는 탐탁지 않아 했다. "뭔가를 할 수 있다고 해서 반드시 그걸 해야 하는 건 아니야. 난 너를 잘 안다. 너한테 엄청난 종교적 소명이 있는 것도 아니고, 지금까지 교회에 간 것도 손가락으로 꼽을 정도잖니? 심지어 그 몇 번도 가기 싫어서 발로

76

차고 소리 지르고 난리를 쳤던 것 같은데. 찬송가에 십자가 대신 다윗의 별이 있다고 해서 뭐가 달라지니? 대체 이게 다 뭐 하는 짓인지."

나는 한숨을 쉬며 뒤로 물러앉았다. 어떤 말로도 아빠를 이해시키거나, 내가 지금 느끼는 이 모든 것을 전달할 수는 없을 것만 같았다. 내가 생각하는 것들은 우리가 전에 한 번도 얘기해 보지 않은 종류의 것이기 때문이다. 내가 갑자기 다른 종교를 가지려고 이러는 걸까? 아니다. 이제 내 삶은 유대교로 설명되어야 할까? 아니다. 아직은 잘 모르겠지만, 나는 나의 '정체성'을 찾아야 한다.

최근에 일어난 여러 가지 일들을 계기로 나는 내 정체성에 대해 생각해 보게 되었다. 그래서 엄마가 할머니에 대한 이야기를 해 주었을 때도 '그래서, 어쩌라는 거지?' 하고 대수롭지 않게 넘겨 버릴 수 없었다. 150센티미터도 안 되는 작은 체구의 할머니를 떠올려 보았다. 나는 혼자 일어설 수 있었을 때부터 할머니와 등을 맞대고 키를 쟀다. 내가 아홉 살이 되던 해에 처음으로 할머니의 키를 넘어선 걸로 기억한다. 그다지도 작은 몸으로 어쩜 그렇게 엄청난 일을 겪어 냈을까?

나는 할 수 있는 한 솔직하게 말했다. "아빠, 나도 제대로 설명할 수 있으면 좋겠어요. 내가 정말로 뭘 찾고 있는 건지 모르겠는데, 마치 미지의 세계를 탐험하는 느낌이에요. 랍비는 바르 미츠바가 홀로코스트에서 죽어 간 할머니 쪽 친척들의 명복을 빌고, 태어날 기회조차 빼앗긴 사촌들을 기리는 나만의 방법이 될 거라고 했어요. 다만, 확실히 아는 것은 뭐가 됐든 시도해야 한다는 거예요."

엄마는 자리에서 일어나 내게로 다가오더니 숨이 막히도록 나를 꼭 끌어안았다. "멋지구나." 엄마는 코를 살짝 훌쩍거렸다. "지금같이 하켄크로이츠로 시끄러운 상황에서 말이야."

아빠는 물러서야 할 때를 아는 사람이다. "좋아, 내가 이런 말을 하게 될 줄은 몰랐다만… 바르 미츠바를 해 보렴." 여전히 내키지 않는 목소리였지만.

다음 날, 점심시간에 카페테리아에서 데이나에게 다가가 말을 걸었다. "혹시, 12월 4일에 뭐 해?"

데이나는 경계하는 눈빛이었다. "잘 모르겠는데, 왜?"

나는 미소를 지었다. "음, 그날 시간 좀 비워 주라. 내 바르 미츠바에 너를 초대하고 싶거든."

데이나는 몸이 휘청할 정도로 당황했고, 그 바람에 식판 위의 뜨거운 야채수프가 넘쳐 내 운동화 위로 쏟아졌다.

"아, 미안…." 데이나가 사과했다.

나는 냅킨을 한 움큼 집어 수프를 닦아 냈다. "예상치 못한 반응이네. 네가 좋아할 줄 알았는데."

"농담하는 거지, 어?"

"아니, 진담인데." 나는 말했다. "섀드부시 크로싱에 있는 유대교 회당에서 10시에 할 예정이야. 너를 그곳까지 태워다 주셔야 하니까 너희 가족도 모두 초대하려고."

데이나는 약간 질린 듯한 표정이었다. "바르 미츠바는 어쩌다 튀어나온 말이야!"

"그랬겠지. 하지만 나는 아니었어. 여자 쪽 혈통에 대한 네 얘기가 맞았어. 랍비 골드도 내가 율법적으로 확실한 유대인이래."

"음⋯." 데이나는 적당한 말을 찾는 것 같았다. "나는 일곱 살 때부터 히브리 학교를 다녔기 때문에 바트 미츠바를 할 수 있었어. 그런데 너는 이제 준비해서 12월에 하겠다는 거잖아. 그건 불가능해."

"그런 거라면 걱정 마." 나는 장담했다. "랍비 골드가 히브리어를 발음 나는 대로 다 알려 주기로 했기 때문에 따로 익히지 않아도 되거든. 또 무슨 뜻인지도 알려 줄 거라서 제대로 배울 수 있다고. 내가 정확히 이해하고 말할 수 있도록 그분이 도움을 줄 거야. 그러니까 걱정하지 마. 그나저나 내 바르 미츠바에 와 줄 수 있는 거지?"

데이나의 아랫입술이 파르르 떨렸다. "다 내 잘못이야!"

"어?"

"내가 너에게 바르 미츠바를 얘기했던 건 그냥 그 자리를 빨리 벗어나려고 대충 둘러댄 것일 뿐이야. 교실로 돌아가야 했으니까! 그냥 농담이었다고! 네가 꼬치꼬치 캐물었을 때도⋯ 설마 랍비에게 연락할 줄은 몰랐어! 이 마을에는 랍비가 없으니까!"

"너는 농담이었을지 모르지만, 네 말이 맞았어. 지나가는 말이었다고 해도 그게 좋은 충고가 되지 말라는 법은 없지. 자, 그래서 12월 4일에 와 줄 수 있어, 없어?"

데이나는 주저했다. "음, 집에다가 물어볼게."

"솔직하게 말하면, 랍비 골드가 이메일로 내가 배워야 할 것을 알려 주면 너에게 도움을 좀 받고 싶어. 너는 이미 해 봤으니까." 내가 말했다.

우리가 대화하는 내내 데이나는 식판을 들고 있느라 힘들어 보였다. 수프를 쏟아서 식판이 약간 가벼워지긴 했겠지만.

"나 이제 밥 좀 먹을게." 데이나가 말했다.

"그래, 자리를 잡자."

나는 데이나를 따라 긴 테이블 중 한 곳으로 갔다. 옆쪽 자리에 앤드루 이, 마이클 아모로사, 캐럴라인 맥넛이 있었다. 패멀라와 소피와 같은 테이블에 앉아 있던 조디와 파운시는 나에게 오라고 손짓했다. 나도 손을 흔들었지만, 집에서 싸 온 도시락을 데이나의 옆자리에 내려놓았다. 부탁의 말만 잔뜩 늘어놓은 채 데이나를 혼자 두고 가 버리는 건 좀 치사한 것 같았다.

신나게 떠들던 앤드루와 마이클 그리고 캐럴라인은 내가 데이나와 함께 자리에 앉자 갑자기 조용해지면서 우리 쪽을 쳐다보았다. 저 아이들은 내 과가 아니었다. 마이클은 미술 동아리 회장이고, 캐럴라인은 학생회 간부인 데다, 앤드루는 데이나처럼 부모님이 과학자다.

"무슨 일 있어?" 어색한 분위기를 바꿔 보려 내가 말했다.

"학교 끝나고 학생 회의를 어떻게 할 건지에 대해 얘기 중이었는데." 캐럴라인이 대답했다.

마이클이 기다렸다는 듯이 하품을 하자 캐럴라인이 마이클을 못마땅하게 쳐다보았다. "문제는 말이야, 다들 지루하다고 학생 회의에 나오지 않는다는 거지. 그런데 오늘은 정말 중요한 안건이 있어. 이제 우리가 하켄크로이츠에 강력하게 대응할 필요가 있다고 생각해. 우리를 얕잡아 보지 못하게 말이야. 더 이상 참지 않을 거야." 캐럴라인은 데이나를 보며 말했다. "너도 올 거지?"

"글쎄…." 데이나가 대답을 피하자, 캐럴라인이 말을 잘랐다.

"꼭 왔으면 좋겠어. 넌 우리 학교의 유일한 유대인이잖아."

"잘못 알고 있는 거야." 내가 끼어들었다.

캐럴라인이 얼굴을 찌푸렸다. "그럼 데이나 말고 유대인이 또 있다는 거야?"

"나." 갑자기 주변이 조용해졌다. 나는 설명을 이어 갔다. "다들 처음 듣는 얘기지? 하지만 백 퍼센트 사실이야. 나도 얼마 전에 알게 되어서 지금 그 사실을 받아들이는 중이거든. 그 첫 시작으로 바르 미츠바를 해 보려고. 이건 물론 데이나의 아이디어야."

데이나는 엉덩이를 아래로 빼면서 자세를 고쳐 앉았다.

캐럴라인은 애써 목소리를 가다듬었다. "그럼 너도 와야겠네. 그렇지?"

캐럴라인이 주최하는 학생 회의에 가느니 차라리 뜨거운 기름에 튀겨지는 편을 택하겠다. 하지만 갑자기 학교 건물에 처음 등장했던 하켄크로이츠가 떠오르면서 머리가 주뼛 섰다. 왠지 그 이미지가 더 또렷해지는 것 같았다. 어쨌건 지금쯤이면 모두 돌아가셨을 테니까, 할머니의 가족이 홀로코스트에서 죽어 가는 모습을 상상하기란 쉽지 않았다. 하지만 랍비 골드는 태어날 기회조차 빼앗긴 내 사촌들의 혼령을 내 마음에 심어 두었다. 어쩌면 학생 회의에 참석하는 것이 그들에 대한 최소한의 예의일지도 모른다는 생각이 들었다.

"우리 둘 다 갈게." 나는 캐럴라인에게 말했다.

# 10장
★★★★
# 캐럴라인 맥넛

"회의는 정확히 3시 30분에 도서관에서 시작할 거야." 나는 카페테리아에서 식판을 반납하려고 서 있는 아이들을 향해 말했다. "까먹지 말고 와 줘."

"난 장담 못 해." 다비다 빌레브란트는 인상을 썼다. "오늘 4시에 친구들하고 몰에 가기로 했단 말이야."

"걔네들도 데려와." 나도 물러서지 않았다. "많이 올수록 좋아. 하켄크로이츠에 어떻게 대응할 건지 같이 고민해 보려고 그래." 다비다는 우물쭈물하며 대답을 피했다. 나는 회심의 일격을 날렸다. "링크도 올 거야."

"설마." 다비다가 슬쩍 관심을 보였다. "링크 롤리가? 학생 회의에 참석한다고?"

"응, 나한테 직접 말했어."

내 말에 다비다는 "아마도."라고 대답을 업그레이드했다.

나는 인싸 아이들이 회의에 참석한다면 더 많은 아이들이 관심을 가질 거라는 걸 알고 있다. 링크가 온다는 건 곧 조디도 온다는 뜻이다. 그 아이들은 최고의 운동 콤비다. 그리고 조디가 온다는 건 패멀라도 온다는 말이 된다. 그 둘은 짐보리 때부터 쭉 붙어 다니는 사이니까. 마치 도미노 같달까. 누구 하나를 툭 건드려 쓰러뜨리면 과연 마지막에는 누구까지 갈까?

사실 좀 내키지 않았다. 모두가 소위 인싸 아이들만 쳐다보는 건 기분이 별로지만, 링크의 이름만 대도 아이들이 줄줄이 참석할 것이기 때문에 일단 그것으로 만족했다.

나는 2층 화장실로 가서 세면대 앞에 모여 있는 여자아이들에게도 알렸다. "오늘 오후 학생 회의에 와 줘. 링크가 다들 왔으면 좋겠대."

그다음은 식수대 앞. "3시 30분 도서관에서 학생 회의 있다는 거 잊지 마. 링크를 실망시키지 말아 줘."

소피가 말을 막았다. "뭐라는 거야. 링크가 거길 왜 가."

"아니, 링크는 올 거야. 아까 점심에 직접 말했어."

소피는 못 믿는 눈치였다. 소피는 링크뿐 아니라 조디, 패멀라와도 연결고리가 있는 아이였다. 단언하건대, 소피는 이미 링크가 왜 자기와 패멀라가 아닌 우리와 점심을 먹었는지에 촉각을 곤두세우고 있을 것이다. 만약에 소피도 주변에 말을 퍼트려 준다면, 도서관보다 더 큰 공간이 필요할지도 모르겠다. 어쨌든 나 말고는, 심지어 다른 학생회 멤버들을 포함해서 한 명도 참석하지 않았던 지난 회의보다는 나을 것이다.

아니나 다를까, 마지막 교시를 마치고 도서관으로 갔더니 모든 의자가 꽉 차서 몇몇 아이들은 뒤쪽에 서 있어야 했다. 내가 소망하던 어마어마한 인원수는 아니었지만, 족히 40명은 되어 보였다. 아니, 50명 정도는 모였나 보다. 이렇게 많은 아이들을 보고 있자니 순간 눈시울이 붉어졌다. 이것이 바로 참다운 학교의 모습일 것이다. 학생들이 주체가 되어 우리에게 악영향을 끼치는 골치 아픈 문제를 직접 해결하기 위해 뭉치는 것. 물론 알고 있다. 이 아이들의 대부분은 내가 링크도 참석할 거라고 떠들어 댔기 때문에 이 자리에 있다는 사실을. 하지만 중요한 것은 어쨌든 아이들이 이곳에 왔고, 그래서 함께 이야기할 수 있다는 것이다.

나는 먼저 도서관을 쓱 훑어보았다. 그런데 링크는 어디 있지? 마이클과 앤드루 옆에 앉아 있는 데이나가 보였다. 다비다도 와 있었다. 조디와 항상 붙어 다니는 소피, 패멀라 그리고 클레이턴 파운시도 보였다. 그 아이들은 문 옆에 서 있었다. 아마도 재미없으면 바로 나가 버리려는 심산인 것 같다. 그러고 보니 다들 기대에 찬 눈빛으로 복도를 응시하고 있었다. 왠지 링크가 나타나지 않으면 나는 다시 혼자 남겨질 것 같은 불길한 예감이 들었다. 브라데마스 교장 선생님께 밖에서 문을 잠가 달라고 부탁드려 볼까도 잠깐 생각해 봤다. 하지만 소방법을 위반할 수는 없는 노릇이다. 아쉽다.

2학년 회장인 대니얼 파라즈가 내 쪽으로 다가왔다. "어떻게 된 일이야, 캐럴라인? 링크가 오기로 했다면서?"

나는 약간 당황했다. "너한테 그런 말 한 적 없는데."

"그건 아니지. 네가 다비다에게 말했고, 다비다는 그걸 제프리에게 말했고, 제프리는 루카스에게 스냅챗을 보냈고, 루카스는 나한테 말했는걸."

나는 아무 대답도 못 한 채 진땀을 흘렸다. 바로 그 순간, 링크는 과연 인기 스타답게 마지막에 등장했다. 안도의 한숨 소리가 흘러나왔고, 그중 대부분은 내가 내는 소리였다.

브라데마스 교장 선생님은 모두를 조용히 시킨 다음, 대니얼에게 회의를 시작하라는 신호를 보냈다. 비록 수지 크래프트에게 차인 것이 분해서 회장 선거에 나간 것이긴 하지만, 엄연히 대니얼은 2학년 회장으로서 중요한 인물이다.

대니얼은 먼저 덴버에서 열리는 수학 경시대회에 참가자들을 태우고 가는 미니버스에 와이파이를 설치할지 말지에 대해 논의를 시작했다. 나는 머리가 터질 것만 같았다. 누군가 학교 전체에 인종 증오의 상징을 그려 놓은 이 판국에 와이파이가 무슨 대수라고. 아이들은 하나둘 눈이 풀렸고, 소피와 그녀의 무리는 문 쪽으로 슬금슬금 걸어갔다. 오, 안 돼! 내가 얼마나 힘들게 모은 아이들인데.

나는 벌떡 일어났다. "와이파이 관련 안건은 다음 회의 때 논의해도 된다고 생각합니다. 반대하시는 분? 없나요? 그럼 모두 동의하는 것으로!"

모두 박수를 보냈다. 이런 걸 노린 것은 아니지만 어쨌든 더 이상의 와이파이 얘기는 막을 수 있었다. 이제 끝났다는 표정으로 대니얼은 자리에 앉았다.

드디어 내 차례다. 긴 연설을 준비했지만 마지막 순간에 생각을 바꿨다. 나만큼 정치적인 연출을 좋아하는 사람은 아마 없을 것이다. 하지만 정말로 끔찍한 일이 벌어지고 있고, 이에 관해 솔직하게 논의하는 것만이 최선이라 생각했다.

"하켄크로이츠에 대해서 이야기해 볼게요. 우리는 모두 그것에 반대하고 있지만, 이와는 별개로 하켄크로이츠는 학교 내에서 계속해서 나타나고 있습니다." 나는 교장 선생님을 바라보았다. "그리고 기분 나쁘게 듣지는 말아 주세요, 교장 선생님. 관용 교육은 효과가 없었고, 언제까지고 그 교육을 진행할 수는 없습니다. 이제 우리는 새로운 무언가를 시도해야 합니다."

나는 잠시 말을 멈추고 아이들을 쳐다보았다. 다행히 모두 자기 자리에서 진지하게 관심을 보이고 있었다. 심지어 고개를 끄덕이는 아이들도 있었고, 몇몇은 손을 들어 동의를 표하기도 했다. 나는 아이들에게 이 문제에 대해 어떻게 생각하는지 이야기해 달라고 요청했다. 데이나와 마이클, 앤드루에게만 해당되는 말이 아니었다. 위협을 느낄 만한 가장 큰 이유가 있는 다른 소수 민족 아이들도 마찬가지였으니까.

"다른 곳은 어떨지 몰라도 초크체리에서 이런 일이 일어날 거라고는 한 번도 생각해 본 적이 없습니다."

"이번 일로 초크체리 사람들을 정신이상자라고 생각할 거예요."

"우리 부모님은 이사를 갈 생각까지 하셨어요."

"또 벽에 어떤 이상한 게 나올지 모른다고 생각하니까 아침에 학교 오는 게 무서워요."

"릴톡은 인터넷에서 우리가 나치라고 떠들어 대고 있어요!"

몇몇 아이들은 우리가 호들갑 떤다고 생각할지도 모르겠다. 그런데 미꾸라지 한 마리 때문에 왜 우리의 삶을 바꿔야 하지? 우리가 아는 한 하켄크로이츠 범인은 인종차별주의자가 아니라 그냥 토할 것 같은 유머 감각을 지닌 멍청한 인간일 뿐이다. 하지만 그 끔찍한 범죄를 멈추게 할 방법이 우리에겐 없다. 그러니 경찰이 범인을 잡을 때까지 기다리는 수밖에.

모든 사람의 의견에 동의하는 것은 아니지만, 최소한 이곳에 바보는 단 한 명도 없었다. 모든 의견은 진지했고 생각해 볼 가치가 있었다. 에너지가 솟아나는 느낌이 들었다. 그래, 이것이 진정한 민주주의지!

교장 선생님은 시계를 슬쩍 보며 말했다. "모두 훌륭한 얘기들을 해 주었어요. 이제 우리에게 필요한 것은 실행 계획입니다. 무엇부터 하면 좋을까요?"

민주주의란 순식간에 모두를 꿀 먹은 벙어리로 만들기도 한다. 나조차도 무슨 말을 해야 할지 몰랐으니까. 누구나 온종일 어떤 문제에 대해서는 떠들어 댈 수 있다. 그렇다면 해결책은? 그것은 훨씬 더 어려운 일이다.

그때 데이나가 말했다. "우리 학교의 학생들 대부분은 나쁜 짓을 할 사람들이 아니에요. 하지만 한 명쯤은 예외일 수 있겠죠. 달라지길 바라지만, 우리가 할 수 있는 일은 아무것도 없어요."

유대인이란 걸 모두가 알고 있는 여자아이의 입에서 나온 말이라 더욱 무겁게 다가왔다.

"그렇다고 가만히 있을 수만은 없잖아요."

모두의 시선이 링크에게로 쏠렸다. 대다수의 여자아이들이 자리를 지키고 있는 이유였던 링크가 드디어 말문을 열었다.

"너는 쉽게 말할 수 있겠지." 링크는 데이나를 향해 말했다. "너희 가족은 공룡 뼈를 몇 개 더 발굴하고 이곳을 떠나면 그만이니까. 하지만 우리들은 여기서 계속 살아가야 해. 그게 얼마나 짜증 나는 일인지 알아? 처음엔 하켄크로이츠였지만, 얼마 지나지 않아 사람들은 1970년대 불타는 십자가와 KKK에 대해서 떠들어 대기 시작했지. 테네시의 종이 클립을 모았던 학교는 클랜이 시작된 곳과 가까웠어. 하지만 그 애들은 가만히 손 놓고 있지 않았어. 뭔가를 했다고.”

“그래서 종이 클립이라도 모으자는 거야?” 조디가 되물었다.

“제2차 세계대전 동안 노르웨이 사람들은 나치에 대항하는 표시로 옷에 종이 클립을 달고 다녔어요.” 교장 선생님이 덧붙였다. “하지만 휫웰에서 중요한 것은 클립이 아니라 그 숫자였습니다. 홀로코스트에서 유대인이 자그마치 600만 명이나 학살됐을 거라고 누가 상상이나 할 수 있었겠어요? 클립을 모으면서 휫웰의 학생들은 600만이라는 숫자를 실감할 수 있었습니다. 클립 하나하나가 무참히 사라져 간 생명을 의미하고 산더미 같은 거대한 클립 뭉치는 반인륜 범죄가 얼마나 방대한 규모로 자행되었는지를 느끼게 해 주었지요.”

“종이 클립 아이디어는 훌륭했어요.” 나는 말했다. “그렇다고 다른 학교를 똑같이 따라 할 필요는 없지요. 우리 마을을 대표할 만한 우리만의 컬렉션을 해 보면 어떨까요?”

“산벚나무 열매는 어때요?” 대니얼이 제안했다. “우리 마을의 산등성이는 온통 산벚나무로 가득하잖아요.”

교장 선생님이 대니얼의 말을 잘랐다. “상징물을 활용하는 것은 좋은 방법이긴 하지만 산벚나무 열매는 실용적이지 않아요. 클립은 썩지 않지만, 열매는 썩어 버리니까요.”

“그거 먹어 본 적 있어?” 파운시가 불쑥 끼어들었다. “우리의 위가 얼마나 튼튼한지 실험하는 기분일걸.”

너나 할 것 없이 산벚나무 열매의 위험성에 대해 떠들어 댔다. 그 열매는 독은 없지만 정말 끔찍한 위경련을 일으킨다. 만일 그게 목에 걸리기라도 한다면 그 자리에서 즉사할지도 모른다고 말해 두겠다.

"자, 자, 집중!" 나는 다시 주제로 돌아오기 위해 모두를 집중시켰다. "우리 모두 머리를 맞댄다면 완벽한 것을 계획할 수 있습니다. 첫째, 썩지 않는 것. 둘째, 600만 개를 모을 수 있는 것. 그러려면 너무 크고 무겁거나 비용이 많이 들어가면 안 되겠죠. 셋째, 하켄크로이츠의 범인이 누구든지 간에 우리는 끈끈한 하나의 공동체이며, 악마와 다를 바 없는 한 인간 때문에 절대 분열될 수 없다는 것을 보여 주는 것."

"체인!" 미술 동아리 회장인 마이클이 상기된 표정으로 벌떡 일어났다. "서로 연결된 600만 개의 종이 체인이요!"

마이클의 말을 듣자마자, 바로 이거다 싶었다. 종이 체인! 알록달록한 종이로 만들어진 서로 연결된 고리. 홀로코스트에서 목숨을 빼앗긴 600만 유대인을 위한 600만 개의 종이 체인. 이거라면 마치 수많은 사람들이 서로 팔짱을 끼고 편견과 증오에 맞서는 모습처럼 통합의 상징이 될 수 있을 것이다.

그 아이디어를 마음에 들어 하는 사람은 나뿐만이 아니었다. 아이들도 웅성거리기 시작했다. 충분히 '할 수 있을' 것 같았다. 종이 체인이라면 유치원생도 만들 수 있을 정도로 쉬우니까!

"잠깐만요." 교장 선생님은 손을 들었다. "실제로 그것을 만든다고 가정해 볼게요. 종이 클립은 수십 개 혹은 수백 개씩 통에 담겨 있는데 반해, 체인은 일일이 손으로 만들어야 하죠. 종이를 잘라서 양 끝에 접착제를 바르고 고리 모양으로 붙여야 할 텐데, 600만 개는 어마어마하게 많은 숫자입니다."

"그래서 더 완벽한 것이 될 수 있죠!" 마이클이 큰 소리로 말했다. "뭔가를 사는 것이 아니라 뭔가를 하는 것이니까요. 그리고 600만이라는 거대한 숫자를 체감할 수 있는 훨씬 좋은 방법이기도 하고요."

"또 우리만 할 것이 아니라, 전교생이 움직여야죠." 내가 덧붙였다.

"전교생이라고 해 봐야 600명이 약간 넘는데." 교장 선생님이 말했다. "모두 참여한다고 해도 한 사람당 만 개는 만들어야 된다는 계산이 나오는데, 그게 과연 현실적으로 가능할지 모르겠네요."

찬물을 끼얹는 교장 선생님의 발언에 웅성대던 소리는 잦아들었다.

그때 우리를 구해 줄 누군가가 입을 열었다. 링크였다. "그것이 핵심 아닐까요? 600만 개를 만드는 것은 결코 쉽지 않을 거예요. 저 또한 전교생이 각각 만 개의 종이 체인을 만들 수 있을지는 솔직히 모르겠어요. 하지만 어떻게든 만들기 위해 노력함으로써 적어도 홀로코스트에서 얼마나 많은 사람들이 죽어 갔는지는 실감할 수 있을 거예요…. 우리 할머니의 가족처럼 말이에요."

교장 선생님이 깜짝 놀란 듯 상체를 세웠다. "너희 할머니의 가족처럼이라니, 설마…. 자세히 설명해 주겠니, 링컨?"

점심시간에 링크가 자신이 유대인이라고 했을 때, 나는 링크가 하켄크로이츠에 강하게 반대한다는 자신의 입장을 과장해서 표현한 것이겠거니 생각했다. 하지만 지금 링크가 들려주는 이야기에 우리는 입을 다물 수 없었다. 링크의 할머니는 홀로코스트 생존자였다! 아주 오래진에, 아주 멀리서 일어난 일이지만 이로써 우리 학교는 홀로코스트와 직접적인 관계가 생긴 것이다! 종이 체인 프로젝트를 실행해야만 하는 운명과도 같은.

도서관 안의 모든 눈이 교장 선생님에게로 향했다. 교장 선생님은 난감한 눈치였다. 방금 링크가 던진 말을 들었음에도 불구하고 이 아이디어를 묵살한다면, 교장 선생님은 아이스티에 빠진 바퀴벌레 같은 꼴이 되고 말 것이다. 내가 링크의 이름을 팔아서 아이들을 모으긴 했지만, 알고 보니 링크는 이 회의의 진정한 주인공이었다.

교장 선생님은 마지못해 입을 열었다. 아주 주의 깊게 할 말을 고르느라 천천히 그리고 신중하게 말을 시작했다. "모든 사람들이 우리가 600만 개는커녕 100만 개도 채우지 못할 거라고 생각하는 한, 우리 건물을 훼손한 범인에게 보여 줄 충분히 가치 있는 대응이라고 생각합니다."

교장 선생님은 말을 더 이어 가려 했지만, 박수와 환호가 쏟아지는 바람에 교장 선생님의 말소리가 묻혔다. 열댓 명이 넘는 아이들이 링크 주변으로 몰려들어 등을 두드리고 하이파이브를 했다. 좀 짜증이 났다. 정작 아이디어를 낸 사람은 링크가 아니라 마이클인데. 왜 인기 있는 아이들은 항상 더 주목받는 걸까? 그래도 큰 불만은 없다. 왜냐하면 이번 회의는 여태껏 있었던 학생회의 중에서 단연 최고였기 때문이다. 학교 활동이 너무 하고 싶어 안달이 난 학생들이, 그 활동을 허락받고 기쁜 나머지 환호성을 지르는 모습을 보는 것은 정말이지 꿈만 같았다.

나는 기분에 취해서 소리를 질렀다. "학생 회의를 위해서 만세 삼창!"

갑자기 분위기가 싸해졌다. 아이들이 생뚱맞다는 듯이 나를 쳐다보며 하나둘 도서관을 나섰다. 브라데마스 교장 선생님도 손사래를 쳤다.

뭐, 상관없다. 종이 체인 프로젝트가 성사되었다는 게 중요한 사실이니까.

# 11장
★ ★ ★ ★
# 링컨 롤리

축구 연습을 구경하다 보면 그립고, 후회되고, 원망스러운 감정들로 마음이 복잡해진다. 어떻게 나 없이 팀을 꾸릴 수 있지? 바보 같은 생각이라는 건 나도 안다. 아무리 특출한 선수라 해도, 그 한 명 때문에 시즌을 포기할 팀원들은 없을 것이다. 하지만 조디가 내 포지션에서 축구팀 주장인 2학년 에릭 페데로브에게 공을 패스하는 걸 보고 있자니 속이 쓰렸다.

문득 아빠를 향한 분노가 치밀었다. 내가 경기에 출전하지 못하게 된 건 다 아빠 탓이다. 독립기념일 퍼레이드 날 사람들이 교차로에서 전신주로 미끄러지면서 변압기가 망가져 불꽃이 튀는 광경이 떠올랐다. 그때 돼지비계 장난을 친 데는 그럴 만한 이유가 있었다고 말하고 싶지만, 이제 와서 그게 다 무슨 소용인가. 나는 항상 재미있을 것 같아서 그런 짓을 벌이는데, 상황은 다르게 흘러가 버리곤 했다. 그 경험을 통해 내가 뭔가 깨닫는 바가 있을 거라 생각하겠지만, 어처구니없는 장난일수록 나를 포함한 모두의 화만 돋울 뿐이었다.

어쨌든 포기해야 하는 스포츠 시즌이 있다면 이번이 바로 그때다. 나는 지금 바르 미츠바를 공부 중이고, 내일은 종이 체인이 시작되는 날이다. 그러니까 축구 연습은 여기 앉아서 이렇게 구경하는 것이 최선이다.

"널 여기서 볼 줄은 몰랐네." 등 뒤에서 목소리가 들려왔다.

파운시가 관람석 세 번째 줄에서 등을 기대고 앉아 게슴츠레한 눈으로 나를 쳐다보고 있었다.

"내가 팀에서 빠졌다고 조디를 응원하지 말라는 법은 없잖아." 나는 대꾸했다.

파운시는 자세를 고쳐 앉았다. "알겠어. 그런데 너는 지금 한참 끙끙대면서 외국어로 쏼라쏼라 하고 있어야 할 시간 아니야?"

나는 웃었다. "맞아, 쏼라쏼라 하는 소리가 나긴 하지. 랍비 골드가 뜻을 알려 준대. 내가 곧 연설문을 써야 하거든."

파운시가 몸서리를 쳤다. "연설? 야, 네가 뭘 한다고? 차라리 손톱 밑에 불붙은 대나무를 붙여라."

"그리고 유대교의 역사에 대해서도 많이 배우고 있어." 나는 인정했다.

"나는 링크 롤리라는 아이를 알고 있었어요." 파운시가 말했다. "누구든 그 아이를 좋아했을지도 몰라요. 링크는 만약에 누군가 방과 후에 뭘 하자고 하거나 히브리어로 노래를 하라거나 연설을 하라고 했다면 아마 면전에 대고 비웃었을 거예요. 그런데 그런 링크가 이제 와서 생각해 낸 것이라고는 전교생이 종이 체인을 만드는 일이라네요."

"야, 왜 나를 종이 체인하고 연결시키냐!" 나는 쏘아붙였다. "그건 내 아이디어가 아니었어." 마이클이 생각해 낸 거였지.

축구장에서 연습 경기가 끝났음을 알리는 호루라기가 울렸다. 조디가 우리 쪽으로 달려왔다. 트랙에서 구경하고 있던 패멀라와 소피도 천천히 걸어왔다.

"랍비도 오셨어." 파운시가 엄지손가락을 내 쪽으로 가리키며 말했다.

나는 얼굴이 화끈거렸다. "그만들 좀 해."

소피는 나를 뚫어져라 쳐다보았다. "데이나 레빈슨하고는 무슨 일 있었어? 이제 네 여자 친구가 되기로 한 거야?"

"무슨 헛소리야. 그런 거 아니거든! 난 여자 친구 없다고."

"맨날 데이나랑 점심도 같이 먹으면서 시치미는." 패멀라가 물고 늘어졌다.

"뭐 좀 물어보느라고 같이 먹은 거야." 나는 설명하려 애썼다. "데이나는 유대인 여자아이들이 받는 바트 미츠바를 했거든. 나한테는 다 새로운 것이니까 그 아이의 도움이 필요했던 것뿐이라고."

"그런데 넌 왜 그런 걸 하려는 거야?" 조디가 물었다. "그냥 하던 대로 우리랑 놀아. 그러면 데이나 같은 아이한테 도움 안 받아도 되잖아."

"우리는 기본으로 깔고 가는 거라 이건가." 파운시가 건들거리는 말투로 끼어들었다.

"그런 거 아니야." 나는 완강하게 부인했다. "사실은 할머니에 관한 얘기로 좀 충격을 받았거든."

"너희 할머니는 유대인이 아니잖아." 조디가 말했다.

"그럴까?" 나는 반문했다. "만약에 할머니의 부모님이 할머니를 수녀원에 숨기지 않았다면 나치 손에 잡혀 갔을 거야. 그때 그들도 할머니를 유대인이 아니라고 생각했을까? 나 역시, 그래, 그때 나는 태어나지도 않았지만, 만약에 태어났다면 내 친척들은 무슨 일을 당했을까? 홀로코스트로 끌려갔겠지. 그게 내가 됐을 수도 있어."

한참 정적이 흘렀다. 마침내 조디가 먼저 입을 열었다. "인마." 분명히 한 단어였는데 내 귀에는 문장으로 들렸다.

"그게 바로 내가 이걸 해야 하는 이유야." 나는 아이들에게 말했다.

"유대인으로 다시 태어나는 것." 소피는 내키지 않았지만 이 화제를 끝내겠다는 투로 말했다.

"바르 미츠바부터 시작하려고. 다른 것들은 또 생각나는 대로 해 보지 뭐. 바르 미츠바를 치르고 난 다음 날인 12월 5일 아침에 눈을 뜨면, 나는 예전의 나와는 전혀 다른 사람이 되어 있는 거지."

"마침 크리스마스 시즌이네." 조디는 그나마 잘됐다는 듯이 말했다.

"설마 너 재탕하려는 거 아니지?" 파운시가 의심쩍게 물었다. "하누카(Hanukkah. 11월이나 12월에 8일간 진행되는 유대교 축제―옮긴이)에서 선물을 긁어모은 다음에 크리스마스이브에 바꿔치기 하려는 건 아니겠지?"

"선물 때문에 하려는 게 아니야." 나는 반박했다. "나도 내가 왜 이러는지는 모르겠어. 하지만 알아낼 거야."

"우리가 끝까지 함께할게." 팸은 나를 안심시켰고, 조디와 소피도 맞장구를 쳤다.

"너희들, 끝까지 함께하겠다고 했다?" 파운시가 확인이라도 하려는 듯 되물었다. "나는 나만의 종교를 찾을 거고, 이제 곧 신성한 피자를 먹는 페스티벌이 다가오고 있어. 그러니까 너희들이 한턱 내."

순식간에 분위기가 반전되었고, 모두 웃음을 터뜨렸다. 어처구니없는 말로 대화를 마무리하는 데는 파운시를 따라갈 사람이 없다.

나는 패멀라가 끝까지 함께하겠다며 나를 지지하겠다고 말할 때의 표정을 잊을 수 없었다. 그때 패멀라의 표정은 나를 조금도 지지하지 않는 듯 보였고, 내가 하려고 하는 일이 얼마나 바보 같은지를 말해 주고 있었다.

아마 다들 패멀라와 같은 생각이었을 것이다.

# 12장
★★★★
# 마이클 아모로사

내 입이 방정이다.

나는 항상 사람들이 공짜로 포스터를 만들려고 미술 동아리를 이용하는 것에 대해 불평해 왔다. 그런데 대체 내가 뭘 한 거지? 600만 개의 종이 체인을 만들자고 제안하다니.

그래, 브라데마스 교장 선생님이 이 일을 허락해 준 이유는 우리가 만들 종이 체인의 수가 그 많은 숫자의 근처에도 못 미칠 것을 알기 때문이다. 설령 우리에게 그것을 만들 시간과 능력이 있다 하더라도 그 전에 종이가 동날 것이다. 콜로라도 전체를 뒤져도 그렇게나 많은 종이는 구하지 못할 테니까. 600만 개의 체인은 사실 무한개의 체인과 다를 바가 없다.

하지만 만약 이 일에 실패한다면, 사람들은 누구에게 그 탓을 돌릴까?

당연히 나와 방정맞은 내 입일 것이다.

사실, 링크의 할머니 이야기가 아니었다면 브라데마스 교장 선생님은 끝내 허락하지 않았을 것이다. 교장 선생님을 포함해서 모두가 링크의 이야기에 깜짝 놀랐다. 어린 아기 한 명만 겨우 살아남고 모든 가족이 몰살당했다니. 링크가 바르 미츠바를 하고 싶어 하는 것도 이해가 간다. 내가 어떻게 반응해야 할지 모르겠지만, 나 역시 그런 상황에 놓인다면 내가 모르고 있던 유산과 연결될 수 있는 방법을 찾고 싶을 것 같다. 특히 새로운 하켄크로이츠가 매일 우리 주변에서 튀어나오는 지금은 더더욱. 가장 최근 것은 카페테리아의 아이스크림 냉동고에서 나왔다. 다들 우리가 알고 있는 그것이 또 나타났다는 사실보다, 아이스크림을 먹지 못하는 것에 더 화가 난 듯했다. 600만 개의 종이 체인을 만들기에 어쩌면 우리 학교는 부적절한 곳일지 모른다. 아니면 종이 체인 프로젝트가 다른 어느 곳보다 필요하다는 방증일지도.

아직까지 그 누구도 하켄크로이츠의 범인에 대해 전혀 감을 잡지 못하고 있다. 범인은 남자, 어쩌면 여자일 수도 있다. 경찰들은 학교 주변에서 아이들에게 이것저것 물어보면서 눈을 부릅뜨고 순찰을 했다. 어쩌면 계속 압박하여 공모자들이 분열해서 자백하도록 만드는 것이 경찰의 전략일 수도 있다. 하지만 별 기대는 하지 않는다. 만약 하켄크로이츠가 딱 한 번 나타났다면 어떤 얼간이가 그랬겠거니 하고 넘어갔을 수도 있지만, 하켄크로이츠는 무려 열네 번이나 나타났다. 그 정도로 범인이 온 마을을 공포에 떨게 하는 강심장이라면? 주변에 경찰이 몇 명 있다고 해서 겁을 낼 것 같지는 않다.

좀 더 솔직하게 말하자면 나는 오캐섹 경관의 수사를 별로 신뢰하지 않는다. 먼저, 내가 하켄크로이츠의 최초 목격자라는 이유로 나는 여전히 유력한 용의자다.

"그뿐만이 아니라…." 경관은 나에게 말했다. "너는 미술 동아리 회장이지. 그렇지? 비품 창고 열쇠도 가지고 있을 거고. 거기에는 페인트가 많지 않니? 스프레이 페인트를 포함해서 말이야."

"하지만… 어… 그렇지만…." 하켄크로이츠 범인은 압박을 잘 견딜지 몰라도 나 같은 새가슴은 아니다. "내가 왜 그런 짓을 하겠어요?"

"그냥 불타는 걸 보고 싶어서 창고에 불을 낼지도 모르지. 나는 법집행관 시절에 한 가지 배운 게 있단다. 범행 동기에 대해 어떤 하나의 이론을 고집하면, 바로 눈앞의 것을 놓쳐 버리지. 그렇기 때문에 범인의 모든 것을 의심해야 하는 법이란다." 그는 섀드부시 카운티 경찰 부서가 찍힌 자신의 명함을 건넸다. "얘기하고 싶을 때는 언제든 연락하렴." 그가 말했다. "아, 참, 네가 명함을 잃어버릴 경우를 대비해서 너희 부모님께도 이미 전달해 두었단다."

'범인'. 나는 한 번도 '내가' 그 단어로 설명될 거라는 생각은 해 본 적이 없었다. 나는 그냥 포스터를 그리는 사람일 뿐, 범죄를 저지르는 사람이 아니니까.

맹세컨대, 나는 결백한데도 마치 내가 도끼 살인마라도 된 기분이었다. 세상에서 가장 비열한 사기꾼이 된 것만 같았다.

그때 문득 근본적인 질문이 떠올랐다. 내가 아니라면, 누가 그런 짓을 한 거지?

경관의 손아귀에서 벗어나려면 내가 직접 그 미스터리를 풀어야 할 것 같았다. 그런데 문제는 그 미스터리가 매우 미스터리하다는 것이다. 하긴, 아무나 해결할 수 있다면 그것은 미스터리가 아닐 테니까.

그래서 나는 찬찬히 생각해 보았다. 하켄크로이츠의 배후에 누가 있는 걸까? 초크체리 중학교에서 이렇게나 많은 사람들을 혼란에 빠뜨릴 동기를 가진 사람이 과연 누굴까?

누군가를 의심하는 이런 끔찍한 일을 해야 하다니, 도저히 할 수 없을 것 같았다. 하지만 막상 내가 용의자가 되고 보니 물 불 가릴 상황이 아니다. 하루라도 빨리 진짜 범인을 찾아서 오캐섹 경관의 손아귀에서 빠져나가야겠다는 생각뿐이었다. 하지도 않은 일 때문에 비난을 받는 내 모습을 떠올리며, 어서 목록을 작성하도록 스스로 몰아붙였다.

1) 크리스토퍼 솔리스는 처음 생각난 인물이다. 솔리스가 우리 학교 최고의 문제아라는 사실에는 누구도 이견이 없을 것이다. 만약 정학으로 마일리지를 쌓았다면, 솔리스는 아마 지금쯤 발리에 가 있을 것이다. 발리 해변에서 하켄크로이츠나 그리고 있겠지. 그는 미술 동아리를 헐뜯고 다녔지만, 나는 그것을 개인적인 공격으로 받아들이지는 않았다. 왜냐하면 과학 박람회와 수학 경시대회에 나가는 아이들에게도 그랬으니까. 원래 배배 꼬인 인간이라 누구에게나 그런 식이었다. 게다가 온 동네 사람들이 솔리스가 성 바실리 대성당 주차장에 욕설로 낙서했다가 들통이 나 자기 손으로 다시 지우는 장면을 목격했다. 그렇기 때문에 또다시 공공 기물 파손을 선택지로 사용하지는 않았을 것이다.

2) 클레이턴 파운시. 얘는 괴짜다. 파운시네 아빠는 돌아이에 고집불통이다. 그리고 할아버지가 KKK와 천 개의 횃불의 밤

에 연루되어 있다는 소문도 있다. 사람들이 그런 일은 없었다고 하고, 파운시도 아빠나 할아버지와는 분명 다르지만, 여전히 유력한 용의자다.

3) 조디 두로스. 나는 조디가 누군가를 괴롭히는 걸 우연히 목격한 적이 있다. 인종차별은 아니었지만 가끔 선을 넘는 것 같았다. 나는 조디를 단순히 어깨에 힘이 들어가 있는 인싸 아이들 중 한 명 정도로 알고 있었는데, 쓰레기통에서 발견된 하켄크로이츠가 지붕용 타르로 칠해졌다는 얘기를 들은 이후로 생각이 좀 바뀌었다. 모두 알고 있듯이, 조디의 가족은 이 마을에서 유일하게 지붕 사업을 하고 있다.

4) 캐럴라인 맥넛. 정신 나간 소리일 수도 있지만, 아마 내 생각이 틀렸을 것이다. 캐럴라인은 인종차별주의자도 아니고, 기물을 파손하거나 악의를 가질 이유가 없다. 하지만 캐럴라인은 줄곧 우리 학교가 뇌사 상태에 빠진 것처럼 얼마나 아무 생각이 없는지, 게다가 다른 중학교들의 반도 따라가지 못한다고 불평해 왔다. 그리고 학생 회의에 아이들이 많이 참석하자 기뻐서 날뛰었다. 설마 캐럴라인이 전교생을 모아 어떤 프로젝트에 몰입시키기 위해서 하켄크로이츠를 그렸을까? 아마 그건 아니겠지만. 그럴 가능성을 완전히 배제할 수는 없다.

5) 2학년. 전부 그런 것은 아니지만, 관용 교육이 얼마나 쓸데없고 하켄크로이츠가 좀 나타났다고 해서 뭐가 그렇게 문제인지 투덜거리는 소리가 들릴 때마다 그 출처는 거의 항상 2학년들이었다. 하긴, 2학년들은 매사에 불평불만이 가득하다. 나도 내년에 2학년이 되면 저렇게 되려나. 게다가 크리스토퍼 솔

리스는 2학년이다. 자칭 전설의 치트키 선수인 에릭 페데로브, 여학생들의 우두머리 리자 길포일까지. 나는 이 아이들부터 시작해 볼까 한다.

6) 케네디 아저씨. '범인'을 아이들 중에서만 찾는 게 과연 맞을까? 경비 아저씨는 첫 번째 하켄크로이츠가 칠해질 때 건물 안에 있었다. 아저씨가 칠해 놓고 누군가가 그것을 발견하기를 기다렸을 수도 있다. 케네디 아저씨가 KKK나 어떤 증오 단체와 연관이 있는지도 의심스럽지만, 그는 꽤 신경질적이다. 그렇다고 케네디 아저씨를 비난할 수도 없는 노릇이다. 복도에서 누가 토하거나 카페테리아에서 음식을 가지고 싸웠을 때, 그것을 치우는 사람을 생각해 보라. 까놓고 말하면, 중학생들은 지구상에서 가장 예의 없는 인간들이다. 만약에 하켄크로이츠가 인종차별적인 이유로 나타난 게 아니라면? 케네디 아저씨가 단순히 아이들을 혼내 주려고 그린 거라면?

물론 이 모든 가설은 왜곡되었을 가능성이 크다. 특히 나처럼 바쁜 사람이 세운 가설일수록 더더욱. 캐럴라인은 나를 종이 체인의 공식 미술 감독으로 임명했다. 즉, 내가 그 일의 대부분을 진행해야 하고, 또 나머지 자잘한 일들도 감독해야 한다는 뜻이다. 프로젝트 매니저를 자처한 캐럴라인은 나를 포함한 다른 아이들에게 이래라저래라 시키기만 하면 된다.

브라데마스 교장 선생님은 목요일 조례 시간에 종이 체인 프로젝트를 공식적으로 알렸다. 아마 점심때쯤에는 종이 체인 얘기로 온 학교가 떠들썩할 것이다. 다들 종이 체인 프로젝트가 성사된 것은 링크라는 아이 덕분이라고 추켜세울 텐데, 이것이 우리 학교에서 일어나고 있는 코미디기도 하다. 캐럴라인은 늘 인기 있는 아이들에게만 공이 돌아간다고 불평했지만, 분명 링크의 인기와 종이 체인 프로젝트 사이에는 관계가 있다. 어쨌든 캐럴라인이 좀 안쓰럽기도 하다.

여섯 살이 넘는 사람이라면, 누구나 살면서 종이 체인을 한두 개는 만들어 봤을 것이다. 만드는 건 별로 어렵지 않다. 먼저 종이를 가져다가 가로 5센티미터, 세로 20센티미터 크기로 자른다. 가위를 사용해도 되지만 학교에서 쓰는 종이 절단기로 자르는 편이 훨씬 빠르다. 그런 다음 양쪽 끝부분을 접착제로 붙이면 완성. 이 과정을 반복하기만 하면 되는데, 단 고리끼리 서로 꿰어야 한다. 그렇게 계속 만들어 가다 보면 체인 600만 개를 돌파하거나, 아니면 손가락이 빠져 버리거나 둘 중 하나가 될 것이다.

우리는 방과 후 이 프로젝트를 시작했다. 미술 동아리 아이들 대부분과 회의에 참석했던 아이들 그리고 초등학교 6학년 아이들 20명이 자리를 채웠다. 사실 좀 감동받았다. 우리 학교 2학년들이 얼마나 매사에 시큰둥한지 알고 있는가? 그런데 초등학교 6학년들은 정확히 그 반대였다. 초등학생의 신분으로 중학교에 와 있는 것 자체가 뭐라도 되는 기분이었는지 아주 의욕에 넘쳤다. 안타깝지만, 1년만 있으면 이 아이들도 현실을 알게 되겠지.

나는 무리 중에 파운시와 조디가 있는 것을 보고 놀랐다. 나만의 하켄크로이츠 용의자 명단에 괜히 올렸나 싶었다. 저 아이들은 링크와 매일 붙어 다니기 때문에 링크가 가는 곳은 어디든 따라간다. 그런데 한 번 더 비틀어서 생각해 보면, 하켄크로이츠에 대항하는 종이 체인 프로젝트에 참여한다고 해서 하켄크로이츠를 그리지 않을 거라 단정 지을 수는 없다. 오히려 의심을 사지 않기 위해 완벽히 위장한 것인지도 모른다.

어쨌든 대단한 참석률이다. 미술실이 좁게 느껴질 정도였으니까. 우리는 하나의 거대한 종이 체인을 만들고 있지만, 실제로는 약 12개로 나눠 작업한 다음, 나중에 서로 연결할 생각이다.

보통 미술 동아리였다면 누가 자르고 누가 붙일지, 또 빨간색과 오렌지색은 어울리지 않는다든지 하는 걸로 옥신각신했을 테지만 이번에는 차원이 달랐다. 조디가 패멀라의 디자이너 요가 바지를 레깅스라고 놀리자, 패멀라는 화가 나서 만들고 있던 종이 체인을 찢고 나가 버렸다. 또 파운시는 종이 절단기 작업을 자신에게 맡겨 주지 않는다면 프로젝트에서 빠지겠다고 으름장을 놓았다. 앤드루는 옷에 접착제를 잔뜩 묻히고는 바닥에 철퍼덕 넘어져 버렸다. 다친 것 같아서 양호실로 데려가려고 앤드루를 일으키려는데, 앤드루의 셔츠가 타일에 들러붙어서 미술용 칼로 잘라 내야 했다.

초등학교 6학년 아이들은 다른 사람들보다 종이 체인을 더 많이 만들려고 접착제를 아껴 바른 탓에 체인들이 쉽게 끊어졌다. 속이 상한 나머지 그중 한 명이 울음을 터트렸다. 다비다는 종이에 손을 베어 기절할 듯이 난리를 쳤다. 링크가 줌으로 바르 미츠바 수업을 받던 중이었으므로, 우리는 그가 랍비의 목소리를 들을 수 있게 음악을 꺼야 했다. 그 덕에 우리는 오후 내내 유대교 기도문에 맞춰 작업을 해야 했고, 링크는 열심히 기도문을 따라 외웠다.

5시쯤 되어 학생들이 하나둘 집으로 돌아가기 시작하자 미술실에는 여유 공간이 생겼고, 작업은 서로 방해되지 않는 선에서 순조롭게 진행되었다. 마침 링크의 수업도 끝나서 음악을 다시 틀 수 있었다. 심지어 종이 체인 만드는 일이 점점 더 재미있어지기 시작했다. 그런데 쉬는 시간에 화장실을 다녀온 파운시의 표정이 심상치 않았다.

"얘들아, 하켄크로이츠가 또 나왔대. 과학실에 있는 실험 테이블 하나가 타 버렸어. 케네디 아저씨 말씀으로는 산을 이용한 것 같다는데."

캐럴라인은 음악을 껐다. 우리는 그 자리에서 서로를 쳐다보았다.

하켄크로이츠를 처음 발견했을 때 나는 극심한 공포를 느꼈다. 그것이 벽에서 나와 보아 뱀처럼 내 몸을 타고 올라 목을 조르는 것만 같았다. 하지만 이제는, 슬프게도, 더는 놀라지 않는다. 하켄크로이츠는 우리를 무기력하게 만들었다. 오직 좌절과 분노의 감정들로 명치가 꽉 막혀 버리는 느낌이다. 두려움도 일부 남아 있지만 큰 부분은 아니다. 더 이상은.

당연히 다들 집으로 돌아갈 거라고 생각했다. 시간도 늦었고, 작업을 계속할 만한 분위기도 아니었다. 하지만 아무도 자리를 뜨지 않았다. 대신 조용히, 효율적으로, 목표한 대로 다시 작업에 들어갔다. 파운시의 손에 있는 종이 절단기의 칼날은 피스톤처럼 움직였다. 다들 적당한 크기로 잘린 색종이에 접착제를 붙이고 손으로 구부려 고리를 만든다. 종이 체인은 빠르게 불어났다. 마치 오늘 하루 만에 600만 개를 만들어 낼 듯한 기세로.

과학실에 등장한 하켄크로이츠는 우리를 멈추게 하지 못했다. 그것은 도리어 우리의 의욕에 불을 지폈다. 지금까지 우리에게 가장 최악은 하켄크로이츠에 맞설 방법이 없다는 것이었다. 하지만 이제 싸울 방법을 안다.

6시경, 브라데마스 교장 선생님이 우리를 집에 돌려보내려고 왔을 때 여기저기서 아쉬워하는 소리들이 터져 나왔다. 교장 선생님은 교실을 둘러보더니 놀라서 눈이 휘둥그레졌다. "이걸 너희들이 다 한 거니? 대단하구나!"

작업에만 집중하느라 다른 데는 미처 신경 쓰지 못했는데, 교장 선생님의 얘기에 비로소 알아차렸다. 교실 벽에는 사방으로 알록달록한 종이 체인이 걸쳐져 있었고, 바닥과 테이블에도 수북이 쌓여 있었다.

"우리가 대체 몇 개나 만든 걸까?" 링크가 물었다.

미술 감독으로서 나는 노트북에 숫자를 기록해 두었다. 로그인해서 최근 기록이 업데이트되었는지 확인 후 숫자를 전달했다. "973개."

하루치 작업치고는 놀랄 만한 분량이다. 하지만 600만 개를 채우려면 아직 갈 길이 멀다.

나는 휴대폰으로 계산기를 두드려 보았다. "이 속도라면 꼬박 17년 동안 만들어야 해."

나의 김빠지는 계산 결과가 교실 분위기를 집어삼켰다.

"절대 못 해!" 조디가 말했다.

"다 만들고 나면 나는 서른 살이 되어 있겠네!" 소피가 혼잣말로 중얼거렸다.

"우리가 얘기했던 것을 기억하자." 브라데마스 교장 선생님이 말했다. "숫자에 너무 연연하지 말고. 이제 겨우 첫날인데 이렇게나 많이 만들다니 상당히 고무적이구나. 아주 뿌듯하지 않니? 나는 너희들이 자랑스럽구나."

"게다가 이건 우리끼리만 작업한 거잖아." 늘 남의 말에 자기 생각을 덧붙여야 직성이 풀리는 캐럴라인이 말했다. "전교생이 참여한다면, 얼마나 많이 만들지 누가 알겠어?"

그러자 다들 기운을 차리는 모양새였다.

"너희들 모두 지쳐 보이는구나." 교장 선생님이 말했다. "오늘은 이만 집으로 돌아가서 맛있게 저녁 식사를 하고 푹 자렴. 내일 다시 논의하자꾸나."

나는 복도에서 브라데마스 교장 선생님이 미술실 문을 제대로 잠그는지 유심히 지켜보았다. 그저 종이 고리 뭉치일 뿐이라는 걸 알지만, 무슨 이유에서인지 정말 소중하게 느껴졌다.

# 13장
★ ★ ★ ★
# 데이나 레빈슨




콜로라도에 살면서 느낀 불편 중 하나는 시간대다. 동부에 살고 있는 친구들이 아침에 문자를 보내면, 내 휴대폰은 새벽 5시에 울린다. 이에 대해 과학자인 엄마와 아빠는 참으로 과학적인 해결책을 알려 주었다. 밤에 휴대폰 전원을 꺼 두라는 것이다.

맞는 말이다. 그 편이 나을 것 같다.

깊이 잠들어 있을 때, 꼭 문자가 울린다. 비몽사몽간에 몸을 돌려 휴대폰 화면을 켜 보면, 이크, 5시 53분. 아직 두 시간은 더 잘 수 있는데. 하지만 뉴욕에 있는 캠핑 친구 앤절라의 문자에는 눈이 저절로 떠진다. 앤절라와는 매해 여름방학을 함께 보내는 사이다.

캠핑앤지: 어머나, 세상에! 지금 알았어! 정말 미안!

다이노데이나: ???

캠핑앤지: 콜로라도주 초크체리! 네가 사는 동네잖아?

다이노데이나: 그게 뭐?

앤절라가 문자로 링크를 하나 보냈다. 그것을 클릭했더니 비디오 블로거 릴톡의 유튜브 채널로 연결되었다. 코딱지만 한 잼

통에 얼굴을 쑤셔 박은 것처럼 심하게 클로즈업 된 그의 일자 눈썹을 한 눈이 나를 응시하고 있었다.

"하켄크로이츠의 성지 콜로라도주 초크체리에서 온 따끈따끈한 소식입니다. 뉴스 속보! 창문턱에서 애플파이 식히는 냄새를 맡을 수 있을 것 같은 미국의 이 자그마한 전원 마을이 알고 보니 KKK의 온상이었다는 사실! 콜로라도주 초크체리 상공회의소가 우리 톡네이션을 고소할 거랍니다. 왜냐고요? 우리가 진실을 말했기 때문입니다! 감히, 온 마을이 불타는 십자가로 둘러싸였던 천 개의 횃불의 밤을 언급했다는 이유로요."

나는 영상을 끄고, 앤절라와 나눈 문자를 보았다. 갑자기 숨이 가빠졌다. 앤절라가 릴톡의 영상만 보고 판단했다면, 아마도 내가 신나치가 득실거리는 공포스러운 마을에 갇혔다고 생각할 게 뻔했다. 하지만 하켄크로이츠와 관련한 이 모든 일들 가운데서도 나는 초크체리가 인종차별적인 곳이라는 생각은 하지 않는다. 물론, 누군가는 인종차별주의자일 수도 있다. 이 마을의 누군가가 하켄크로이츠를 그린 것은 사실이니까. 하지만 대다수의 학생들은 이 일을 증오한다. 매일 더 많은 자원봉사자들이 모여 종이 체인을 만들고 있다. 캐럴라인과 마이클이 미술실에서 체육관으로 완성물을 옮겨야 할 정도로 많은 아이들이 참여했고, 체육관 여기저기에 걸쳐 둔 종이 체인은 어느새 운동 기구들을 모두 뒤덮을 만큼 불어났다. 하긴, 이미 6000개 넘게 만들었으니까.

앤절라에게 이 모든 일들을 어떻게 설명할 수 있을까?

앤절라는 유대인 공동체가 없는 곳에서 한 번도 살아 본 적이 없다. 나는 답장을 보냈다.

다이노데이나: 설마 릴톡이 하는 말을 전부 믿는 건 아니지?

캠핑앤지: 그렇지만 나는 네가 걱정돼! 거기서는 너희 가족이 유일한 유대인이잖아.

다이노데이나: 아니야. 한 명 더 있어.

전송 버튼을 누르기 전에 순간 멈칫했다. 내가 지금 무슨 말을 하는 거지?

다이노데이나: 걔는 바르 미츠바를 공부하고 있어.

기분이 이상했다. 초크체리를 재미있는 곳이라고 생각한 적이 없는데, 무슨 이유에서인지 웃음이 나서 다시 잠들지 못했다.


아빠는 여전히 매일 아침 라이언과 나를 학교에 태워다 준다. 내가 앤절라에게 아무리 괜찮다고 말해도 불안해하듯이, 하켄크로이츠가 계속 나타나는 한 지속될 현상이다.

"종이 체인은 어떻게 되어 가고 있니?" 아빠가 라이언을 내려준 다음 나에게 물었다.

나는 놀라서 물었다. "그걸 어떻게 아셨어요?"

"학교에서 집집마다 이메일 폭탄을 날렸지." 아빠가 설명했다. "흥미로운 아이디어더구나. 부모로서 나는 그 프로젝트를 백 퍼센트 지지해. 하지만 과학자로서는… 음, 수학적으로 계산해 보면 굉장히 비현실적이지."

"안 그래도 브라데마스 교장 선생님이 8초에 한 번씩 우리에게 상기시켜 주고 계세요. 성공보다는 노력하는 과정이 더 중요하다고."

"그걸 알고 있다면야." 아빠는 다시 확인시켰다. "600만 개를 만드는 것은 불가능하단다."

"중요한 점은…." 나는 진지하게 말했다. "600만이라는 숫자
가 얼마나 큰지 우리가 알 수 있다는 것이죠."

아빠는 내 말을 되새기면서 조용히 운전했다. 아빠는 워낙
똑똑하고 완강한 사람이라서 어지간해서는 자기 생각을 바꾸지
않는다. 나는 이 종이 체인 프로젝트에 슬슬 관심이 가기 시작했
다. 긍정적인 방향으로.

학교 앞의 하차 구역이 아이들을 내려 주는 차들로 붐볐다.
캐럴라인이 종이 체인 작업 때문에 체육관을 일찍 개방한다고 했
는데, 아무래도 그것 때문인 것 같다. 나는 늘어선 차량 행렬에
아빠를 내버려 둔 채 먼저 차에서 내려 학교로 뛰어 들어갔다.

체육관의 출입구는 자원봉사자와 구경하러 온 아이들로 만
원이었다. 안으로 들어서니 그야말로 아수라장이었다. 아이들은
가운데서 클립보드를 들고 서 있는 마이클을 중심으로 자리 잡고
있었고, 마이클은 캐럴라인을 향해 소리쳤다.

"만들면서 수량 좀 꼭 체크해 줘. 안 그러면 내가 합산할 수
가 없어! 지금까지 얼마나 만들었는지 계산이 안 된다고!"

마이클이 뭘 걱정하는지 알 것 같았다. 체육관은 완전히 난
장판이었다. 아이들은 100명, 아니 그 이상은 족히 돼 보였다. 공
공 도서관과 커뮤니티 칼리지 그리고 초크체리 중학교와 고등학
교에서 빌려 온 다섯 개의 종이 절단기가 마치 공장의 기계처럼
쉴 새 없이 돌아가고 있다. 절단기에서 종이가 잘려 나오면 그때
부터 손들은 바삐 움직인다. 접착제를 바르고 둥글게 모양을 고
정한다. 순식간에 수십 개의 작은 체인들이 완성된다. 작은 체인

이 큰 체인에 연결되면, 가여운 마이클은 그것을 놓치지 않고 세기 위해 필사적으로 매달린다.

나는 그 광경을 보고만 있는데도 지쳐 버렸다. 인상적이면서도 뭐랄까, 조금 무서웠다. 체육관을 빙 둘러싸고 구경하던 아이들은 친구들을 응원했다.

"세라 좀 봐! 손이 보이지 않을 정도로 빨라!"

"접착제 더 발라야지! 더!"

"링크와 조디는 호흡이 끝내주네! 다른 애들보다 속도가 두 배는 빠른 것 같아!"

"워, 올리버 손에 피 좀 봐. 종이 체인에 범벅이 됐네!"

"접착제를 너무 많이 발라 버렸어!"

"시간 낭비들 하고 있네! 고작 하켄크로이츠 몇 개 나왔다고!"

누가 뒤로 훅 하고 들어오는 느낌이 났다. 내 뒤로 키가 큰 2학년 학생들이 서 있었는데, 누가 그 말을 했는지 바로 알 수 있었다. 에릭 페데로브였다. 2학년의 링크 롤리 같은 존재다. 인기 농구 스타.

나는 무리가 하는 얘기를 엿들었다. 그들은 불평을 늘어놓고 있었다. '그 아이들의' 체육관이 착한 아이들에 의해 점령당했다는 둥, 아침에 연습할 장소를 빼앗겼다는 둥, 또 초등학교 6학년과 중학교 1학년들이 잔뜩 몰려들 거라는 둥. 에릭이 하는 말의 요점은 두 가지다. 첫째, 종이 체인 프로젝트는 바보 같은 짓이라는 것. 그리고 둘째, 하켄크로이츠는 대단한 사건이 아니라는 것.

그 아이들이 내가 엿듣고 있는 걸 눈치챌까 봐 나는 슬금슬금 자리를 이동했다.

"쟤 왜 저래?" 등 뒤로 에릭의 나지막한 목소리가 들려왔다.

무리 중 한 명이 대신 답했다. "데이나라고, 너도 알걸. 유대인 여자애."

의식하지 말자. 그냥 하던 대로 종이 체인 만드는 광경이나 계속 지켜보자. 하지만 목이 점점 뻣뻣해지고 아래턱에 힘이 들어갔다. 종이 체인 프로젝트에 대해 가졌던 호감이 어느새 입안의 가시 같은 불편한 느낌으로 변해 갔다. 지금 떠오르는 생각은 초크체리가 40년 전 KKK의 은신처였다는 것과, 사실상 이 학교는 매일 누군가가 하켄크로이츠로 망신을 주고 있다는 것이다. 잘 모르긴 해도, 하켄크로이츠의 범인은 어쩌면 에릭이거나 아니면 그의 똘마니들 중 한 명일지도 모른다.

그날따라 9시 수업 시작종이 더디게 울리는 것 같았다.


나는 오전 수업 내내 정신이 몽롱했다. 사물함에 책을 넣어 놓고 점심을 먹으러 가는 길에 링크가 나를 기다리고 있었다.

"아침에 체육관에 안 보이더라." 링크는 비난조로 말했다.

"도착했더니 이미 꽉 차 있던걸." 나는 설명했다. "그래서 안 들어갔어. 방해만 될 것 같아서."

링크의 손에는 도시락 말고도 히브리어가 적힌 노트가 들려 있었다.

"아, 바르 미츠바 시작했거든." 링크가 설명했다.

"알고 있어." 어떻게 내가 모를 수 있겠는가? 링크는 틈만 나면 랍비 골드가 보내 준 기도문을 따라 하느라 바쁘다. 교실에서도, 카페테리아에서도, 심지어 종이 체인을 만들면서도. 링크는 랍비가 오디오 클립을 보내 주면 그 안에 남긴 히브리 축복기도문을 소리 나는 대로 노트에 받아 적는다.

"생각보다 어렵더라고." 링크가 말했다. "언어가 완전히 달라서 그런가 봐"

"아무도 너에게 강요한 사람은 없어." 나는 링크에게 상기시켰다.

링크는 완고하게 말했다. "당연히 내가 결정한 거야. 나에게는 굉장히 중요하거든. 그리고 너는, 그 뭐더라? 어쨌든 이미 미츠바를 치렀잖아."

나는 팔짱을 끼고 말했다. "바트 미츠바라고 불러. 이건 무슨 번개 맞듯이 그렇게 일어나는 일이 아니야."

"어쨌든." 링크는 자기 말만 했다. "네가 나를 도와줬으면 좋겠어."

"바르 혹은 바트 미츠바를 치르는 날은 유대인 아이들의 인생에서 가장 행복한 날이야. 왜 그런지 알아?" 나는 말했다.

"인터넷에는 선물을 많이 받는 날이라고 나오던데, 사실 나는 그런 건 관심 없어."

"선물 얘기가 아니야. 이제 끝났다는 걸 의미하기 때문이야. 끝. 두 번 다시 하지 않아도 된다고. 알겠니? 나는 너를 도와줄수 없어. 왜냐하면 나는 바트 미츠바를 끝낸 순간 머릿속에서 모든 걸 지워 버렸거든."

링크는 웃지 않았다. 보통의 유대인 아이들이라면 웃었겠지만, 링크는 평범한 유대인이 아니다.

"문제는 너 말고는 물어볼 사람이 없다는 거야." 링크가 말했다. "내 모든 유대인 친척들, 그러니까 나에게 있었어야 하는 친척들…."

'…태어날 기회마저 빼앗겼지.' 나는 속으로 다음 말을 중얼거렸다. 홀로코스트가 모든 걸 앗아 갔다. 순간, 마음이 끝도 없이 가라앉았다.

"농담이야. 그래, 할 수 있는 한 도와줄게." 나는 한숨을 쉬며 대답했다.

부디 이 학교에 있는 600명의 링크 롤리 신도들이 자신들의 캠퍼스 영웅이 고마워서 굽실거리는 모습을 보기 바라면서.

이로써 나는 1학년 핵인싸 남자아이에게 히브리어를 가르쳐 주기 위해 도시락을 챙겨 단둘이 카페테리아의 구석 자리에 앉게 되었다. 의도치 않게 카페테리아에 있던 모든 여자아이들의 부러운 시선을 한 몸에 받고 말았다. 이 아이와 단 둘이 있게 된 속사정을 안다면 그 누구도 나를 부러워하지 않을 텐데. 어쨌든 한 테이블에 앉은 패멀라와 소피, 조디와 파운시는 눈에서 불꽃이 나올 것처럼 나를 노려보았다.

히브리어를 머릿속에서 지워 버렸다는 건 거짓말이 아니었지만, 이렇게 빨리 다시 기억날 줄은 몰랐다. 기도는 엄밀히 말하자면 노래가 아니다. 그렇지만 거기에는 일종의 리듬이 있기 때문에 링크가 리듬으로 익힐 수 있도록 도와주었다. 링크는 부지런히 따라 하며 감을 익혔다.

링크의 태도가 어찌나 진지하고 열심이던지 솔직히 조금 감동했다. 사실 나는 바르 미츠바 역시 링크가 저지르는 엉뚱한 장난의 하나쯤으로 생각했다. 링크는 이미 그런 쪽으로는 꽤 정평이 나 있었기 때문이다. 땅콩버터를 가득 넣은 눈덩이 사건, 교무실에서 커피에 소금물을 탄 사건, 퍼레이드 때 돼지비계를 뿌린 사건까지, 양쪽에 충성스러운 조디와 파운시를 거느리고 벌였던 링크의 기상천외한 장난질은 전교에 소문이 파다했다. 아니, 거의 전설에 가까웠다. 하지만 12월 4일을 준비하는 데에 있어서만큼은 백 퍼센트 진지해 보였다. 이전에는 어땠을지 몰라도, 지금은 노트에 얼굴을 파묻은 채 휴대폰에서 흘러나오는 랍비 골드의 목소리에 온 신경을 집중하고 있는 링크는 분명 새롭게 태어나는 중이다.

그때, 카페테리아에 있던 아이들이 일제히 일어나 창문 쪽으로 몰려갔다. 나도 목을 빼고 창밖을 내다보았다. 바깥에는 아이들이 인도에 우르르 모여 있었다. 심장이 아파 왔다. 또 다른 하켄크로이츠가 나온 거면 어떡하지. 사실 시간만 잘 맞추면 버젓이 개방된 학교 앞이라 해도 하켄크로이츠를 그리는 건 일도 아니다.

좀 더 자세히 보았다. 아이들은 주차 금지 구역인 버스 승하차 자리에 차를 대고 걸어오는 작은 체구의 한 젊은 남자 주변에 모여 있었다. 정확히 누구인지는 모르겠지만 왠지 낯이 익었다. 유명인인 것 같았다. 학교의 출입구에서 쏟아져 나온 아이들도 그 자리에 합류했다. 심지어 몇몇 선생님들이 쫓아 나와 아이들을 학교 안으로 들여보내려 했지만 역부족이었다.

링크는 바르 미츠바 공부에 열중한 나머지 밖에서 무슨 일이 일어나는지 전혀 눈치채지 못했다.

나는 링크의 어깨를 두드렸다. "저기 밖에 있는 남자, 누군지 알아보겠어? 차에서 삼각대 꺼내는 저 사람 말이야."

링크의 이마에 주름이 잡히다가 이내 눈이 휘둥그레졌다. "설마, 릴톡?"

"말도 안 돼!" 순간 나는 릴톡의 전체 얼굴을 본 적이 없다는 것을 깨달았다. 그의 얼굴은 항상 눈썹에서 아랫입술까지만 클로즈업해서 화면에 나왔다. 나는 유튜브 화면에 보이는 것처럼 그의 얼굴이 작은 프레임 안에 들어가도록 눈을 가늘게 떠 보았다. 틀림없이 일자 눈썹이다. "네 말이 맞는 것 같아!"

"그런데 릴톡이 저기서 뭘 하고 있는 거지?" 링크가 놀라서 물었다.

뻔했다. "하켄크로이츠 때문에 왔겠지! 몇 주 전부터 온라인으로 시끄럽게 떠들어 대던걸. 분명 유튜브에 올릴 영상을 건지러 왔을 거야. 봐 봐, 카메라 설치하고 있는 거!"

"다 나 때문이야." 링크가 말했다. "내가 아빠에게 릴톡이 올린 초크체리 영상을 보여 주는 바람에 상공회의소에서 릴톡을 고소하겠다고 겁을 줬거든. 일단 나가 보자."

우리는 밖으로 나가 그 유명 비디오 블로거 주변에 모인 아이들에게로 갔다. 릴톡은 온라인상에서 보여 주었던 폐소공포증적인 사각 틀에 들어찬 얼굴 말고도 검은 곱슬머리와 삐죽한 귀를 가진 땅딸막한 외모였다. 또 청바지에 티셔츠를 입은 평범한 차림이었고, 무슨 이유에선지 거대한 키높이 굽이 달린 카우보이 부츠를 신고 있었다.

우리가 도착했을 때, 그는 카메라에 대고 말하고 있었다. "네

시간 동안 비행기를 타고 세 시간 동안 산길을 달려 이곳 미국, 어떤 마을, 신의 선택을 받은 동네에 와 있습니다. 아직 하켄크로 이츠를 보지는 못했지만 톡네이션은 믿고 있습니다. 초크체리는 결코 우리를 실망시키지 않으리란 걸요." 그는 녹화를 멈추고 모여 있는 사람들을 향해 물었다. "여기 캐럴라인 맥넛이 누구죠?"

"저요!" 캐럴라인은 앞으로 나갔다. "톡, 제가 전교생을 대표해서…."

릴톡이 말을 잘랐다. "당신이 인스타그램에 올린 종이 체인을 보여 줄 수 있나요?"

"네, 물론이죠. 체육관에서 만들고 있어요…." 캐럴라인은 들뜬 목소리로 말했다.

그때 브라데마스 교장 선생님이 잔디를 가로질러 릴톡을 향해 뛰어왔다. "우리 학생들의 사진을 이렇게 막 찍으면 안 됩니다. 그리고 허가 없이 이 사진들을 사용할 수 없어요. 장담하는데, 당연히 허가해 줄 수 없습니다."

릴톡은 교장 선생님에게 악수를 청하려 손을 내밀었다. "저는 애덤 톡입니다."

교장 선생님의 얼굴이 상기되었다. "이미 알고 있어요, 톡 씨. 그리고 우리는 당신이 허락 없이 이곳에 와서 우리의 문제를 떠벌리는 것을 용납할 수 없습니다. 여기는 유튜브가 아니에요. 현실 세상이란 말입니다. 학교 건물에서 촬영하려면 허가증을 받아 오세요. 그리고 저 차가 당신 것이라면, 유감스럽게도 불법 주차를 했군요."

교장 선생님이 얘기하는 중간에 릴톡은 카메라를 켜고 교장 선생님을 화면에 잡았다. "여기 니콜라스 브라데마스 하켄크로이츠 중학교 교장 선생님이 언론의 자유를 침해하고 계십니다." 그가 내레이션했다.

"너희들, 학교 안으로 들어가. 어서." 교장 선생님이 다급하게 말했다.

몇몇 아이들은 건물 안으로 돌아가기 시작했지만, 우리들 대부분은 궁금해서 자리를 뜰 수 없었다. 교장 선생님은 우리 학교의 수장이지만, 릴톡은 '인플루언서'다.

그때 '초크체리 공공 사업부'라고 쓰인 견인차와 그 뒤로 경찰차가 들어서고 있었다. 브라데마스 교장 선생님은 경찰과 얘기하기 위해 연석으로 뛰어갔다.

릴톡은 곧 차를 견인당하고 어쩌면 체포당할 수 있음에도 불구하고 개의치 않는 눈치였다. 인터넷상에서 사람들의 관심을 먹고 사는 직업은 어떤 식으로든 홍보만 되면 되는가 보다.

"가자." 링크가 말했다. "돌아가서 바르 미츠바 공부나 더 하자."

"바르 미츠바?" 그때 릴톡이 주머니에서 노트를 꺼냈다. "내가 조사하기로는 이 학교에 유대인 학생은 한 명뿐인 걸로 아는데. 그것도 여학생으로."

"설명하자면 좀 길어요." 링크가 대답했다.

릴톡은 눈을 번뜩였다. "나는 긴 이야기를 좋아해요."

릴톡의 렌터카가 큰 굉음과 함께 체인으로 견인차에 고정되는 소리가 났다.

릴톡은 삼각대에서 카메라를 분리한 뒤 손에 옮겨 들고는 모든 광경을 촬영했다.

　"이래서 내가 작은 마을을 좋아합니다. 모두가 아주 친절하거든요." 릴톡이 내레이션을 남겼다.

# 14장
★★★★
## 릴톡

**애덤 톡의 유튜브 채널**
**링컨 롤리와의 인터뷰**

**릴톡**: 롤리… 롤리라. 혹시 초크체리 상공회의소의 조지 롤리 씨와 어떤 관련이 있나요? 알다시피, 그분이 나를 고소할 계획이거든요.

**링크**: 네, 그건 유감입니다. 그분은 우리 아빠예요.

**릴톡**: 사과하지 않아도 됩니다. 고소당하는 게 나쁜 것만은 아니에요. 뉴스와 기사의 헤드라인을 장식할 수 있으니까요. 나는 헤드라인을 굉장히 좋아해요. 헤드라인은 곧 팔로워 수고, 팔로워 수는 곧 돈이거든요.

**링크**: 아빠는 마을에 해가 되는 일에는 뭐든 아주 예민하게 반응하세요.

**릴톡**: 십자가를 불태운 미치광이의 경우처럼요.

**링크**: 그건 아주 오래전 일이에요. 어떤 사람들은 그런 일은 아예 일어난 적이 없다고도 하죠.

릴톡: 당신이 초크체리에 새롭게 등장한 유대인이라는 걸 고려하면, 하고 싶은 얘기가 많을 것 같은데요.

링크: 네, 시청자분들께 나의 할머니와 홀로코스트에 대해 말해도 될까요?

릴톡: 톡네이션의 구독자들은 단순한 시청자 그 이상입니다. 98퍼센트의 바보 같은 헛소리를 걸러 내거든요. 왜 톡네이션이겠어요? 나는 지난 영상에서 이미 당신의 할머니 이야기를 했어요. 그래서 말인데요, 링컨.

링크: 링크라고 부르세요.

릴톡: 아, 당신들의 유명한 종이 체인 프로젝트에 등장하는 그 종이 링크와 같군요! 물론 그럴 만했지만, 종이 체인 프로젝트를 다룬 영상을 보고 톡네이션의 반응이 아주 뜨거웠어요. 하지만 지금은 당신이 계획하고 있는 바르 미츠바 흉내 내기에 대해서 얘기해 줄 수 있나요?

링크: 흉내가 아니에요. 섀드부시 크로싱에 있는 유대교 사원의 실제 랍비와 함께 하기로 되어 있어요. 이 일을 내 친구 데이나가 도와주고 있고요. 그 아이도 유대인이에요.

릴톡: 엄청난 뉴스가 있습니다, 링크. 나는 이미 랍비 골드와 얘기했고, 12월 4일 당신의 바르 미츠바를 우리 톡네이션을 통해서 전 세계로 생중계할 생각입니다! 당신 생각은 어떤가요?

링크: 와우, 대박. 하지만 좀 걱정되네요. 만약 내가 실수라도 하면 수백만 명이 그걸 알게 되는 거잖아요.

릴톡: 그건 히브리어를 할 줄 아는 사람만 알아차리지 않을까요?

링크: 그렇겠네요. 그래도 벌써부터 긴장되는데요. TV에 나오는

것과 같은 거니까.

**릴톡:** 당신처럼 배짱이 두둑한 사람에게는 식은 죽 먹기일 것 같은데요. 학교에서 하켄크로이츠가 마구 출몰하는 이 힘든 시기에 콜로라도주 초크체리에서 유대인이 되기로 결심한 것이니까요. 심지어 몇 주가 지났는데도, 아무도 누가 그런 짓을 했는지 모르죠. 혹시 이 일로 인해 당신의 결심이 바뀔 가능성은 없나요?

**링크:** 설마요. 그 누구도 자기 자신을 고를 수 없어요. 나는 그냥 나일뿐.

# 15장
★★★★
## 캐럴라인 맥넛

나는 충분히 자격이 있다.

더 맛있는 간식을 얻어 내기 위해 유치원 아이들을 부추겨서 집단행동을 조직했던 네 살 때부터 나는 줄곧 같은 문제에 봉착해 왔다. 무관심. 아무도 신경 쓰지 않았다. 아이들은 춤을 추러 가거나 파티에는 참석할지언정, 조직적 행동에는 손 하나 까딱하지 않았다. 물론 우리가 행동에 나설 일이 결코 일어나지 않는다면, 그런 건 아무런 문제도 되지 않을 것이다.

나는 초등학생 때부터 학생회 활동을 했다. 아이들을 동아리에 가입시키거나 위원회 활동에 참여하도록 독려하지만, 그럴 때마다 펜치로 한 번에 한 개씩 이를 뽑는 기분이었다.

적어도 지금까지는.

하지만 드디어 종이 체인 프로젝트로 학생회의 꿈이 실현되는 순간이 왔다. 누누이 실패만 거듭해 왔는데, 이제야 그간의 노력을 보상받는다고 생각해 보라. 그것도 이자까지 쳐서.

체육관에 가 보면 안다. 아니, 정확히는 걷어치워 보면 안다. 어쨌든 지금 상태로는 체육관 내부를 제대로 살필 수 없다. 종이 체인 정글이 되어 버렸기 때문이다. 마이클의 말에 따르면 종이 체인은 벌써 6만 개나 완성되었고, 총 길이도 두 배, 세 배, 아니 네 배나 길어졌다. 체육관은 수많은 자원봉사자들로 발 디딜 틈이 없었다.

나는 모두의 분주한 움직임을 지켜보았다. 수백 명의 아이들이 가치 있는 공동의 목표를 위해 손을 맞추어 협력하고 있다니. 가끔씩 너무 감사해서 감정이 복받쳐 올라왔다. 지금 이 광경이야말로 아이들의 열정을 북돋우기 위해 부탁하고 애원했지만 아무 소득도 없었던 긴긴 세월에 대한 보상이다.

하켄크로이츠 같은 끔찍한 사건이 벌어지고 나서야 비로소 초크체리 아이들이 집단행동에 나선 것은 사실 부끄러운 일이다. 하지만 결과적으로는 그 이상의 가치가 있었다. 내 인생에서 우리 학교를 자랑스러워할 날이 오다니. 비록 그 끔찍한 사건은 아직도 여전히 진행 중이지만, 그보다 백만 배나 더 좋은 일이 생긴 것이다.

그뿐 아니라, 우리는 점점 유명해지고 있다. 더군다나 지금 우리 마을에는 릴톡이 와 있다. 그는 우리 학교에서 벌어지고 있는 일을 실시간으로 찍어서 유튜브에 올리고 있다. 브라데마스 교장 선생님, 래디슨 시장 그리고 롤리 씨와 같은 지역 유지들은 릴톡을 눈엣가시처럼 여겼다. 하지만 학교 여기저기에서 계속 하켄크로이츠가 출몰하고 있고, 아직까지 범인을 잡아 내지 못하고 있는데도 이제 그것은 사람들의 관심 밖이 된 것 같다.

어른들은 릴톡에게 치를 떨면서 그가 학교 안으로 한 발짝도 들어가지 못하게 막았다. 하지만 릴톡은 꽤 영리했다. 어제 그는 방송에서 이렇게 떠벌렸다. "나는 전에 비밀 경호원들에 의해 백악관에서 쫓겨난 적이 있습니다. 또 버킹엄 궁전에서는 왕실 호위병들에게 문전 박대를 당했고요. 테일러 스위프트는 내가 접근하지 못하게 자신의 강아지로 겁을 줬어요. 심지어 육군사관학교 사령관은 화염방사기로 나를 위협하기도 했는걸요. 그런 일들까지 겪은 마당에 이 작은 마을의 교장 선생님이 학교에 들어가지 못하게 막는 게 무슨 대수겠어요? 하하하."

릴톡은 그렇게 학교 건너편의 작은 공원에 자리를 잡았다. 그는 법적으로 문제되지 않는 선에서 학교에 가장 가까이 접근할 수 있는 거리를 정확히 알고 있었다. 허용치보다 딱 8센티미터의 여유만 남겨 두었다. 그래서 경찰도 간섭할 명분이 없었다. 릴톡은 공원 안에 커다란 비치 우산과 컵홀더가 달린 접이식 의자를 세팅했다. 세븐일레븐의 화장실을 사용하느라 항상 그곳의 인기 음료인 빅 걸프를 사서 옆에 두었다. 그리고 그 주변에는 대개 그와 인터뷰하고 싶어 안달이 난 아이들이 줄지어 서 있었다.

교장 선생님은 아침 방송에서 이렇게 공지했다. "여러분 모두 릴톡이라는 사람에게 가까이 가지 말기 바랍니다. 그는 우리가 겪고 있는 어려움을 이용해 자극적인 영상을 만들어서 어떻게 해서든 구독자 수를 늘리는 데만 혈안이 된 사람입니다. 릴톡은 우리 학교와 마을을 쓰레기처럼 묘사하고 있어요. 우리 중 누구도 절대 그런 일에 동조해서는 안 됩니다."

그날은 릴톡의 삼각대 앞으로 늘어선 줄이 평소보다 두 배는 길었다. 어느 누가 인기 유튜버 채널에 출연할 기회를 마다하겠는가?

교장 선생님 말씀대로 릴톡의 영상에서 하켄크로이츠가 나오는 부분은 솔직히 아주 거슬렸다. 릴톡의 영상대로라면 우리는 인종차별주의자거나 바보거나 둘 중 하나다. 바보인 이유는 이곳 경찰들이 아직까지도 어쭙잖은 범인의 단서 하나 찾아내지 못하고 있다는 것이고, 인종차별주의자인 이유는 어쩌면 의도적으로 범인을 찾지 않는 것일지도 모르기 때문이다. 아니나 다를까, 릴톡은 초크체리가 한때 KKK 활동의 온상이었다는 것을 떠벌릴 기회도 놓치지 않았다. 그는 모든 영상에서 천 개의 횃불의 밤을 언급했다.

엄마는 릴톡이 부정적인 것에만 치중하는 게 문제라고 했다.

"그 사람이 그렇게 우리 마을에 관심이 있다면, 여기서 일어나는 좋은 일들을 세상에 알려야지. 매년 열리는 맥앤치즈 먹기 대회 같은 것 말이다. 거기서는 자선단체에 보낼 기부금도 많이 모금하잖니. 아니면 산에서 발견한 공룡 화석이라든지. 웩스퍼드 스마이스 대학교에서도 우리 마을에서 발견된 공룡 화석이 역사상 가장 대단한 발견 중 하나가 될 거라고 하는데, 왜 그 사람은 하켄크로이츠만 파고드는지 모르겠구나."

나는 엄마에게 그 이유를 설명할 필요도 느끼지 못했다. 하켄크로이츠는 엄청난 뉴스다. 그리고 하켄크로이츠 뉴스는 곧 종이 체인 뉴스이기도 하다. 릴톡은 교내 출입이 금지되어 있기 때문에 아직까지 우리가 만든 종이 체인을 실물로 보지 못했다. 그래서 내가 사진을 몇 장 보내 주었는데, 다시 생각해도 잘한 일인 것 같다. 릴톡은 몇몇 영상에 그 사진을 삽입했다. 릴톡의 채널에서는 이제 다른 어떤 주제보다 종이 체인에 대한 댓글이 많이 달린다. 사람들도 '알아본' 것이다. 물론 그것이 멍청한 아이디어라는 둥, 테네시 종이 클립 학교의 짝퉁이라는 둥 이런저런 악플들도 있었다. 또 어떤 사람들은 어차피 600만 개를 채우지 못할 텐데, 시간 낭비일 뿐이라고 초를 쳤다. 하지만 대다수는 종이 체인 프로젝트를 지지했다. 학교에서 벌어진 하켄크로이츠 사건에 대한 완벽한 대응책이라고 극찬하는 사람도 있었다. 또 전국의 많은 중학생들이 이 프로젝트를 포기하지 말고 끝까지 완성해 달라는 응원과 격려의 댓글도 많이 달아 주었다. 그렇다. 종이 체인 프로젝트야말로 우리가 해야 할 일이고, 학생회의 존재 이유다.

교내 방송에서 교장실로 오라고 내 이름을 호출했을 때, 드디어 올 것이 왔다는 생각이 들었다. 이 프로젝트가 시작된 후로 계속 좋은 소식만 들려왔다. 사실 초크체리 중학교에서 이렇게나 많은 학생들이 과외 활동에 참여하는 것은 처음 있는 일이다. 브라데마스 교장 선생님도 하켄크로이츠 사건의 어두운 면이 종이 체인의 밝은 면으로 대체되었다는 사실을 부정할 수는 없을 것이다. 이제는 그 공로가 나에게 돌아올 차례다. 이 업적으로 1학년 회장에서 전교 회장으로 승격될지 누가 알겠는가. 만약 그렇게 되면 대니얼 파라즈가 어떤 표정을 지을지 생각만 해도 통쾌하다.

그런데 교장실로 나를 안내하는 비서의 그 동정 어린 표정이 조금 마음에 걸렸다. 교장실에는 마이클이 먼저 와 있었는데, 쭈그리고 앉은 자세로 오만상을 쓰고 있었다. 교장 선생님도 잿빛 얼굴이었다. 무슨 일이지? 우리는 지금 전국에서 가장 주목받는 활동을 하고 있는 중학생들인데, 왜 여기는 초상집 같은 분위기인 거지!

내가 빈자리에 앉자, 교장 선생님은 바로 본론으로 들어갔다. "너희들이 종이 체인 프로젝트를 시작하고 이렇게 성공적으로 진행하고 있다는 점에 대해서는 아무리 칭찬해도 모자라지 않는단다. 6만 개나 만든 것만으로도 충분히 대단해. 그것도 이렇게나 빨리 해내다니. 하지만 그래서 더 마무리 짓기가 힘들구나."

"마무리요?" 갈비뼈를 뚫고 심장이 튀어나오는 줄 알았다. "여기서 중단하겠다는 말씀이세요? 아니, 왜요? 얼마나 열심히 하고 있는데요. 제 말은, 진짜 잘돼 가고 있다고요."

"너무 잘돼 가고 있지." 교장 선생님이 말했다. "사실, 종이가 다 떨어졌단다."

"다른 학교에서 좀 빌려 오면 되잖아요?" 내가 대안을 찾기 위해 애를 쓰는데도, 마이클은 포기했다는 듯 고개를 내저었다.

"이미 빌려다 썼단다." 교장 선생님이 자초지종을 설명했다. "이 지역에서 갖다 쓸 수 있는 종이는 모조리 다 사용했지. 더 구입할 수 있는 예산도 없고."

"모금하면 되잖아요!" 나는 다급하게 말했다. "경품 응모권도 팔고! 향초랑 초콜릿도 팔고요! 내 자전거도 팔게요! 뭐든 할게요! 제발 종이 체인 프로젝트만은 취소하지 말아 주세요!"

"미안하다, 캐럴라인. 이미 끝난 이야기다."

정말 끝인가. 학교 역사상 가장 위대했던 학생회 프로젝트가 이렇게 허무하게 끝나 버린단 말인가. 이대로 순순히 물러날 내가 아니다. 나는 집집마다 돌아다니면서, 그리고 카페테리아에서도 모금하자고 제안했다. 나는 사정사정하며 애원했다. 심지어 눈물로도 호소했다. 모금하는 것이 왜 안 될 일이지? 교장 선생님이 지금 착용하고 있는 금 커프스만 팔아도 체인을 몇 백 개는 만들 수 있을 텐데! 하지만 교장 선생님은 벽창호 같았고, 나 역시 너무 화가 나서 아무 말이나 마구 내뱉었다.

교장실을 나온 마이클은 나를 달래려 애썼다. "그동안 정말 많이 애썼잖아. 우리 진짜 대단했어."

"어설프게 위로할 생각하지 마!" 나는 마이클의 말을 잘랐다. "우리가 전하려던 메시지가 뭐였어? 하켄크로이츠는 정말 잘못된 거라고. 그런데 거기에 맞서 싸울 종이가 떨어졌으니 그만해라? 그 정도 싸운 걸로 됐다? 대체 뭐가 대단하다는 거야?"

"음, 교장 선생님이 그런 뜻으로 얘기한 건 아닌 것 같아." 마이클이 진정하라는 투로 말했다.

나는 마이클을 뒤로한 채 그냥 가 버렸다. 프로젝트 중단을 대수롭지 않게 생각하는 사람과는 한시도 같이 있고 싶지 않았다. 마이클과 계속 얘기했다가는 내 머리가 돌아 버릴 것 같았다. 지금은 그저 실망스럽고 억울하고 분한 감정을 쏟아 내고 싶을 뿐이다.

그렇지만 대체 어디서?

# 16장
★★★★
## 릴톡

**애덤 톡의 유튜브 채널**
**캐럴라인 맥넛과의 인터뷰**

**릴톡:** 톡네이션의 특별 게스트, 캐럴라인 맥넛 양을 소개합니다. 구석진 이곳까지 와 주신 캐럴라인 양, 환영합니다. 초크체리에 어떻게든 붙어 있길 잘한 것 같군요. 제가 종이 체인 프로젝트에 대해서 처음 알게 된 것은 캐럴라인의 인스타그램을 통해서였는데요.

**캐럴라인:** 나는 당신과 이야기할 수 없어요. 교장 선생님은 당신 가까이 가지 말라고 하셨거든요.

**릴톡:** 그런데 어째서 여기에 온 거죠?

**캐럴라인:** 우리 교장 선생님이… 아, 잠깐만요. 저는 초크체리 중학교 1학년 회장입니다. 솔선수범해야 하는 자리에 있죠.

**릴톡:** 뭔가 할 말이 있는 것 같군요.

**캐럴라인:** 아니요. 아니, 맞아요. 종이 체인 프로젝트가… 취소됐어요.

**릴톡:** 예상 밖이네요. 인종차별과 반유대주의에 맞서는 아주 좋은 아이디어인데, 거기에 반대하는 사람이 있는 건가요?

**캐럴라인:** 그런 이유가 아니에요. 체인을 만들 종이가 떨어져서 그만해야 한대요. 교장 선생님은 종이를 살 예산이 없다고 하셨어요. 600만 개를 만드는 게 어렵다고만 생각했지, 학교 이사회가 그런 이유로 프로젝트를 중단시킬 줄은 꿈에도 몰랐어요!

**릴톡:** 무엇을 중요하게 생각하느냐의 문제죠. 사람들은 뉴욕을 지저분한 도시로 알고 있지만 뉴요커들은 절대로 편협함에 굴복하지 않고, 저질스러운 인간이 하켄크로이츠를 그리도록 내버려 두지도 않는답니다.

**캐럴라인:** 우리 역시 아무도 그런 짓을 용납하지 않아요. 다만 아직 범인을 못 잡았을 뿐이에요.

**릴톡:** 누가 범인인 것 같나요?

**캐럴라인:** 그걸 내가 어떻게 알아요? 일개 학생이.

**릴톡:** 중학교 1학년 회장인데, 학교 사정을 좀 더 잘 알고 있지 않나요?

**캐럴라인:** 제가 아는 것은, 종이 체인 프로젝트를 시작하기 전에는 아무도 그 어떤 노력도 하지 않았다는 거예요. 학교가 현장 학습과 축구 장비를 사들이는 데 돈을 쓰는 만큼, 그보다 백만 배는 더 중요한 일에도 아끼지 말고 지원해야 한다고 생각해요.

**릴톡:** 파이팅! 참지 말고 다 말하세요! 톡네이션은 그런 얘기를 원해요!

**캐럴라인:** 정말이에요! 아이들이 최악의 어려움에 처했다는 TV 프로그램을 본 적 있을 거예요. 자, 여기 초크체리에 그와 딱 맞는

사례가 있습니다. 대체 어른들은 무엇을 했나요? 우리의 활동을 중단시켰어요! 이건 너무 불공평하다고요!

**릴톡:** 옳소! 특히 우리가 지금 얘기하고 있는 어른들은 더 그렇죠.

**캐럴라인:** 잠깐만요. 뭐라고요?

**릴톡:** 시장과 경찰이요. 무고한 블로거와 실랑이할 게 아니라 하켄크로이츠의 배후에 있는 인물을 찾아내야 하는 어른들 말이에요. 심지어 상공회의소의 롤리 씨는 나를 고소하려고 한다죠? 그리고 종이 체인 프로젝트를 중단시킨 당신네 교장 선생님도요. 그는 모든 권력을 동원해서 내가 톡네이션과 세상에 이곳 이야기를 하지 못하도록 막으려 했어요. 캐럴라인, 당신은 잘못이 없어요. 초크체리의 어른들에게 화가 날 만도 하죠. 그들은 과거 천 개의 횃불의 밤에 관한 사실을 숨기기 위해 갖은 노력을 다했던 것처럼, 당신의 입도 막으려 들 겁니다.

**캐럴라인:** 당신도 뉴욕에서 이 먼 곳까지 왔는데, 우리 동네를 마음에 들어 하는 것 같지는 않군요.

# 17장
★★★★
## 클레이턴 파운시

링크 롤리가 바르 미츠바를 한다는 건 내 평생 들이 본 애기 중 가장 멍청한 소리다.

하긴 나는 대다수를 멍청하다고 생각하는 편이라서, 나의 레이더망에 걸리지 않는 게 나을지도 모른다.

링크도 나만큼이나 유대인과 연결고리가 생겨 버렸다. 그렇다고 내가 유대인 전문가라는 뜻은 아니다. 데이나 레빈슨을 제외하고 아는 유대인은 한 명도 없으니까. 데이나는 재수 없다. 그 아이가 유대인이라서 그렇게 느끼는 것은 아니다. 솔직히 웩스퍼드 스마이스 아이들은 다 재수가 없다. 걔들은 전기차를 타고 케일 샐러드를 손에 든 채 우리 동네에 나타나 비닐봉지도 못 쓰게 하는 이런 시골은 처음 본다고 투덜댔다. 그 아이들의 부모가 그렇게 천재라면 뭐 하러 온종일 진흙이나 파고 있을까? 세 살짜리 애들이나 하는 짓을. 그 안에서 공룡 뼈 할아버지가 나온대도 진흙은 그냥 진흙일 뿐이다.

이것이 나의 세계관이다. '모든 일'은 바보 같고, '사람들'은 쇠다 짜승 난다.

어쨌든 나는 링크에게서 할머니의 기구한 이야기를 들었다. 나는 전에 그분을 몇 번 만난 적이 있는데, 굉장히 친절한 분이었다. 어렸을 때 링크와 조디 그리고 나를 데리고 섀드부시 카운티 몰에 가서 산타도 보여 주었다. 하지만 만약에 링크가 할머니를 위로하기 위해서 이런 일을 벌이는 것이라면, 그건 한참 잘못 생각한 것이다.

그러고 보니, 대체 무슨 바보 같은 짓인지 모르겠다. 링크는 구태여 왜 저러고 있는 거지? 하켄크로이츠 때문에? 하켄크로이츠 좀 봤다고 바르 미츠바를 하겠다는 바보가 세상에 어디 있나? 뜬금없이 새 종교라도 생긴 건가? 내가 아는 링크는 결코 그런 유형은 아니다. 링크 역시 조디랑 나처럼 머저리에 말썽꾼이다. 또 이상한 건, 그걸 뭐라고 부르든지 간에, 링크가 계시를 받았다면 이미 종교가 있는데도 왜 굳이 다른 종교를 찾는 걸까?

가족과 지나치게 엮이면 이런 일이 생기는 법이다. 링크도 할머니의 슬픈 사연을 듣고서 이성적인 사고가 불가능해진 것이다. 우리 파운시 가문도 할아버지에 얽힌 사연이 있긴 하다. 할아버지에 대한 기억은 많지 않지만, 할아버지가 흰 두건을 쓰고 다닌다는 소문을 들은 적이 있다. 하긴, 할아버지가 이상했던 점은 한두 가지가 아니다. 이런, 왜 또 할아버지 생각이 난 거지. 나는 가능한 한 빨리 다른 곳으로 신경을 돌렸다. 해바라기를 좋아하니까 해바라기 씨. 아니면 게임, 사물함 비밀번호, 먹을 것. 무슨 생각이든 괜찮다. 내 친한 친구가 나를 배제하고 완전히 새롭게 살아 보겠다는 것만 아니라면.

요즘의 링크는 내가 전에 알던 아이가 맞나 싶을 정도로 변했다. 링크와 조디 그리고 나는 방과 후에 늘 빈둥거리고 누워서 다음번 작당을 구상하곤 했다. 백악관에 잠입해 대통령을 납치할 계획이라도 세우듯이 아주 구체적이고 세부적이었다. 하지만 다 옛날 일이다. 이제는 바르 미츠바 아니면 링크와는 할 얘기가 없다. 데어리 퀸에서 아이스크림을 기다리는 그 잠깐 사이에도 링크는 랍비 골드의 히브리어 기도문을 들으려고 휴대폰을 꺼냈다. 스페인어나 프랑스어를 쓰는 환경에서 영어를 들으면 귀에 콕콕 박히듯이, 히브리어도 그랬다. 아이스크림 가게에 있던 사람들이 우리를 이상하게 쳐다보았다. 아, 정확히 '우리'가 아니라 링크를.

"뭐라고 중얼거리는 거야?" 나는 링크에게 물었다.

"포도주를 들어 축복을." 링크가 대답했다.

"정말?" 조디가 놀라서 되물었다. "유대인은 몇 살부터 술을 마실 수 있어?"

"넌 아직 안 될걸." 링크는 장난기 어린 미소를 지어 보였다. "그냥 의식의 일부야."

"그런 다음 유리잔을 발로 밟는 건가." 조디가 덧붙여 말했다. "영화에서 본 적 있어."

"그건 결혼식이고, 바르 미츠바는 달라." 링크가 설명했다.

나는 링크가 처음 바르 미츠바를 언급했을 때 구글에서 찾아보았다. 대부분 성인식에 대한 이야기였다. 정장을 차려입고 외국어로 노래한다고 어떻게 어른이 되는지는 모르겠지만, 어쨌든 그런 식으로 진행되는 의식이었다. 우리 파운시가에서 어른이 되는 것은 보통 무언가를 쏘는 것과 관련이 있다. 내 짐작이 맞는다면, 할아버지 세대에서는 사람을 쏘는 걸 의미했을 수도 있다. 우리

할아버지는 내가 가장 잘 아니까.

'해바라기 씨… 해바라기 씨는 정말 맛있어….'

"미츠바라는 거 할 때 말이야, 너도 작은 비니 같은 모자 써야 해?" 나는 물었다.

"응? 키파(Kippah. 신을 경외하는 마음으로 머리를 가리기 위해 유대인들이 쓰는 모자−옮긴이)? 랍비 골드 말로는 꼭 써야 하는 건 아니래." 링크가 대답했다. "그런데 나는 써 보려고."

조디가 고개를 끄덕였다. "모 아니면 도겠네."

점원에게 아이스크림콘을 건네받은 우리는 테이블에 앉았다.

"솔직히 말해서…." 링크는 아이스크림을 먹으면서 말했다. "너희들이 나한테 이걸 왜 하냐고 묻는다면, 뭐라고 대답해야 할지 모르겠어. 나도 확실하지 않거든. 엄마 반응이 좀 예상 밖이긴 한데, 아빠는 이제 받아들인 것 같아. 그래도 내가 여기서 그만둔다고 하면 아빠는 기뻐서 나를 얼싸안고 퍼레이드라도 할걸."

감히 내가 왈가왈부할 상대는 아니지만, 링크의 아빠는 대단한 분이다. 롤리 씨가 이 보 전진을 위해서 일 보 후퇴한 것이라면 이해가 가는 반응이다.

"그거 알아?" 나는 내 콘을 보여 인상을 썼다. "이쪽에는 스프링클을 안 뿌렸어. 가지고 가서 더 뿌려 달라고 해 봤자 점원은 시치미를 떼겠지."

"네가 먹었잖아." 조디가 말했다.

"네가 어떻게 알아?" 링크가 끼어들었다. "이래서 내가 바르 미츠바를 해야 한다니까."

조디가 눈살을 찌푸렸다. "파운시가 점원한테 스프링클을 더 뜯어내게 하려고?"

"우리가 아무것도 아닌 일에 목을 매고 살기 때문이지." 링크가 진지하게 말했다. "누가 스프링클을 덜 받았는지, 아니면 어떤 여자아이가 우리를 흘끔거리는지."

"너를 흘끔거리는 거겠지." 나는 툴툴거렸다.

"뭐가 됐든, 중요한 건 그게 아니야. 너희들도 알잖아. 솔직히 힐머니 얘기를 처음 들었을 때, 뭘 어떻게 해야 할지 모르겠더라고. 하지만 뭐라도 해야 했어."

"스프링클이 중요하지 않다면, 나랑 콘 바꾸는 기 이때?" 나는 말했다.

"됐거든! 이미 다 핥아 놓고선." 링크는 쏘아붙이고는 다시 휴대폰을 터치해 랍비 골드 파일을 켰다.

아이스크림 먹고 싶은 생각이 싹 가셨다.


학교도 엉망이었다. 물론 하켄크로이츠가 모든 일의 원흉이었다. 명백하게. 요즘 학교가 다시 소란스러워진 이유는 종이 체인 프로젝트 때문인데, 종이가 다 떨어져서 프로젝트가 중단된 것이다. 종이 체인을 만드는 데 이렇게나 많은 종이가 필요할지 누가 알았을까?

나는 개인적으로 종이 체인 프로젝트는 바보 같은 일이라고 생각한다. 또 거기에 빠져서 유난 떠는 인간들도 짜증 난다. 하지만 마이클이 마지막 날 우리가 얼마나 많은 체인을 만들었는지 그 숫자를 발표할 때는 조금 멋있어 보이기도 했다. 마이클이라면 대충 어림짐작으로 맞추지 않고 분명 일일이 세어 보았을 거다. 그래서 나는 아이들 중에 마이클에 제일 짜증 난다.

그래도 한 가지 아쉬운 점은 더 이상 종이 절단기를 사용할 수 없다는 것이다. 나는 종이 절단기와 단두대가 영어로 같은 단어라는 사실에 소스라치게 놀랐다. 왜냐하면 나는 늘 나만의 단두대를 원해 왔기 때문이다. 그러니까 나는 집행관이었던 셈이다… 종이의 집행관. 어쨌든 이미 말했듯이 다 끝난 일이다.

단, 프로젝트는 과거의 일이 되었을지 몰라도 이미 만들어진 종이 체인들은 그대로 남아 있다. 무려 6만 1472개나. 그것들은 체육관 사방에 걸쳐져 있었고, 무슨 밧줄처럼 출렁거렸다. 그 바람에 체육 수업은 비가 오나 눈이 오나 밖에서 할 수밖에 없었다. 때가 되면 버리든 재활용하든 태워 버리든 해야 할 것이다. 내 생각에 브라데마스 교장 선생님과 다른 선생님들은 종이 체인들을 처리할 계획을 이미 세워 뒀으면서 학생들에게는 비밀로 하는 것 같다. 미리 말했다가는 전교생이 쏟아내는 분노의 절규가 온 마을에 울려 퍼질 게 뻔하기 때문이다. 캐럴라인은 우리가 만든 종이 체인만이라도 보존할 수 있게 해 달라는 청원을 돌리고 있었다. 나도 청원에 동의했다. 굳이 반대할 이유는 없으니까.

비록 몇 백 킬로미터에 달하는 종이 체인을 볼 수 있는 체육관 근처로는 갈 수 없지만, 내 휴대폰에서는 릴톡이 종이 체인과 관련한 새로운 영상을 업데이트했다는 알림음이 수시로 울린다. 내가 그 사람의 팬이었다는 게 믿기지 않았다. 유튜브 영상에서 본 릴톡은 쿨하고 재미있었는데, 학교 건너편 공원에서 접이식 의자에 앉아 세븐일레븐에서 파는 슬러피나 홀짝거리면서 중얼거리는 꼴은 정말이지 가관이다.

브라데마스 교장 선생님은 종이 체인에 대한 학생들의 관심이 시들해질 때쯤, 아마 학교에서 그것들을 치워 버릴 것이다.

한번은 점심시간에 사물함으로 걸어가고 있었는데, 반쯤 미친 듯한 여자의 비명 소리가 들려왔다. "뭐 하는 거예요?"

체육관 문틈으로 경비 케네디 아저씨가 벽에 걸려 있던 종이 체인을 걷어 내서 한 가닥을 자르려는 찰나, 캐럴라인이 아저씨 손에서 가위를 낚아채는 모습을 보았다. 케네디 아저씨는 너무 당황한 나머지 순간 얼음이 되었고, 주변에는 경비 아저씨가 몇 명 더 있었다. 그들도 가위를 들고 있었다. 잘린 체인 가닥 하나가 이미 바닥에 떨어졌다.

"안 돼!!"

나는 모른 척 입을 닫고 사물함에 바싹 붙어 섰다. 무슨 소동이 났는지 궁금해하는 아이들이 체육관으로 몰려와 우왕좌왕하고 있었다. 아마 이들도 종이 체인이 위험에 처한 사실을 안다면 난리 칠 게 뻔하다.

사실 아무도 경비 아저씨들을 체육관 밖으로 몰아내지는 않았다. 다만 너무 많은 아이들이 종이 체인을 보호하기 위해서 동시다발적으로 몰려드는 바람에 아저씨들이 저절로 떠밀린 것이다. 케네디 아저씨는 어느 사이엔가 내가 서 있는 자리까지 밀려났고, 무전기에 대고 소리를 질렀다.

"긴급 상황 발생!"

선생님들이 도착했을 때는 이미 아수라장이 되어 있었다. 복도는 아이들로 가득 찼고, 모두 광기에 차서 저마다 떠들어 댔다. 그리고 아이들은 몸으로 벽을 만들어 체육관 입구를 막았다.

슬로브도킨 선생님은 격분했다. "모두 교실로 돌아가!"

군중 소리에 묻혀 무슨 말인지 들리지 않은 탓에 다들 꿈쩍하지 않았다. 어쩌면 들리는데도 개의치 않았을 수도 있다. 선생님 말을 씹는 건 내 주특기인데, 여기 모인 아이들도 전부 그러고 있다니. 뭔가 흥미진진해지는 것 같다.

배빗 선생님은 주의를 집중시키기 위해 손뼉을 쳤다. "자자, 이동!"

역시나 묵묵부답. 아이들은 서로의 팔짱을 꽉 끼고 선 채로 조금도 움직이지 않았다. 전하려는 메시지는 명확했다. 〈몬티 파이선〉에 나온 대사처럼. 아무도 들어가지 못한다.

군중을 헤집고 핵심 인물이 모습을 드러냈다. 브라데마스 교장 선생님. 열 받은 정도를 10점 척도로 나타낸다면 적어도 11점은 될 것이다.

"모두 해산!" 교장 선생님이 고함쳤다.

나는 캐럴라인의 팬은 아니지만, 왠지 그 아이 편에 서고 싶었다. 캐럴라인은 한 발짝도 물러서지 않았다. "종이 체인을 버리지 않겠다고 약속해 주세요!"

교장 선생님은 믿었던 1학년 회장 캐럴라인의 반항에 충격을 받은 나머지 뒷걸음 치다 내 발을 밟았다. 나를 향해 의심에 찬 눈초리를 보내는 것을 보니, 교장 선생님은 아이들의 반응에 적잖이 놀란 모양이다. 하지만 나는 이 일과는 전혀 상관없다. "클레이턴, 너는 이 일에 가담하지 않은 걸 다행으로 알거라." 교장 선생님이 말했다.

교장 선생님은 실수한 거다. 천하의 파운시에게 말썽 부리지 않아서 다행이라고 하다니. 나는 보란 듯이 앞으로 나와 캐럴라인의 주도 하에 세워진 인간 벽에 합류했다.

브라데마스 교장 선생님의 얼굴이 시뻘게졌다. "종이 체인 프로젝트는 이제 끝났습니다. 이곳은 학교입니다. 여러분의 아쉬운 마음은 알겠지만, 언제까지고 체육관을 이 상태로 둘 수는 없습니다."

변명을 하자면, 나는 교장 선생님을 골탕 먹이려고 한 말일 뿐이었는데 나조차도 내가 내뱉은 말에 화들짝 놀랐다. "이것들은 그냥 종이로 만든 고리가 아니에요! 이 고리들은 홀로코스트에서 죽어 간 사람들이라고요. 어떻게 아무렇지 않게 버릴 수 있죠!"

"맞아요!" 캐럴라인이 맞장구쳤다. 세상에, 캐럴라인에게 동의를 얻다니. 내가 뭔가 단단히 잘못하고 있는 게 틀림없다.

양옆에 있던 아이들이 내 팔을 꼭 잡았다. 박수를 치는 아이들도 있었다.

"무슨 바보 같은 소리야!" 교장 선생님의 목소리가 높아졌다. "600만 개를 채우지 못할 거라는 거 다들 알고 있었잖아. 설령 다 만들 수 있다 해도 학교 이사회가 종이를 사는 데 그 많은 돈을 쓰도록 허락할 리 없다고!"

마침 링크와 조디가 뛰어 들어왔다. 체육관 앞에 모여 있는 아이들 무리에 약간 놀란 눈치였다. 하지만 교장 선생님이 그 자리에 있다는 것을 알아차리고 곧바로 말을 전했다.

"교장 선생님, 나와 보세요!" 링크가 큰 소리로 말했다. "밖에 사람들이 와 있어요. 서명해 달래요!"

브라데마스 교장 선생님은 얼굴을 찌푸렸다. "무슨 서명?"

"트럭이 와 있어요." 조디가 가쁜 숨을 내쉬며 말했다. "종이를 가득 싣고 왔다구요!"

"나는 종이를 주문한 적 없다!" 교장 선생님이 딱 자르듯 말했다.

"배달 온 게 아니라 기부가 들어온 거예요!" 링크가 숨도 안 쉬고 말했다. "기부라고요! 미술 용품 회사에서 보내 줬어요. 릴톡 채널에서 종이 체인 영상을 봤대요! 우리를 돕겠대요!"

그때 교장 선생님이 무슨 말을 하는 것 같았는데, 아이들의 환호성에 묻혀 버렸다. 그 순간만큼은 축구장에 거대한 운석이 떨어졌다 해도 우리는 듣지 못했을 것이다. 아이들은 펄쩍펄쩍 뛰면서 환성을 내질렀다. 캐럴라인은 브라데마스 교장 선생님을 얼싸안았다. 마치 방금 전 교장 선생님을 향해 소리 지르고 대들었다는 사실도 새까맣게 잊은 것처럼. 나는 축하의 의미로 교장 선생님의 등을 철썩 두드렸다. 언제 또 이럴 기회가 오겠나?

하지만 뭐니 뭐니 해도 가장 고소했던 건, 이제 브라데마스 교장 선생님이 그렇게 원하던 종이 체인 프로젝트를 중단시킬 구실이 사라졌다는 것이다. 엄청 맛없는 음식을 한 입 크게 물었는데 뱉을 기회를 놓친 사람의 표정 같았다. 모두의 시선이 교장 선생님의 입으로 향했고, 이제 교장 선생님은 어쩔 수 없이 그것을 삼켜야 했다.

내가 전에 종이 체인이 바보 같은 짓이라고 했던가?

정정하겠다. 나는 이 프로젝트가 점점 마음에 들기 시작했다.

# 18장
★★★
# 링컨 롤리

이번 토요일에 초크체리 역사상 처음으로 TV 프로그램 제작
진이 우리 마을을 방문한다고 한다. 마침 그날, 아빠와 나는 바
르 미츠바 때 입고 갈 정장을 사러 시내에 갔다.

상공회의소 회장으로서 아빠는 마을 경계 밖에 있는 섀드부
시 카운티 몰은 이용하지 않기 때문에 어쩔 수 없이 우리는 메인
스트리트의 제롬 양복점으로 갔다. 나는 평범한 남색 정장을 입
어 보았다. 처음에 골랐던 반짝이는 검은색보다는 스타일리시하
지 않았지만, 아빠 말이 맞았다. "이건 바르 미츠바지, 장례식이
아니잖니."

아빠의 입에서 바르 미츠바라는 단어가 나올 때마다 아빠는
식초라도 삼킨 듯한 표정을 했다. 하지만 하나도 거슬리지 않는
다. 생전 처음으로 아빠가 나를 위해서 뭔가를 하고 있다. 뭐, 엄
마가 시킨 것일 수도 있지만. 어쨌건 아빠는 내 바르 미츠바가 있
는 날 유대교 회당을 장식할 꽃도 주문하고, 예배 후 간단한 회
중 식사인 '키뒤시'의 비용도 지불할 것이다. 게다가 랍비 골드에
대해서도 호의적이다. 왜냐하면 줌 수업 중에 랍비가 덴버 브롱

코스(미국 콜로라도주 덴버에 근거지를 둔 프로 미식축구 팀—옮긴이)
의 팬이라고 하는 얘기를 들었기 때문이다.

줌 수업 얘기가 나와서 말인데, 랍비 골드는 예배에 대해서
이미 몇 차례 상세히 일러 주었기 때문에 12월 4일에 예배가 어떻
게 진행될지 대충 짐작하고 있다. 우리는 또 많은 시간을 할애해
서 유대인이 되는 것에 대해 토론했다. 종교적인 부분뿐 아니라
사회정의의 측면도 이야기했다. 유대인들은 오랜 세월 동안의 경
험을 기반으로 사회적 약자가 되는 것이 어떤 걸 의미하는지 아
주 잘 알고 있다. 스포츠도 그랬다. 모두가 무시하는 팀이 플레
이오프에 진출하기 위해 자기들끼리 똘똘 뭉치는 것처럼. 하지만
유대인의 역사에서 많은 경우 그것은 트로피나 우승 이상의 의미
였다. 그들에게 그것은 생존이었다.

그리고 할머니의 가족이 겪었을 일에 대해서도 많은 대화를
나눴다. 5학년 때 그리고 이번 관용 교육에서 홀로코스트에 대해
배웠지만, 막상 그것이 내 가족의 일이었다는 걸 깨닫고 보니 훨
씬 더 실감 나게 다가왔다. 랍비 골드는 바르 미츠바를 치르는
것은 내 어깨 위에 그 역사를 얹는 것이라고 일러 주었다. 사실
좀 두려웠다. 내가 그렇게 무거운 역사를 짊어질 만한 인물인가
확신이 없었다. 하지만 랍비 골드는 내가 바르 미츠바를 준비하
는 다른 학생들보다 열 배는 더 열심히 준비하고, 또 열 배는 더
많이 질문한다고 했다. 그게 무슨 뜻이겠는가.

막상 정장을 입으니 나를 구성하고 있던 세상, 즉 퍼레이드
날 돼지비계를 뿌리고 우편함 구멍으로 비료를 쏟아붓던 세상에
서 나와 좀 더 진지한 세상으로 옮겨 간 것 같았다. 정확히 어떤

느낌인지는 말로 설명이 되지 않는다.

탈의실에서 나오자 아빠가 놀란 듯 눈을 약간 크게 떴다. "우리 링크, 언제 이렇게 어깨가 넓어진 거니?" 아빠가 다가와 옷깃을 바로잡아 주었다.

"아빠, 무슨 유리 옷은 입은 것처럼 불편해요. 셔츠 때문에 목이 졸려요." 나는 솔직하게 말했다.

"파자마보다는 훨씬 멋진데. 할머니는 아빠가 어릴 적 일요일마다 교회에 갈 때 타이에 재킷을 입혀 주셨단다."

우리 사이에는 암묵적으로 합의되지 않는 단어가 있다. 우리는 지금 유대교 회당이 아닌 교회에 입고 갈 정장을 사고 있는 것이다.

"고마워요, 아빠." 나는 입을 열었다. "이런 것, 생각해 보신 적 없다는 거 알아요."

"네 말이 맞아. 뭐 그래도, 레빈슨 씨 딸이 네가 꽤 잘한다고 하던데."

나는 재킷을 벗어서 다시 옷걸이에 걸었다. "잘하지는 않지만, 노력하고 있어요."

"너는 잘 해낼 거다. 내 자식이라면 하겠다고 마음먹은 이상 잘 해내고말고. 뭐가 됐든 최선을 다한다는 건 네 앞날에 좋은 징조가 될 거야. 하지만 혹시 생각이 바뀌면 언제든 그만둬도 된단다."

나는 아빠를 쏘아보았다. "제가 왜 생각을 바꿔요?"

아빠는 어깨를 으쓱했다. "너는 아직 어리고, 네 또래의 아이들은 항상 충동적으로 결정하니까. 생각을 바꾸고 싶어도 창피한

마음에 그냥 해 버릴 수도 있잖니. 이제 와서 친구들한테 바르 미츠바를 하지 않을 거라고 말하기도 좀 뻘쭘하겠지."

"전 꼭 할 거예요." 나는 아빠의 말을 잘랐다. "튀고 싶거나 관심 끌려는 게 아니에요. 나는 바르 미츠바를 해야만 한다고요!"

아빠는 재단사 쪽으로 가서 말했다. "이것으로 할게요."

재단사는 몇 군데 치수를 더 재고는 나에게 여기서 더 크면 안 된다고 당부했다. 나도 더 자라지 않도록 최선을 다하겠다고 약속하고, 일주일 뒤 날짜가 적힌 확인증을 받아 가게를 나섰다.

"시내에 나온 김에 점심이나 먹을까?" 아빠가 물었다.

"안 될 것 같은데, 어쩌죠." 나는 대답했다. "조디를 위로해 주러 가기로 했어요. 패멀라랑 깨져서 축 처져 있거든요."

"중학교 1학년 아이들도 이별을 하니?" 아빠가 놀랍다는 듯 되물었다.

"아빠, 눈치 좀 챙겨요." 아빠는 아마도 우리 마을에서 조디와 패멀라가 초등학교 2학년 때부터 줄곧 사귀고 헤어지고를 반복한 사이라는 걸 모르는 유일한 사람일 것이다.

저쪽에 TV 프로그램 제작진들이 보였다. 밴 위에 위성 접시가 설치되어 있었고, 옆에는 덴버 역의 반짝이는 로고가 그려져 있어서 한눈에 들어왔다. 그들은 거리에서 사람들을 인터뷰하고 있었다.

아빠의 어깨에 힘이 들어가는 게 느껴졌다. 동네를 홍보하는 것만큼 아빠가 사랑하는 일도 없다. 하지만 과연 화제가 좋은 방향으로 흘러갈 수 있을까? 요즘 초크체리에서 가장 유명한 얘깃거리는 종이 체인이라서 아빠에게는 별로인 상황이다. 종이 체인 얘기를 시작하면 자연스럽게 하켄크로이츠 이야기로 흘러갈 수밖에 없고, 그러다 보면 결국 1970년대의 KKK 사건까지 소환될 게 뻔했다. 하지만 알다시피 그건 우리 마을의 커다란 오점이다.

종이가 학교에 도착한 이후로 종이 체인 프로젝트와 관련한 많은 일들이 있었다. 어찌 보면 프로젝트를 중단시킨 것은 아주 잘한 결정이었던 것 같다. 원래 금지하면 더 간절해지는 법이다. 득히 릴톡은 마을이 인종차별적 과거를 회피하고 싶어 비겁하게 아이들의 입을 막았다고 영상을 몇 개나 연달아 올렸다. 우리는 브라데마스 교장 선생님이 결국 종이 체인 프로젝트의 재개를 허락했을 때 로켓처럼 기뻐서 날뛰었다.

이제 종이 체인을 만드는 일은 더 이상 자원봉사자만의 몫이 아니었다. 사실상 학교 전체가 종이 체인 프로젝트에 동참했다. 미술 선생님이 먼저 수업 시간에 종이 체인 만드는 것을 허락했고, 그다음은 사회 선생님도 허락했기 때문에 지금은 방과 후와 점심시간뿐 아니라 거의 종일 종이 체인을 만들 수 있게 되었다. 초등학교 경비 아저씨가 종이 체인을 가득 실은 트럭을 몰고 하역장으로 올라가는 것을 보니, 초등학교도 이 프로젝트를 도와주고 있는 모양이다. 또 고등학교에서도 함께했다. 어린아이들도 만들 수 있는 것이니 고등학생들은 더 잘 만들겠지. 집집마다 가족들도 동참했다. 마운틴 뷰 은퇴촌의 주민들도 손을 보탰다. 캐럴라인은 부모님께 YMCA 커뮤니티 룸에서도 함께 만들어 줄 것을 부탁했고, 그 애의 부모님은 퇴근길에 그날 만든 종이 체인들을 가져다주었다.

첫째 주가 끝나 갈 무렵 체육관은 셀 수 없이 많은 종이 체인으로 포화 상태였고, 더 밀어 넣었다가는 종이 체인이 천장까지 닿을 정도였다. 마침 섀드부시 카운티 농장 설비의 사장님이 종이 체인을 보관할 수 있도록 빈 창고를 내어 주었고, 코스타키스 브라더스 트럭킹 회사에서는 체육관에서 창고까지 종이 체인을 옮길 수 있도록 대형 덤프트럭을 세 대나 보내 주었다. 그것도 모두 무상으로 말이다. 종이 체인은 이제 더 이상 우리 학교만의 프로젝트가 아니었다. 또한 아이들만의 프로젝트도 아니었다. 마치 마을 전체가 이 프로젝트에 지분이 있는 것처럼 행동했다. 종이를 자르고 붙이는 일을 하지 못하는 사람들은 도울 수 있는 다른 방법을 찾았다. 심지어 동네 레스토랑에서는 간식거리와 음료도 보내 주었다.

"오, 저 사람이에요! 저기 바르 미츠바로 유명해진 학생!"

갑자기 사람들이 손가락으로 내 쪽을 가리켰고, 기자와 제작진들이 나를 향해 걸어오고 있었다. 아빠는 옆에서 목소리를 가다듬었다.

내가 릴톡과 인터뷰한 이후로 다들 나의 바르 미츠바에 대한 이야기를 알고 있다. 바르 미츠바와 종이 체인은 별개인데도 사람들은 마치 그 둘이 무슨 관련이라도 있는 듯 연결 지어 생각하는 것 같았다. 하긴, 이해 못 하는 건 아니다. 종이 체인은 홀로코스트 때문에 벌어진 일이고, 홀로코스트 하면 당연히 유대인이 떠오르니까. 나 같은 사람이 준비하고는 있지만, 분명히 바르 미츠바는 유대인만을 대상으로 하는 의식이다.

갑자기 마이크 하나가 내 얼굴 앞으로 훅 들어왔다. "링컨 롤리 씨, 덴버 액션 뉴스에서 몇 가지 여쭤 보겠습니다."

아빠는 내가 거절하길 간절히 바라는 눈빛이었다. 하지만 내가 인터뷰를 승낙하자 막아서지는 않았다.

"종이 체인 프로젝트가 당신이 유대인 혈통을 되찾는 데 어떤 영향을 주었는지 이야기해 주세요."

나는 외가 쪽 이야기를 먼저 듣게 되었고, 종이 체인 프로젝트는 그다음에 일어난 일이라고 설명했지만 그건 그들이 원한 대답이 아니었다. 릴톡과 얘기할 때도 같은 반응이었다. 리포터들은 누군가의 이야기를 원하는 대로 짜깁기하는 기가 막힌 재능을 가지고 있다. 가령 릴톡은 유독 히켄그로이츠와 관련된 주제를 좋아했는데, 아이들과 인터뷰하면서 마을의 인종차별적인 과거와 마주하도록 밀어붙였다. 또 덴버 TV는 종이 체인을 특히 좋아한다. 그래서 조금이라도 긍정적인 일이다 싶으면 모두 종이 체인에 갖다 붙인다. 아마 내일 해가 뜨는 것도 종이 체인 덕분이라고 할 것이다.

그 틈을 타 아빠는 자연스럽게 끼어들었다. "바르 미츠바 이야기는 이 정도에서 끝내죠. 링크도 종이 체인이나 세계적인 공룡 화석 발굴 뉴스로부터 관심을 빼앗아 오고 싶지는 않은 것 같네요. 혹시 초크체리 외곽에 아주 중요한 화석이 발견되었다는 사실은 알고 있나요?"

리포터는 넘어오지 않았다. "좋아요. 인터뷰 영상은 이걸로 충분한 것 같군요. 종이 체인을 직접 촬영하고 싶은데, 혹시 우리를 학교로 안내해 주실 수 있나요?"

"종이 체인은 이제 학교에 없어요." 나는 말했다. "너무 많아서 섀드부시 카운티 농장 설비 창고로 옮겼어요."

가여운 아빠. '덴버 액션 뉴스'에게 공룡 화석 발굴 이야기를 완전히 무시당했을 뿐 아니라, 지금은 그토록 주목받지 않기를 원했던 종이 체인이 있는 곳으로 방송국 사람들을 안내하느라 운전까지 하고 있다.

창고 문은 활짝 열려 있었고, 그 안에 쌓여 있는 알록달록한 종이 체인 더미가 한눈에 들어왔다. 아이들은 쇼핑 카트와 외바퀴 손수레를 밀고 있었고, 종이 체인을 수북이 실은 왜건을 끌고 이동 중이었다. 아빠가 차를 세우는데, 초등학교 6학년쯤 되어 보이는 한 아이가 자전거를 타고 지나가고 있었다. 그 아이는 종이 체인이 가득 담긴 비닐봉투를 어깨에 메고 있었다. 마이클은 클립보드를 들고 보초병처럼 출입구에 서서 새로 도착한 종이 체인의 수량을 꼼꼼히 체크했다. 어제 40만 개를 넘어섰기 때문에 오늘은 그보다 많을 것이다.

방송국 차량도 도착했다. 제작진들은 분주하게 일하고 있는 광경을 포착하기 위해 서둘러 카메라와 촬영 기기를 내렸다.

아빠는 운전석에서 푹 주저앉았다. "50년 만에 가장 위대한 공룡 화석이 발굴됐는데 그 누구의 주목도 받지 못하다니. 게다가 종이 쓰레기로 가득한 창고가 신문 1면을 장식해 버렸네."

붐비는 아이들 사이에서, 나는 패멀라와 파운시가 함께 창고를 빠져나가는 것을 보았다. 혹시 조디의 질투심을 유발하려는 거라면 사람을 잘못 골랐다. 파운시는 딱 오렌지색 교통 표지 원뿔만큼만 딱딱한 녀석인 데다 패멀라를 짜증 나는 스타일이라고 말했던 적이 있다. 아빠와 나는 카메라맨과 함께 창고 안으로 들어선 순간, 마치 보이지 않는 벽에 부딪힌 것처럼 멈춰 섰다.

아빠는 내 어깨를 꽉 움켜쥐었다. 나는 너무 놀라서 턱이 빠지는 줄 알았다.

그래. 좋아. 종이 체인이 학교 체육관을 채운 건 이미 봤지. 그런데 지금 눈앞에 펼쳐진 광경은 그것과는 비교도 되지 않을 정도로 엄청났다. 휑뎅그렁했을 창고의 공간은 종이 체인으로 이미 절반이나 찼다. 이 넓은 공간을 채운 알록달록한 종이 체인들은 한눈에 담기지 않을 정도로 그 규모가 장대했다. 눈을 돌리는 쪽마다 거대한 종이 체인 무더기가 줄줄이 늘어서 있었다. 나는 창고 입구에 서서 이 장면을 소화해 내기 위해 여러 번 눈을 깜빡였다. 이 엄청난 체인의 향연이 어느 날 오후 미술실에서, 한 번에 한 개씩 만들어진 것에서부터 시작되었다는 것이 도무지 믿기지 않았다.

카메라맨은 이 엄청난 광경을 찍으려다 거의 넘어질 뻔했다.

심지어 아빠도 감동한 눈치였다. "세상에나! 수 킬로미터는 족히 되겠는걸!"

마이클이 대답했다. "정확히 45킬로미터예요. 체인 하나당 10센티미터 정도거든요."

TV 제작진은 카메라 앞에서 다시 설명해 줄 것을 요청했다.

45킬로미터. 물론 처음에 계획한 600만 개에는 아직 한참 못 미친다. 600만이라는 숫자의 의미가 새삼스럽게 다가오면서 왠지 모를 자부심이 느껴졌다. 한편으로는 할머니의 가족이 겪었을 비극이 떠올라 가슴이 섬뜩했다. 우리 가족.

리포터가 천장 바로 아래 좁은 통로를 가리키며 카메라맨에게 말했다. "저기 올라가서 잡아 볼까요? 규모가 어느 정도인지 확인하고 싶어요."

카메라맨은 연철로 제작된 높은 통로까지 올라 다양한 색상의 광활한 종이 체인 바다를 카메라 렌즈에 천천히 담았다. 그는 카메라로 창고의 바닥을 훑다가 갑자기 멈췄다.

"무슨 문제라도 있어요?" 리포터가 물었다.

카메라맨은 쉰 소리를 냈다. "이것 좀 보셔야 할 것 같은데요."

우리는 철제 계단을 올랐다. 리포터와 마이클, 아빠 그리고 나.

우리 중 제일 키가 큰 아빠가 먼저 그것을 발견한 것 같았다. 종이 체인이 산더미처럼 쌓여 있어서 아래에서는 보이지 않았지만 위에서는 확실히 보였다. 밝은 시멘트벽에 진한 검은색 매직으로 그려진 세 개의 선명한 하켄크로이츠.

카메라맨이 고개를 내저었다. "내 생각에는 우리 이야기의 초점이 조금 바뀌어야 할 것 같네요."

## 19장
### ★★★★
## 릴톡

**애덤 톡의 유튜브 채널**
**베넷 오캐섹 경관과의 인터뷰**

릴톡: 경관님, 바쁘신 와중에 이렇게 시간을 내어 톡네이션과 인사이트를 공유하러 와 주셔서 감사합니다.

오캐섹 경관: 제발 날 좀 내버려 두시오. 당신도 참 말도 많고 탈도 많은 사람 같은데, 내가 만약 어떤 혐의점을 발견하기라도 한다면 당신은 아마 기차를 타고 이 마을에서 줄행랑쳐야 할 거요.

릴톡: 성가신 미국 헌법 수정 제1조(언론, 종교, 집회의 자유를 정한 조항-옮긴이)가 경관님의 일을 자꾸 방해하나 보군요. 거참, 안됐네요. 뭐, 일종의 언론의 자유라고 해 두죠. 자, 이제 경관님이 오늘 이 자리에 왜 오셨는지 얘기해 주시죠.

오캐섹 경관: 정신없는 당신의 유튜브를 봤어요. 도통 이유를 모르겠는데, 사람들은 당신이 무슨 말을 하는지 들으려고 이 채널에 가입하더군요.

릴톡: 1700만 명의 구독자가 있죠. 지금도 계속 늘어나고 있고요.

오캐섹 경관: 그리고 나는 그 사람들이, 여기 와서 듣고 있는 모든 사람들이 우리 경찰이 초크체리에 도움을 주고 있다는 사실을 알았으면 해요. 알아요, 우리가 좀 괴짜 같은 구석이 있긴 하죠. 누군들 안 그렇겠어요? 하지만 이곳 초크체리에서 일어났던 일은 모두 정확히 과거의 일입니다.

릴톡: 천 개의 횃불의 밤을 말씀하시는 거군요.

오캐섹 경관: 나에게 대답을 강요하지 말아요. 나는 그 어떤 것도 확신도 부정도 하지 않습니다. 나는 그때 어린아이였으니까요.

릴톡: 하지만 지금, 사실상 거의 매일 등장하고 있는 하켄크로이츠는 부정할 수 없겠죠. 경관님의 부서에서는 범인을 파악하는 데 어느 정도의 진척이 있나요?

오캐섹 경관: 지금 조사하고 있습니다.

릴톡: 아직도 조사하고 있다고요? 지난 몇 주간 노력한 보람이 별로 없는 것 같네요.

오캐섹 경관: 학교에는 자그마치 600명의 학생이 있어요. 그들 중 한 아이가 마커를 꺼내서 벽이나 사물함에 낙서하는 데 얼마의 시간이 필요하다고 생각하나요? 내가 알량한 뉴요커는 아니지만, 당신이 무슨 말을 하려는지 모를 정도로 바보는 아니오. 우리가 제대로 일하고 있지 않아서 아직까지도 범인을 못 잡아내고 있다고 생각하겠죠. 우리는 1978년에 이곳에 살던 사람들과 마찬가지로 인종차별주의자에 보수 시골 사람들이니까, 사방에서 하켄크로이츠가 출몰하는 건 당연한 거 아니겠어요.

릴톡: 그렇게 말한 적 없는데요.

오캐섹 경관: 인종차별로 꼬투리를 잡고 싶다면, 당신 구독자들이

나 잘 살펴보쇼. 댓글을 읽기는 하나요?

**릴톡:** 지금 농담하시는 거죠? 톡네이션은 초크체리의 가장 든든한 지지자입니다. 종이를 지원해 준 미술 용품 회사가 학교의 종이 체인 프로젝트에 대해서 어떻게 알 수 있었다고 생각하세요? 그리고 전국의 학교에서 당신들이 600만 개를 채울 수 있도록 종이 체인을 만들어서 보내고 있다고요!

**오캐섹 경관:** 거슬리는 댓글들은 안 읽나 보네요. 어떤 여자는 이 아까운 시간에 종이나 자르고 붙이고 있는 게 끔찍하냐고 하던데. 그리고 단순히 작은 그림에 불과한 하켄크로이츠 때문에 왜 이렇게 난리인지 도통 모르겠다는 사람도 있고. 또 어떤 남자는 '절대 일어나지도 않을' 일을 기념하느라 산더미 같은 종이를 낭비하는 것은 범죄라고까지 하더군요.

**릴톡:** 언론의 자유는 누구에게나 적용되는 거예요. 물론 나와 생각이 다른 사람에게도 말이죠.

**오캐섹 경관:** 확실히 하자면, 그 남자가 말하는 건 '홀로코스트'죠.

**릴톡:** 당신네가 괴짜인 것처럼, 다른 사람들도 괴짜겠죠.

**오캐섹 경관:** 네, 그러니까 괜히 이곳 마을 사람들을 끌어들이지 말고 당신네 괴짜들하고나 노시오. 당신도 하켄크로이츠가 문제 될 게 없고, 홀로코스트는 절대 일어나지 않을 거라고 생각한다면 그것은 큰 오산이에요. 증오는 유대인이나 흑인, 혹은 다른 특정한 것에만 국한된 게 아니란 말이에요. 누구나 표적이 될 수 있다고요! 우리 개개인 모두가! 증오는 또 다른 증오를 낳고, 그 증오는 모두에게 상처를 남깁니다.

**릴톡:** 네, 좋은 말씀입니다, 경관님. 브라보…. 하지만 여전히 하켄

크로이츠는 계속 나오고 있군요.

**오캐섹 경관:** 당신은 우리 동네에 나타난 하켄크로이츠와 이곳 사람들에 대해 할 말이 많은 모양인데, 우리는 완벽하지 않아요. 하지만 우리 식대로 이 문제를 해결해 나갈 테니 제발 좀 내버려 두시죠. 그리고 종이 체인이 거슬린다면 딱 한마디만 할게요. 관심 꺼요.

# 20장
★★★
## 데이나 레빈슨

드디어 오늘, 종이 체인의 총 개수는 100만 개를 달성했다. 마이클이 숫자를 발표하자 학교 전체가 열광했다. 잠깐 동안이었지만. 아이들은 환호성을 지르고, 다시 종이 체인 만들기에 집중했다. 분명 엄청난 결과지만 아직 최종 목표치까지는 지금의 다섯 배나 더 남아있다.

목표치 달성은 어려울 것 같다. 내 말은, 분명 가능하긴 하겠지만. 과학자인 우리 아빠의 계산에 따르면, 한 달 반 동안 100만 개의 종이 체인을 성공했으니, 600만 개를 채우려면 앞으로 9개월의 시간이 더 필요하다. 하지만 문제는 온 마을이 9개월 동안 모든 일을 멈추고 종이 체인에 접착제만 붙이고 있을 수 있느냐는 것이다.

그 외에도 다른 복잡한 문제들이 얽혀 있다. 지금 있는 종이를 다 사용하면 또 다른 기부가 이어질까? 또 다른 곳에서 종이 체인을 만들어서 계속 보내 줄 수 있을까? 어쨌든 릴톡 덕분에 카운티 전체가 프로젝트를 알게 되었고, 이제는 전국의 학교들에서 우리에게 도움을 주기 위해 미술 시간에 종이 체인을 만들어서 큰 상자에 담아 보내 주고 있다. 캘리포니아, 메릴랜드와 심지어 캐나다에서도.

지금 내가 하고 싶은 얘기는 이제는 뭔가 '신뢰'할 수 있게 되었다는 것이다. 솔직히 이 프로젝트에 대해 처음에는 반신반의했다. 유대인으로서 나는 이 마을에서 벌어지고 있는 모든 일을 지나치게 개인적으로 받아들였지만, 시간이 지나면서 자연스럽게 그럴 필요가 없다는 걸 깨달았다. 나는 유대인이지만 홀로코스트를 경험하지 않았다. 그건 링크도 마찬가지지만, 링크의 증조할아버지와 증조할머니는 그곳에서 돌아가셨다. 사람들은 홀로코스트를 반인륜 범죄라 규정했다. 왜냐하면 인류에게는 절대 잊어서는 안 되는 공동의 책임이 있기 때문이다.

농기구 창고의 천장까지 닿을 정도로 높이 쌓인 100만 개의 종이 체인에 둘러싸여 있자니 말로 형용하기 어려운 감정이 솟구쳤다. 그것들은 단순한 종이 체인이 아닌 100만 명의 안타까운 영혼이다. 우리는 이제 그것을 종이 체인을 통해 물리적으로 인식할 수 있다. 어쩌면 그 100만 명 안에 내가 포함되었을 수도 있다. 그런 생각을 하는 것만으로도 목이 메어 왔다.

한 가지는 확실하다. 우리가 600만 개, 아니 당장에 200만 개만 만들어도 더 큰 창고가 필요하다. 소방 공무원이 이 창고 안에 종이 체인을 더 이상 채워서는 안 된다고 주의를 줬기 때문에, 앞으로 만들어질 종이 체인은 초크체리 관영 차고지에 보관될 예정이다. 빈 공간을 확보하기 위해 제설기와 도로 그레이더(땅을 고르는 기계—옮긴이)를 모두 밖으로 이동시켰다. 이제 우리는 계속 이렇게 종이 체인을 만들기만 하면 되는 걸까? 과연?

"결국 흐지부지될 거다." 아빠는 이렇게 예상했다. "아이들의 주의력이 짧다는 건 우리 모두가 다 아는 사실이니까. 아마 새로운 비디오 게임이 나오거나, 왕실에 아기가 태어나거나, 새 노래나 춤이 유행하면 그쪽으로 정신이 팔리겠지."

맞는 말이라서 반박할 수가 없었다. 초크체리 중학교는 종이 체인 프로젝트로 엄청난 일을 해냈지만, 학생들도 결국은 인간에 불과하다. 2학년 대다수의 학생들이 조디와 패멀라의 결별에 이렇게 열을 올리는 것 자체가 바로 그 증거다.

나는 솔직히 둘이 사귀는 줄도 몰랐다. 종이 체인이 웩스퍼드 스마이스의 아이들을 주류로 편입시킨 느낌이 들 때마다 우리가 여전히 아웃사이더라는 사실이 증명되는 것 같았다. 조디와 팸이 사귀었다고? 나는 늘 둘이 싸우는 모습밖에 보지 못했는데. 한번은 5와 3 중 어느 것이 더 재수 없는지 다투는 걸 들은 적이 있다. 두 사람은 이 문제에 마치 지구의 미래라도 달린 것처럼 필사적으로 싸우고 있어서 설마 사귀는 사이일 거라는 생각은 하지 못했다. 그럼에도 불구하고 모두의 기대를 뛰어넘어 종이 체인처럼 헌신적이고 멋진 일을 해낸 아이들이 이미 열 번이나 헤어졌던 커플의 무의미한 이별을 분석하는 데 시간을 허비하고 있다니. 자신들이 상관할 바도 아닌데 말이다. 어느 쪽이 잘못한 걸까? 누가 찬 걸까? 만나서 헤어졌을까, 아니면 문자로 헤어졌을까? 패멀라는 왜 파운시와 어울리고 있지? 조디는 홧김에 다른 여자애랑 사귈까? 둘이 다시 화해할까, 아니면 이걸로 완전히 끝일까? 앤드루는 이미 2학년들 중 몇 명은 이 유명한 커플이 언제 다시 만날지 내기를 걸었다고 했다. 만약 12월 17일 전에 다시 만난다면, 앤드루는 85달러를 받게 될 것이다.

만약 영영 헤어진다면, 돈은 종이 체인 제작에 사용될 것이다. 이것이 내가 둘의 재회를 응원하지 않는 이유다. 나를 사랑 반대주의자이다.


"이봐, 야! 거기!"

아빠는 늘 아침에는 학교까지 태워다 주지만, 발굴 작업이 늦어지는 날에는 우리끼리 집으로 걸어가야 했다. 라이언을 데리러 초등학교로 걸어가는 길에 누군가 나를 부르는 소리가 들렸다. 고개를 돌려 어깨 너머로 흘끗 뒤를 보았더니 중학교 2학년 에릭 페데로브였다.

"야, 너! 유대인!"

나는 다시 고개를 홱 돌려 버렸다. 이번에는 이름을 불렀다. "데이나!"

"동생 데리러 가야 해." 나는 말했다.

에릭은 내 쪽으로 빨리 걸어왔다. "나도 같이 가."

나는 시선을 돌리지 않고 앞쪽을 보며 대답했다. "이제 체육관도 되찾았겠다, 뭐가 문젠데?"

에릭은 내가 엿들은 것을 모르고 있었기 때문에 흠칫 놀란 눈치였다. "뭐 좀 물어보려고. 왜 링크 롤리를 유대인으로 바꿔 놓은 거지?"

나는 걸음을 재촉했다. "바꿔 놓다니. 내가? 링크 롤리는 원래 유대인이야." 나도 이제 그 사실을 받아들이게 되었나 보다. 링크는 태생적으로, 나만큼 유대인이다.

"네가 그런 거 맞거든. 링크네 가족은 크리스마스 때마다 조명을 밝히던 집이야. 적어도 네가 그 사람들을 바꿔 놓기 전까지는 그랬어. 종이 체인으로 온 마을 사람들을 유대인으로 만들려는 속셈이잖아!"

나는 멈춰 서서, 나보다 20센티미터나 더 큰 농구부 에릭의 눈을 똑바로 쳐다보았다. "종이 체인은 나랑 전혀 상관없어. 그걸 생각해 낸 사람도 내가 아니고."

"이게 다 홀로코스트 때문이잖아. 당연히 유대인이랑 관련 있지!"

순간 얼굴에 열이 훅 올라왔다. "유대인이 뭔지는 알고 말하는 거야? 나 참, 이런 바보를 상대해야 하다니! 먼저, 적어도 유대인이 아닌 사람들 500만 명이 홀로코스트에서 죽었어. 그리고 정부가 특정 종교를 가졌다는 이유로 그 사람들을 모조리 죽이기로 결정했다고 상상해 봐. 아, 이 말이 적당하겠네. 집단 학살! 이런 일이 과연 유대인에게만 일어나라는 법이 있을까? 다른 사람들에게도 충분히 일어날 수 있겠지. 그러니까 이건 모든 사람의 문제라고. 종이 체인은 우리 모두를 위한 거야, 심지어 너 같은 아이까지도! 처음에는 학교에서 시작했지만 이제는 모두가 참여하잖아. 릴톡 영상도 안 봤어? 이제는 전국에서 동참하고 있다고!" 나는 고개를 홱 돌려서 가던 길을 갔다. 에릭은 더 이상 나를 따라오지 않았다.

학교에서 걸어 나오는 라이언을 보니 마음이 좀 가라앉았다. 라이언은 나를 보자 뛰어왔고, 3분의 2가 구겨졌지만 자랑스럽게 다섯 개의 종이 체인을 흔들어 댔다. "미술 시간에 만들었어!"

"잘했네." 나는 말했다. "내일 학교에 가져가서 빅 체인에 보태야겠다."

"200만 개를 채울 수 있을까?" 라이언이 물었다.

라이언은 숫자에 집착하는 스타일이다. 라이언은 항상 우리가 얼마나 많은 체인을 만들었는지에 대해 이야기한다. 몇 천 개, 몇 만 개, 수십만 개. 지금까지 100만 개를 만들었으니 곧 200만 개를 돌파할 것으로 기대하고 있다. 라이언에게 200만 개는 단순히 100만 개의 두 배인 수니까.

"이게 도움이 될 거야." 내가 장담하자 라이언이 아주 좋아했다.

집에 도착하니, 현관의 벤치용 그네에 링크가 앉아 있었다. 링크는 랍비 골드에게서 받은 노트에 얼굴을 묻은 채 조용히 기도문을 외우고 있었다.

라이언이 링크의 잘못된 히브리어 발음을 교정해 주었다.

"고마워." 링크는 라이언의 발음을 받아 적었다. "데이나, 네 동생 정말 똑똑하다."

과연 그럴까. 라이언은 랍비 골드의 녹음 파일을 수도 없이 들어서 예배 전체를 외울 정도다. 이건 라이언뿐만이 아니다. 며칠 전에는 마이클이 종이 체인을 세면서 낮은 목소리로 축복 기도문을 흥얼거리는 것도 들었다.

우리 셋은 집 안으로 들어갔다. 라이언은 자기 방으로 갔고, 링크와 나는 바르 미츠바 공부를 하기 위해 자리에 앉았다. 링크는 이제 거의 혼자서도 잘 할 수 있게 되어서 나는 내 숙제를 꺼냈다. 사실 링크가 공부하는 데 왜 아직도 내가 필요한 건지는 잘 모르겠다. 지금은 그저 링크에게 질문이 떠올랐을 때 대답해 주는 정도의 역할만 해 주고 있다.

링크는 엄마가 퇴근하고 집에 도착했을 때까지도 함께 있었으므로, 엄마는 링크에게 저녁 식사를 권했다.

"감사합니다, 레빈슨 박사님. 뵙게 되어서 반갑습니다."

"우리는 이미 만난 적 있단다." 엄마가 부드럽게 말했다.

링크는 놀란 듯 물었다. "정말요?"

엄마는 이마를 찡긋했다. "너는 기억하지 못할 수도 있단다. 그때 넌 아주 바빴거든."

"청소기로 비료를 빨아들이느라 고생 좀 했지." 링크가 전혀 감을 못 잡는 것 같아서 내가 강력한 힌트를 줬다.

라이언이 낄낄거렸다. "냄새가 심했어?"

"좀 심했지." 링크는 순순히 인정했다.

나는 링크가 아빠까지 만나게 되면 더 당황할까 봐 그전에 돌아가기를 바랐지만, 링크는 그대로 있었다. 그렇게 우리 네 식구와 링크까지 다섯이서 식탁에 둘러앉았다.

링크는 타코를 한 입 베어 물더니 무슨 방사능에 오염된 음식이라고 먹는 것처럼 어색하게 입속에서 우물거렸다.

"맛이 이상하니?" 급기야 아빠가 물었다.

링크는 조심스럽게 음식을 삼켰다. "이거 코셔(Kosher. 유대교 율법에 따라 식재료를 선정하고 조리 등의 과정에서 엄격한 절차를 거친 음식-옮긴이) 아닌가요?"

엄마는 링크를 쳐다보았다. "너 코셔도 먹니?"

"이건 그냥 타코야!" 나는 못 참고 쏘아붙였다. "고기랑 치즈가 들어간 타코라고. 갑자기 무슨 코셔 타령이야."

"우리는 코셔를 먹지 않는단다." 아빠가 설명했다. "사실상 초크체리에서 코셔를 구하기란 불가능하지."

"죄송합니다." 링크는 겸연쩍은 표정으로 말했다.

"야야. 긴장 풀어." 나는 말했다. "네가 사과할 일은 아니지. 너도 알다시피 이곳 사람들이 유대인을 차별하려고 코셔를 팔지 않는 건 아니니까. 단지 그것을 살 사람이 없어서일 뿐이야. 우리를 포함해서."

"그게 아니라…." 링크의 얼굴이 빨개졌다. "내 말은, 우편함 구멍으로 비료를 쏟아부은 일 말이에요. 원래 공룡 똥이라고 장난을 친 건데."

라이언이 키득거렸다. "링크가 밥 먹는 자리에서 똥이라고 했대요."

"우리는 그냥 단순한 장난이었다고 생각한단다." 엄마가 말했다. "화석화된 스테고사우루스의 배설물을 대학교에서 처음 확인한 사람이 데이나의 아빠였지."

"정말 바보 같은 행동이었어요." 링크가 괴로운 목소리로 말했다. "제가 무슨 생각으로 그랬는지 모르겠어요. 그때는 진짜 멍청한 짓만 하고 다녔어요."

목소리가 점점 기어들어 가더니 링크는 고개를 푹 숙였다. 분위기가 갑자기 어색해졌다.

아빠는 불편한 침묵을 깼다. "지난 일이잖니. 그리고 지금 넌 스스로 긍정적인 목표를 세우고 그것을 위해서 노력하고 있고. 올바른 길을 가고 있다고 생각한단다."

나는 아빠를 응시했다. 정말로 바르 미츠바가 지금껏 교회에 다니며 부활절 달걀을 슬쩍하고 산타 할아버지에게 편지를 써 온 이 아이에게 올바른 길일 수 있을까?

그럼에도 불구하고, 카페테리아에서 링크가 맨 처음 나에게 다가왔을 때부터 상상해 본 그림이기도 하다.

## 21장
★★★★
# 릴톡

**애덤 톡의 유튜브 채널**
**마이클 아모로사와의 인터뷰**

**릴톡:** 초크체리 중학교 종이 체인 프로젝트의 미술 감독인 마이클 아모로사 씨를 모시게 되어 기쁩니다.

**마이클:** 길게 얘기하기는 어려울 것 같아요. 방금 UPS로부터 종이 체인 박스들이 배달 와서 제가 사인을 해야 하거든요.

**릴톡:** 정확히는 34개의 박스죠.

**마이클:** 그걸 어떻게 알죠?

**릴톡:** 톡네이션의 구독자분들은 어디에나 있습니다. UPS를 포함해서 말이죠.

**마이클:** 40개가 넘는 주와 세계 각국에서 종이를 보내 주고 있어요. 우리가 만든 종이 체인도 어느덧 200만 개가 넘었고요!

**릴톡:** 잘됐군요.

**마이클:** 모르시겠어요? 그 모든 것을 한 사람이 다 체크하고 있다고요. 바로 제가요!

**릴톡:** 200만 개의 종이 체인을 세는 일은 어떤가요?

**마이클:** 글쎄요. 그걸 일일이 셀 수는 없어요. 그래서 덩어리 단위로 수량을 체크하죠. 이것은 300개, 저것은 500개, 상자 하나에 2000개. 이런 식으로요.

**릴톡:** 그럼 숫자가 정확한지는 어떻게 짐검하죠?

**마이클:** 길이로요. 보통 체인 하나가 10센티미터 정도거든요. 혹시 세다가 잊어버리면 길이를 재요. 이미 농기구 창고와 관영 차고지가 꽉 찼어요. 처음에는 비버턴 농장의 빈 창고에서 시작했는데, 이후로도 많은 사람들이 각자의 남는 방과 지하실, 다락방 등에서 자원봉사로 함께 만들어 주셨죠. 이제는 온 마을이 한 배를 탔습니다.

**릴톡:** 글쎄요. 아직 한 명은 그 배에 타지 않은 것 같은데요. 하켄크로이츠가 아직도 나오고 있잖아요. 그렇죠? 당신이 첫 번째 목격자인데, 누구의 소행인지 짐작 가는 부분이라도 있나요?

**마이클:** 저, 저 이제 진짜 가야 돼요.

# 22장
★★★★
# 조디 두로스

팸이 이번에도 내가 먼저 숙이고 들어갈 거라 생각한다면 그건 큰 오산이다.

우리가 몇 번을 깨졌다 다시 만난 사이라고 해도 이건 아니다. 우리는 이제 끝났다. 끝. 완전히.

이번에는 팸이 흰 빵 말고 밀빵으로 만든 땅콩버터 젤리 샌드위치가 먹고 싶다고 고집 부려서 헤어졌을 때랑은 다르다. 그건 좀 유치했다. 아무리 머리가 나쁜 사람이라도 고작 샌드위치 하나 때문에 초등학교 2학년 때부터 이어 온 관계를 끝내 버리지는 않는다.

또 팸이 나에게 끈이 네 줄 스니커즈를 사라고 했는데 내가 착각하고 세 줄 스니커즈를 사서 헤어졌을 때와도 다르다. 그때는 똥을 밟는 바람에 교환할 수도 없었다.

이번만큼은 정말 다르다. 팸과 나는 항상 개봉 당일에 마블 영화를 보러 가는 것을 좋아했다. 가끔씩 링크와 파운시, 소피도 같이 갔지만 우리 둘은 절대 빠진 적이 없다. 어쨌건 마블의 새 영화가 12월 4일 주말에 개봉하는데 팸은 나더러 예매하라고 했다. 초크체리에는 영화관이 하나밖에 없었기 때문에 매진되면 그걸로 끝인 데다가, 마침 12월 4일은 링크의 바르 미츠바가 있는 날이라 섀드부시 크로싱에 가야 했으므로 나는 안 된다고 했다.

팸은 어이없다는 듯 나를 쳐다보았다. "나는 그 바보 같은 바르 미츠바에 가지 않을 거야! 나는 유대인이 아니야. 링크도 유대인이 아니고!"

나도 그렇게 생각했다. "나도 이해 안 가기는 마찬가지야. 하지만 링크가 중요하다는데 어떡해. 내가 링크한테 뭐라고 할 수가 없는 상황이잖아." 그런 다음, 나는 대책 없이 써낸 날이 아니라는 걸 알려 주기 위해 이렇게 덧붙였다. "그럼 12월 5일에 영화 보러 가는 거 어때?"

팸은 내가 캡틴 아메리카를 잡아서 송어처럼 배를 가르자는 제안이라고 한 것처럼 불같이 화를 냈다. 그날이 팸의 댄스 발표회가 있는 날이란 걸 깜빡했기 때문이다. 하지만 내가 일일이 팸의 모든 스케줄을 꿰고 있을 수는 없는 노릇 아닌가! "아, 그래? 네가 그렇게 바르 미츠바 덕후인 줄은 몰랐네." 팸은 쏘아붙였다. "데이나랑 같이 가면 되겠네?"

뜬금없이 데이나가 여기서 왜 나오는 거지? 나와 데이나는 종이 체인 프로젝트 전에는 말 한마디 나눠 보지 않은 사이인 데다 지금도 친구라고 하기에는 애매한데. 내 짐작이 맞다면, 설마 바르 미츠바가 유대인 의식이고, 데이나는 유대인이라서?

팸이 말도 안 되는 억지를 부리는 통에 미쳐 버릴 것 같았다. 그래서 나도 똑같이 팸의 속을 뒤집어 놓았다. 너야말로 철판 위의 거미처럼 춤추지 않냐, 그러니까 굳이 댄스 발표회에 갈 필요

없이 봄에 바비큐 그릴만 켜 봐도 네 춤 실력을 알 수 있다고 말해 버렸다.

이쯤에서 친절한 조언을 하나 한다. 절대 여자 친구의 춤을 모욕해서는 안 된다. 그들은 그런 것에 극도로 예민하다.

그렇게 나는 다시 솔로가 되었다. 그리고 〈토르: 라그나로크〉까지 모든 마블 영화를 섭렵했던 완벽한 기록도 깨지게 될 터였다.

"금방 화해할 거면서." 링크가 호언장담했다. "매번 그래 왔잖아."

"모르겠어. 팸이 아이언맨 팔찌를 돌려줬어. 전에는 그런 적이 없었거든. 이번에는 내가 좀 심하긴 했지."

소피가 자신이 팸을 만나 보겠다고 했다. 하지만 돌아올 때의 표정이 어두웠다. "다음 주에 다시 얘기해 볼게."

어지간해서는 내 편을 들어 주던 파운시도 이렇게 말했다. "이번에는 좀 심하셨네요, 아인슈타인 씨."

거의 틀린 말만 하던 파운시도 이번만큼은 맞는 말을 했다.

문제는, 내가 신경 쓰지 않는 척 행동하면 할수록 더 짜증이 난다는 것이다. 매일 학교에서 팸을 보느니 차라리 베네수엘라로 이사를 가는 게 나을 것 같았다. 우리는 같은 반인 데다 점심시간도 겹친다. 팸은 과학 시간에 다른 아이와 실험 파트너가 되었고, 그래서 나도 어쩔 수 없이 말이 많은 캐럴라인과 한 조가 되어야 했다. 종이 체인을 만들 때도 팸은 어떻게 해서든 나에게서 멀찍이 떨어진 곳에 자리를 잡았다. 그리고 옆에 누가 있든지 나 같은 루저랑 있는 것보다는 훨씬 더 즐겁다는 듯 시끄럽게 웃고 떠들어 댔다.

정말 거슬렸다. 그런데 그것 알고 있나? 팸은 정말로 철판 위의 거미처럼 춤을 췄다.

내가 학교 복도를 지나갈 때면 아이들이 나를 존경과 감탄의 눈으로 바라보곤 했는데, 이제는 고개를 내저으며 동정한다. 차츰 괜찮아질 거라 기대하지만 하루하루가 최악이다.

수요일은 오전에 치과 진료가 있어서 학교에 늦게 등교했다. 이미 1교시가 시작되어 뒷문으로 들어가려는데, 반대 방향에서 달려오는 팸이 보였다. 헤어진 후에도 팸을 수 없이 봐 왔지만, 아무도 없이 단둘이서만 얘기할 기회는 없었다. 나는 무슨 일이 있어도 팸과 화해해야겠다고 이미 마음을 먹었다. 팸과 나는 항상 그런 식이다. 둘 중 하나가 자존심을 내려놓고 이별에 대한 모든 책임을 져 왔다. 누가 옳고 누가 그른가는 중요하지 않다. 이번이 내 차례라는 것 말고는.

나는 손을 흔들었다. "팸, 여기!"

팸은 내 쪽으로 쿵쿵거리며 걸어오고 있었는데, 썩 반기는 눈치는 아니었다. 나는 팸의 표정을 읽으려 노력했다. 화가 났나? 슬픈가?

나는 한 발 앞으로 다가갔다. "네 춤에 대해서 했던 말은 진심이 아니었어. 네 춤은 훌륭해."

팸은 내 쪽으로 오고 있었지만 속도를 늦추지 않았다.

한 번 더 말하려 앞으로 성큼 발을 내디뎠다. "팸, 저기 내 말 좀…."

팸은 손으로 나를 세차게 밀쳤다. 그 바람에 나는 넘어지며

엉덩방아를 찧었다. 내가 괜찮은지 뒤도 돌아보지 않고 가 버렸다. 내가 엉거주춤 일어났을 때 팸은 이미 모퉁이를 돌아서 가 버린 뒤라 보이지 않았다.

그래. 이제 정말 끝인가 보다. 파운시 말이 맞았다. 이번에는 내가 정말 너무했다.

이대로 집으로 가서 침대에 기어 들어가 3주 내내 휴대폰으로 넷플릭스나 보고 싶었지만, 그럴 수 없다. 결국 난 내 인생을 살아가야 하니까. 빨리 정신을 차려 보자.

링크가 말했다. "안됐네." 진심으로 한 말 같았지만, 금세 맞지도 않는 음정으로 히브리어를 중얼거리느라 고통 받고 있는 친구는 뒷전이었다. 링크 녀석은 그렇게 미안해하는 눈치도 아니었다. 이럴 때 골치 아픈 것들을 잊고 웃을 수 있도록 시시껄렁한 농담도 곧잘 해 주던 녀석이었는데, 요즘은 온종일 바르 미츠바에 빠져 있다. 이제는 위로는커녕 알아듣지도 못하는 외국어만 중얼거리고 있다니. 게다가 축구팀에서도 탈퇴했기 때문에 마지막 연결고리마저도 끊어진 느낌이다. 이제 내 곁엔 그 어떤 위안도 되지 않는 파운시만 남았다. 파운시는 결코 동정을 구할 만한 인물이 아니다. 그냥 동정심을 가져야 할 대상일 뿐.

그리고 잔뜩 긴장된 학교 분위기도 썩 도움이 되지 않았다. 오늘 아침에 하켄크로이츠가 또 발견되었다고 한다. 지금쯤이면 익숙해졌을 거라고 생각하겠지만, 절대 익숙해질 리 없다. 하켄크로이츠는 항상 끔찍하다. 날이 선 선생님들은 전교생이 페인트붓이라도 들고 있기라도 한 것처럼 예민하게 반응했다. 그리고 우리들 역시 우리가 하지도 않은 일 때문에 죄인이 된 것 마냥 부자연스럽게 행동했다. 물론 우리 중 한 명은 제외겠지만. 한마디로 설상가상이었다.

나는 이제 바닥이다. 그래, 더 이상 나빠질 것도 없다.

잠깐, 스페인어 시간에 왜 월리스 선생님이 나를 쳐다보았는지 모르겠다. 하긴 오늘 같은 날은 누구라도 예민해질 것이다. 하지만 수업이 끝나고 선생님은 나를 따로 불렀다.

"조던, 네 셔츠."

"이기 웨스트 헴 유나이티드 저지예요." 나는 설명했다. "제가 가장 좋아하는 영국 축구 클럽 옷이요."

"알아. 그런데…." 선생님은 내 가슴팍을 가리켰다. "이 얼룩, 어디서 생긴 거니?"

"얼룩이요?" 나는 가슴 쪽을 내려다보았다. 저지의 와인 색 원단과 잘 구분되지는 않았지만 로고 바로 아래 주먹만 한 크기의 연보라색 얼룩이 있었다. "으악, 엄마가 날 가만두지 않을 거예요. 이 셔츠를 구한다고 얼마나 고생하셨는데요."

"어디서 그랬냐고?" 선생님은 다그치듯 물었다.

"런던에서 주문했어요."

"아니, 얼룩 말이다."

나는 어깨를 으쓱했다. "오늘 아침에 치과에 다녀왔거든요. 거기서 묻었나 봐요. 불소나 소독제 아니면 치약 같은 거겠죠."

"따라오너라." 선생님은 내 말을 잘랐다. "교장실로 가자."

나는 놀라서 물었다. "제가 무슨 잘못이라도 했나요?"

"일단 교장 선생님께서 가서 뭐라고 하시는지 들어 보자."

선생님을 따라가는 내내 어이가 없었다. 셔츠가 더럽다는 이유로 혼이 난다고? 언제부터 청결 규정이 생긴 거지? 파운시는 맨날 옷에 음식을 묻히고 다녀도 한 번도 교장실에 불려 간 적이 없는데? 오늘부터 적용되는 건가?

월리스 선생님은 나를 혼자 교장실로 들여보내지 않고, 비서가 교장 선생님을 호출하는 것을 확인한 후 함께 교장실 안으로 들어갔다. 학교가 갑자기 옷의 얼룩에 엄하게 대처하기로 했다면, 그 본보기가 왜 굳이 내가 되어야 할까?

이런저런 생각에 머리가 복잡했다. 나는 교장실의 통유리를 응시하면서 월리스 선생님의 눈치를 살폈다. 두 명의 경비 아저씨가 1층 트로피 진열장의 유리를 닦고 있었다. 교내 운동선수로서 나는 우리 팀이 받은 상이 저곳에 많이 진열되어 있기 때문에 늘 각별한 애정을 가지고 있었다. 하지만 문득 그곳에 하켄크로이츠가 나왔을지도 모른다는 생각이 스쳤다. 이제는 자국이 보이지 않았지만, 경비 아저씨들이 흔적을 닦고 있었고 스폰지에서 보라색 페인트 물이 뚝뚝 떨어졌다.

'연보라색' 페인트. 내 옷의 얼룩과 거의 비슷한 색이었다….

브라데마스 교장 선생님이 교장실로 뛰어 들어왔고, 나는 그제야 이유를 알아차렸다. 교장 선생님이 새로운 청결 규정 때문에 저렇게 전력으로 달려올 리는 없다. 하켄크로이츠의 범인을 잡았다고 생각한 것이다. 그리고 범인은 '나'였다!

나는 고장 난 자동차 엔진처럼 씩씩거리며 길길이 뛰었다. "저는 아니에요! 내가 왜요! 게다가 오늘은 지각까지 한 걸요. 사람들한테 물어보세요!"

"그건 이 아이 말이 맞아요." 비서가 교장실 문틈 사이로 말했다. "여기 출입 기록이 있어요. 9시 37분."

교장 선생님은 굴하지 않았다. "그럼 네 셔츠에 묻은 이 페인트는 뭐냐?"

"저도 몰라요!" 나는 거의 울먹였다. 누가 봐도 불소는 아니었다. 내 치과 주치의 선생님이 하켄크로이츠와 동일한 색의 불소를 사용할 확률은 얼마나 될까? "어디 부딪혔나 보죠!"

브라데마스 교장 선생님은 마치 TV 경찰 프로에 나오는 취조실의 형사 같았다. "학교에 들어온 순간부터 너의 모든 행적을 말해 봐."

"지각을 하는 바람에 수학 시간에 늦었어요. 그다음은 스페인어 수업이었죠. 그러고는 월리스 선생님 손에 끌려온 것이 다예요."

"그렇게 뭉뚱그리지 말고." 교장 선생님이 다그쳤다. "하나도 빠뜨리지 말고 다 말하거라. 네가 한 일, 마주친 사람. 모두 다."

"아무하고도 얘기하지 않았어요." 나는 떠오르는 대로 모두 말했다. "패멀라 바인즈가 홀 쪽에서 뛰어왔는데 너무 빨라서…."

나는 그 순간을 다시 떠올려 보았다. 팸 쪽으로 내가 몸을 움직였고, 팸이 손을 뻗어서 나를 밀쳤는데, 그 위치가 바로 '셔츠에 얼룩이 있던' 그 자리였다.

교장 선생님은 곧바로 비서에게 팸을 불러오라고 시켰다.

"팸이 범인일 리 없어요." 나는 강하게 말했다. "절대 그런 짓 할 아이가 아니에요."

교장 선생님의 목소리는 단호했다. "네 셔츠에 묻힌 그 페인트가 어디서 난 건지 물어보려는 거다."

"트로피 진열장을 스친 거겠죠." 나는 또 다른 가능성을 얘기했다.

"그랬을지도 모르지." 교장 선생님은 내 말을 귀 기울여 듣지 않았다.

교장 선생님이 나를 318번 팸의 사물함으로 데려갔고, 거기에는 케네디 아저씨가 이미 와 있었다. 팸도 벤트너 체육 선생님과 함께 그곳에 도착했다.

"패멀라, 조사할 게 있으니 네 사물함을 열어 보거라." 브라데마스 교장 선생님이 명령했다.

"제가 왜 그래야 하죠?" 팸이 약간 떨리는 목소리로 말했다. "이건 사생활 침해예요."

나는 교장 선생님 말대로 하라고 팸에게 눈치를 주었다. 왜 일을 크게 만들지? 팸은 숨길 게 없을 텐데.

팸의 표정은 완전히 질려 있었다. 순간 팸이 뭔가를 숨기고 있을지도 모른다는 불길한 예감이 들었다. 엄청난 무언가를.

교장 선생님은 애써 침착한 목소리로 말했다. "서로 불쾌한 상황은 만들지 말자꾸나."

팸이 아무 대답이 없자, 교장 선생님은 케네디 아저씨에게 고갯짓을 했다. 케네디 아저씨는 팸의 사물함에 달린 자물쇠를 절단하기 위해 공구 벨트에서 커다란 금속 클리퍼를 꺼내 들었다.

"그만!" 내가 소리쳤다. 모두가 나를 의심의 눈초리로 쳐다보았다. 비록 팸은 지금 나를 미워하지만, 나는 그 애를 지켜야 한다고 생각했다. "사물함 열 필요 없어요. 내가 하켄크로이츠의 범인이에요. 팸은 상관없어요."

팸은 놀라서 눈이 휘둥그레졌고, 한편으로는 안도하는 것 같았다.

브라데마스 교장 선생님은 인상을 썼다. "방금 전에 치과에 다녀왔다고 하지 않았니."

"거짓말이었어요." 나는 둘러댔다. "그리고 출입증도 꾸며 낸 거예요."

교장 선생님은 아무 대답이 없었다. 대신 경비 아저씨에게 사인을 보냈고, 자물쇠가 툭 하고 끊어지시면서 사물함 문이 활짝 열렸다.

교장 선생님은 그 안에서 작은 페인트 통과 아직 마르지 않은 5센티미터 크기의 붓을 꺼냈다.

페인트 통에는 '라일락/보라색'이라는 색상 라벨이 붙어 있었다.

# 23장
★★★★

# 데이나 레빈슨

점심때쯤 소문이 돌기 시작했다.

나는 이미 카페테리아에서 웅웅거리는 말소리의 기운이 평소와는 다르다는 걸 감지하고 있었다. 그래도 뉴스를 확실히 접한 건 점심 배식 줄로 앤드루가 다가왔을 때였다.

"잡았대."

"누구를 잡아?" 나는 물었다.

"하켄크로이츠 범인! 오늘 아침에 브라데마스 교장 선생님에게 딱 걸렸대. 밖에 경찰차도 와 있던데, 못 봤어?"

내가 왜 이렇게나 놀라고 있는지 모르겠다. 처음에 몇몇 개의 하켄크로이츠가 등장했을 때만 해도 분명 어느 순간에는 범인이 잡힐 것이라 예상했는데 말이다. 하지만 그 후에도 범인에 대한 단서가 발견되지 않으면서 나조차도 하켄크로이츠에 익숙해져 갔고, 어느 순간부터 그러려니 하게 되었던 것 같다. 우리의 잘난 공공 기물 파손범은 아주 똑똑하고 교활해서 꼬리가 잡히지 않는 슈퍼 빌런 같은 인간이었다.

"누군데?" 내가 물었다.

앤드루가 어깨를 으쓱하자 쟁반 위의 접시가 덜거덕거렸다.
"아직은 몰라. 하지만 언제까지고 비밀로 할 수는 없겠지."

테이블에 앉자, 다들 그 의문의 인종차별주의자이자 공공 기물 파손범이며 악질적인 인간이 누구인지 추측하느라 정신이 없었다.

"크리스토퍼 솔리스일 거야." 캐럴라인이 확신에 차서 말했다. "확실해. 10분 전에 봤는데, 정학 처분을 받았대."

"하지만 걔는 계속 정학을 받은 상태였을걸." 마이클이 빈박했다. "정학 중에 일부러 그랬다고? 그리고 걔는 그런 짓을 저지를 스타일이 아니야. 그리고 범인이라면 경찰이 잡아갔겠지."

그때까지 남 일인 듯 뒷짐 지고 있던 나는 마이클의 맞은편에 자리를 잡으면서 문득 생각난 것을 말했다. "에릭 페데로브 아닐까? 걔가 며칠 전에 나한테 이상한 소리 하더라. 그냥 이상한 게 아니라 끔찍하게 이상했어."

앤드루는 고개를 저었다. "음, 음, 아니야. 2학년들은 오전 내내 고등학교에서 JV 축구팀하고 운동 중이었어."

"어째서 다들 어른이 아니라고 백 퍼센트 확신하지?" 마이클이 의문을 제기했다.

"케네디 아저씨는 아니야." 나는 말했다. "케네디 아저씨를 의심할 생각일랑은 마. 아저씨는 점심시간에 학교 앞 벤치에서 식사하고 있었고, 무엇보다 체포되지도 않았어."

캐럴라인은 근심에 찬 표정이었다. "범인이 붙잡혔으니 이제 하켄크로이츠도 나오지 않을 테고, 사람들이 더 이상 종이 체인에 관심을 가지지 않으면 어떡하지."

마이클은 눈을 굴렸다. "그렇지 않을 거야. 이 시점에서 중요한 건, 내가 종이에서 나오는 먼지를 너무 많이 들이마신 상태라 폐병에 걸릴지도 모른다는 거야."

그때 파운시가 묵직한 쟁반을 흔들거리며 배식 줄을 벗어나고 있었다. 순간 카페테리아가 술렁거렸다. 아마 많은 아이들이 파운시를 하켄크로이츠의 가장 유력한 용의자로 지목했을 터였다. 그러니까 구치소가 아닌 학교에서 파운시를 봤다는 건 원점으로 다시 돌아가 범인을 추리해야 한다는 의미였다. 그는 카페테리아를 가로질러 링크와 조디가 있는 테이블로 갔다.

"이번에도 틀렸네." 마이클이 말했다. "오늘 아침에 조디가 교장실로 불려 갔다고 들었는데, 그건 분명 다른 일 때문일 거야."

나는 링크의 앞에 바르 미츠바 노트가 펼쳐져 있지 않은 것과 링크, 조디, 파운시 이들 셋이 심각하게 대화를 나누고 있다는 게 영 거슬렸다. 제아무리 핵인싸들이라 할지라도 오늘 같은 소문은 그냥 넘길 수 없나 보다. 초크체리처럼 작은 마을에 이만한 먹잇감도 없을 테니까.

과학 시간에 있었던 일을 떠올리자 뭔가 감이 왔다. 일라이가 자기 실험 파트너가 펑크를 냈다고 징징대는 바람에 실험이 한참이나 늦어졌다. 일라이의 실험 파트너는 패멀라 바인즈였다.

패멀라는 항상 조디와 짝을 이뤘기 때문에 사실 좀 의외였다. 물론 둘이 헤어진 후로 더는 당연한 것이 아니게 되었지만. 나는 조디를 흘끗 보았다. 조디의 얼굴이 하얗게 질려 있었다.

"패멀라 바인즈가 학교에 없어." 나는 수업이 끝난 후 복도에서 마이클에게 말했다. "분명히 아침에 같이 종이 체인을 만들었는데, 지금은 안 보여."

마이클이 고개를 끄덕였다. "나도 들었어. 다들 그 얘기 중이야. 그리고 패멀라의 사물함 자물쇠도 없어졌어."

날짜가 흐를수록, 모두 패멀라의 이름을 쉴 새 없이 거론하면서도 쉬쉬하는 분위기였다. 하지만 그 이름은 학교 안에서 메아리가 되어 이곳저곳에서 울려 퍼졌다. 학교 측에서는 어떤 발표도 없었고, 단지 선생님들이 이렇게 말하는 것을 몇 번 엿들었을 뿐이다. "학생에 대한 정보를 제공할 수는 없습니다.", "죄송합니다. 기밀 사항입니다." 심지어, "신경 끄세요, 제발."이라고까지 했다.

그럴수록 패멀라를 중심으로 한 소문은 더 크게 퍼져 나갔다. 패멀라가 유력한 용의자이자 유일한 용의자이기 때문이다.

패멀라? 설마. 도저히 상상이 가질 않았다. 그 아이가 나와 친하게 지냈던 것은 아니지만, 어쨌든 링크 무리 중 한 명이고, 또 쌍둥이인가 싶을 정도로 패멀라와 소피는 늘 붙어 다녔다. 약간 가볍고 자기중심적이긴 하지만, 그렇다고 그런 일을 저지를 아이는 아니다.

만약 패멀라가 백인우월주의자라면, 동시에 아주 훌륭한 연기자일 것이다. 나에게 한 번도 선을 넘은 말이나 행동을 한 적이 없었고, 또 마이클이나 앤드루 같은 아이들이 패멀라와 문제가 있다는 얘기도 들어 본 적이 없었다. 더 희한한 것은, 패멀라가 종이 체인 프로젝트의 초창기 자원봉사자 중 한 명이라는 사실이다. 종이 체인은 하켄크로이츠에 대항하기 위한 것인데, 백인우월주의자라면 어째서 그런 노력에 동참한 걸까? 생각할수록 말이 안 된다.

불현듯 미술실에서 처음 종이 체인을 만들었던 날이 떠올랐다. 패멀라는 조디와 말다툼을 하고 있었고, 결국 패멀라가 자리를 박차고 나갔다. 그러고 나서 곧바로 하켄크로이츠가 발견되었고, 이후 패멀라가 창고에 있을 때도 하켄크로이츠가 나왔다. 만약 패멀라가 정말로 범인이라면 증거가 우리 코앞에 있었음에도 아무도 눈치채지 못했다는 말인데.

이 의혹들을 연결시키려니 머리가 돌아 버릴 지경이었다. 나만 그런 게 아니었다. 쉬는 시간마다 복도에서는 수많은 추측이 난무했고, 선생님들도 이제는 자포자기 상태였다.

그날은 프로젝트가 시작된 이후 가장 적은 수의 아이들이 모여 종이 체인을 만들었다. 패멀라의 이야기 외에는 그 어떤 것도 화제가 되지 못했다. 과연 모두가 유치원 때부터 알고 지내 온 한 인기 있는 소녀가 어떻게 이 무시무시한 하켄크로이츠의 범인이 되었을까?

못 견디게 궁금했지만 물어볼 상대가 없었다. 다른 아이들도 나처럼 소문에만 의존할 뿐이었다. 이제 곧 라이언을 데리러 갈 시간이다. 누가 이 마을에서 하켄크로이츠에 대해 더 잘 알고 있을까?

휴대폰을 꺼내 유튜브 앱을 열자 릴톡의 채널이 메인에 떴다. 나는 릴톡의 팬이 아니다. 시끄럽게 떠들어 대는 것이 몹시 불쾌하지만, 그가 우리 학교에 대해서 말하는 것은 일단 들어야 했다.

'드디어!'라는 제목의 최신 영상이 올라와 있었다. 영상을 클릭하자 그 유명한 일자 눈썹이 화면을 가득 채웠다. "치어리더!" 그가 소리쳤다. "육상 선수! 전형적인 미국 소녀!" 순간 릴톡의 얼굴이 패멀라의 몽타주 사진으로 바뀌었다. 꽁지머리를 한 유치원 여자아이의 얼굴로 시작해서 붉은색 원으로 표시된 초크체리 중학교 응원단 사진으로 끝났다. "인종차별이라 불리는 깊고 어두운 비밀을 간직한 작은 마을의 아이."

그래, 이건 사실이다. 거짓이길 간절히 바랐다. 차라리 내가 모르는 사람으로 밝혀졌더라면 이렇게 혼란스럽지는 않을 텐데. 교실에서 마주친 적 없는 초등학교 6학년이나, 중학교 2학년이었다면 나았을 텐데. 나는 패멀라를 알고, 패멀라도 나를 안다. 이런 경우엔 모든 게 사적인 것이 되어 버린다.

"하켄크로이츠의 미스터리가 풀렸습니다, 톡테이션!" 릴톡은 계속해서 소리쳤다. "초크체리 중학교 1학년에 재학 중인 패멀라 앤 바인즈는 이 모든 증오와 기물 파손의 설계자였습니다. 학생들은 모두 충격에 휩싸였습니다. 선생님들 역시 경악했지요. 한 사람의 불신이 공동체를 집어삼켰습니다. 우리의 작고 완벽한 이 마을에서 어떻게 이런 일이 일어날 수 있었을까요? 그 대답은, 어쩌면 이 작은 마을은 당신이 생각했던 것만큼 완벽한 곳이 아니었을지도 모르겠네요…."

"데이나, 잠깐만!" 링크는 내 쪽으로 뛰어오고 있었다. "오늘 공부는 쉬어야겠어. 일이 좀 생겨서."

"그래, 정말 일이 생겼더라." 나는 휴대폰을 들어 보이며 말했다. "너도 알고 있었어?"

링크는 고개를 저었다. "조디도 몰랐어. 누구보다 패멀라와 가까운 사이였는데."

릴톡은 여전히 소리를 질러 대고 있었다. "초크체리는 추악한 과거를 부정할 수는 있겠지만, 그것을 완전히 지워 버릴 수는 없습니다. 그것은 항상 그 자리에 있고, 그러므로 언제든 다시 나올 것입니다." 화면 속 릴톡의 모습은 예복을 갖춰 입고 오른팔에 휘장을 두른, 자부심에 찬 눈빛으로 카메라를 응시하는 클랜즈맨 (큐 클럭스 클랜의 회원—옮긴이)의 흑백 사진으로 변했다. "패멀라의 증조할아버지이자 KKK의 섀드부시 카운티 지부장인 엘빈 로이 바인즈 씨를 보시죠. 2014년에 죽었지만, 어린 패멀라가 자신의 뒤를 잇는 것을 보았다면 얼마나 자랑스러웠을까요."

링크가 말했다. "파운시의 할아버지에 대해서는 알고 있었지만, 패멀라네 가족 이야기는 처음 들었어. 내 말은, 패멀라는 항상 천 개의 횃불의 밤은 언론에서 만들어 낸 것이라고 했다고. 그런데…."

나는 링크의 말을 잘랐다. "끔찍해! 과거를 부정하는 건 그것이 다시 일어나게 하는 가장 확실한 방법이야! 결국 같은 일이 또 일어난 거야. 그동안 초크체리에 나타난 하켄크로이츠가 뭘 의미한다고 생각해? 그리고 패멀라는 그걸 그린 장본인이라고!"

링크는 나를 유심히 살폈다. "괜찮아?"

나는 고개를 저었다. "범인이 우리가 알던 사람으로 밝혀진 것뿐이야."

링크는 어딘지 불편해 보였다. "그래, 무슨 말인지 알아. 내일 보자."

링크가 돌아가는 모습을 눈으로 좇다가, 중학교 건너편 공원에 모여 있는 사람들을 보았다. 이제 그곳은 완전히 릴톡의 공원이 된 것 같았다. 수많은 아이들이 인터뷰하려고 줄을 서 있었다. 아이들이 무슨 말을 할지 대충 상상이 갔다. '패멀라 바인즈의 짓일 줄 알았다! 패멀라 바인즈는 정말 구린 아이다! 패멀라 바인즈 때문에 육상 팀에 들어가지 못했다! 치어리더 그룹에서 패멀라 바인즈에게 괴롭힘을 당했다! 패멀라 바인즈는 조디에게 상처를 주었다! 패멀라 바인즈는 내가 찜한 트윙키(가운데에 크림이 든 노란색의 달콤한 케이크-옮긴이)를 뺏어 갔다! 패멀라 바인즈는 하겐크로이츠를 그리고도 남을 아이다!'

나는 패멀라 때문에 화가 치밀어 올랐다. 패멀라가 한 짓은 끔찍했고 용서받을 수 없는 일이 분명하지만, 나는 이상하게도 그녀가 불쌍했다. 패멀라의 이름은 이곳뿐 아니라 잘난 릴톡 덕분에 전 세계 사람들에 의해 만신창이가 되었다. 저 아이들은 패멀라를 비난하기 위해 줄을 서 있다. 패멀라는 아마도 퇴학을 당할 것이다. 법의 처벌을 받고 소년원에 갈지도 모른다. 그런데 대체 왜? 무엇 때문에 패멀라는 그런 짓을 했던 거지?

패멀라를 향해 소리 지르고 싶었다. 주체할 수 없이 화가 나면서도 온갖 질문들이 머릿속을 맴돌았다. 무슨 생각으로 그런 거야? 벽과 사물함, 쓰레기통에 휘갈긴 수십 개의 선들이 네 인생을 망칠 만큼 가치가 있는 것들이니? 나와 마이클, 앤드루, 링크 같은 아이들을 불편하게 만드는 게 너에게 그렇게나 중요했니? 돌아가신 너의 증조할아버지가 정말로 어딘가에서 기뻐하실 거라고 생각하는 거니?

패멀라가 한 짓은 증오스러웠지만, 나를 더 힘들게 한 것은 그 짓이 일말의 가치도 없는 행위였다는 사실이다. 패멀라가 초크체리의 과거의 잘못을 끄집어내고 아픈 상처를 건드림으로써 마을에 해를 입혔다는 데는 이론의 여지가 없다. 하지만 하켄크로이츠에 대응하는 과정에서, 종이 체인 프로젝트나 자신의 정체성을 찾기 위한 링크의 노력과 같은 긍정적인 일들로 균형을 찾아가기도 했다. 그러니 이번 일에서 가장 피해를 본 사람은 패멀라 자신이다.

정말 어처구니없다.

내 휴대폰에서는 아직도 릴톡의 영상이 흘러나오고 있었다. 릴톡은 여전히 엘빈 로이 바인즈와 KKK의 섀드부시 카운티 지부와의 관련성에 대해 이야기하고 있다. 이 비디오 블로거는 실제로 얼간이일지 모르지만, 그의 정보력만큼은 흠잡을 데가 없었다. 패멀라가 잡힌 지 얼마 되지도 않았는데 이미 패멀라의 가족 정보까지 수집한 것이다. 나는 초등학교에 거의 다다라서야 영상을 껐다. 라이언까지 이런 걸 들을 필요는 없으니까. 분명히 라이언도 하켄크로이츠에 대해 들어는 보았겠지만 정확한 의미까지는 모를 것이다. 라이언에게 하켄크로이츠는 그저 종이 체인 프로젝트를 시작하게 해 준 트리거일 뿐이다. 역시 초등학교 2학년의 정신세계는 참 단순하다.

그런데 릴톡은 공원에 앉아서 어떻게 패멀라에 대한 것들을 알아낸 걸까? 노트북을 가지고 있긴 하지만 인터넷으로 검색하는 데는 한계가 있을 텐데. 그는 사진도 여러 장 가지고 있었다. 그런 건 쉽게 찾을 수 있는 정보가 아니다. 그리고 그는 한 시간 동안 영상을 무려 '여섯 개'나 올렸다. 내 눈으로 확인했다! 아무리 유명한 저널리스트라고 하더라도 불가능한 속도다. 그렇다면 혹시….

그가 패멀라의 짓이라는 걸 미리 알고 있었다면? 아무에게도 발설하지 않고 미리 조사하고 있다가, 패멀라가 잡히기만을 기다렸다면? 만반의 준비를 하고 있다가 진실이 밝혀지는 그 순간 유튜브에 공개한 것이라면?

그렇다! 이것 말고는 설명할 길이 없다. 오기가 발동해서 비가 오나 눈이 오나 공원을 지키고 있는 줄 알았는데, 단순히 마을을 웃음거리로 만들려고 그랬던 게 아니었다. 그는 학교를 '염탐'한 것이다. 그러다가 패멀라가 뜬금없는 곳에다 두 개의 선을 그리는 것을 목격했던 것이다.

릴톡은 처음부터 알고 있었다! 그렇다면 몇 주 전에 이 비극을 막을 수 있었다는 말인데, 왜 그러지 않은 거지? 대체 왜?

답은 명확하다. 자신의 유튜브 채널에 더 많은 구독자를 모으기 위해서.

릴톡이 추잡한 인간이라는 건 진작에 알았지만, 이건 완전히 새로운 차원의 추잡함이다. 처음에 그는 우리의 이야기를 세상에 알리기 위한 대변인처럼 굴었다. 뭐, 실제로도 대변인처럼 보이긴 했다. 전 세계 릴톡의 구독자들 덕분에 수천 개의 종이 체인이 학교로 배달되었으니, 그의 영향력을 모두 부정하는 것은 아니다. 릴톡이 홍보해 주지 않았더라면 우리는 절대 300만 개의 종이 체인을 달성하지 못했을 것이다.

하지만 초크체리를 도와준다고 주장하는 사람치고 그는 어딘지 모르게 이곳을 계속 깎아내렸다. 초크체리 사람들을 편협한

189

시골 사람들이라고 부를 기회를 절대 놓치지 않았고, 구독자들에게 항상 마을의 인종차별적 역사를 상기시켰다. 그러면서 그 일이 마을 사람들의 바람대로 과거만의 일은 아니라는 걸 은연중에 암시했다.

그는 우리를 조종했고, 우리는 그가 그렇게 하도록 내버려 둔 것이다.

더 큰 의문점이 생겼다. 만약 릴톡이 패멀라에 대해 미리 알고 있었다면, 밝혀진 것 외에 또 무엇을 더 알고 있을까?

# 24장
★★★★
# 릴톡

**애덤 톡의 유튜브 채널**
**조디 두로스와의 인터뷰**

**릴톡:** 당신과 패멀라 바인즈는 사귀는 사이라고 들었는데, 사실인 가요?

**조디:** 그게, 좀 복잡한데요.

**릴톡:** 톡네이션은 복잡한 이야기를 좋아합니다. 이야기해 주시죠.

**조디:** 우리는 계속 사귀었다, 헤어졌다를 반복했어요. 그리고 지금은 헤어진 상태고요.

**릴톡:** 패멀라가 하켄크로이츠의 배후로 밝혀져서 헤어진 건가요?

**조디:** 정확히는 패멀라가 먼저 헤어지자고 했어요. 그 사실이 밝혀지기 전에요. 그러니까 마블의 새 영화가, 음, 좀 긴 얘기예요. 그런 시시콜콜한 얘기까지 꼭 듣고 싶으세요?

**릴톡:** 그러니까 헤어지기 전까지, 여자 친구가 학교 여기저기에 하켄크로이츠를 그렸다는 사실을 전혀 몰랐다고요?

**조디:** 전혀요! 팸은 그런 아이가 아니에요!

릴톡: 하지만 지금은 모두가 알게 되었죠. 그런 아이라는 걸.

조디: 음… 그런 것 같네요.

릴톡: 기분이 어떤가요?

조디: 내가 어떤 기분일 것 같나요? 팸은 나와 평생 가까이 지내온 사람이라고요. 그 아이에게 그런 어두운 면이 있었다는 걸 나는 짐작조차 하지 못했어요. 우리는 헤어지고 다시 만나고를 수없이 반복했지만, 이번에는 정말 모르겠어요.

릴톡: 혹시 그녀가 체포되고 나서 이야기 나눠 봤나요?

조디: 팸의 부모님이 누구와도 이야기하지 못하게 막고 있어요. 모든 게 엉망이 됐어요. 어쨌든 적어도 이제 하켄크로이츠는 끝났네요.

릴톡: 아직 끝나지 않았을 수도 있잖아요. 그렇죠?

조디: 그게 무슨 뜻이죠? 팸은 학교에서 쫓겨났어요. 가택 연금되었다고요. 그 애 가족이 초크체리를 떠날 거라는 소문도 있어요. 당신은 이런 상황에서 팸이 하켄크로이츠를 계속 그릴 거라고 생각하는 건가요?

릴톡: 당신은 듣지 못했군요.

조디: 듣다니, 뭘요?

릴톡: 패멀라는 자기가 하켄크로이츠를 그렸다고 인정했어요. 맨 처음 것은 제외하고요. 그녀는 학교 중앙 홀에 있던 것은 자기가 한 짓이 아니라고 주장하고 있어요. 다시 말해, 패멀라는 모방범이에요. 진범은 따로 있다는 말이죠.

조디: 팸이 한 짓을 보고도 그 말을 믿나요?

릴톡: 패멀라가 범행을 자백했는데 굳이 거짓말을 할 이유가 있나

요? 하켄크로이츠 27개를 그렸든 26개를 그렸든, 어차피 죄를 지은 건 마찬가지인데요. 심지어 패멀라는 자신이 그린 걸 순서대로 기록해 두기도 했어요. 나는 이미 경찰 보고서를 읽어 봤거든요. 참고로, 톡네이션의 구독자는 어디에나 있답니다. 패멀라는 중앙홀의 하켄크로이츠는 자신이 아닌 다른 누군가의 소행이라고 아주 단호하게 주장하고 있어요.

**조디:** 그렇다면….

**릴톡:** 백인우월주의자가 아직 한 명 더 남아 있다는 것이죠. 그러니까 이 미스터리는 아직 끝나지 않은 겁니다.

# 25장
★★★★
## 마이클 아모로사

나는 비버턴 농장에 버려진 곡식 저장고의 계단 꼭대기에 서서, 흡입 창을 통해 끝없이 종이 체인을 집어넣고 있었다. 80만 개의 종이 체인의 부피를 가늠해 보고 싶다면, 12미터 높이의 사일로(큰 탑 모양의 곡식 저장고―옮긴이)를 떠올려 보라. 처음 그곳에 체인을 가져다 넣을 때만 하더라도 절대 그 공간을 다 채울 수 없을 거라고 생각했다. 하지만 그 예상이 무색하게 알록달록한 종이 체인 더미는 지붕에 닿을 만큼 가득 찼다.

"리프트 좀 멈춰 봐!" 나는 아래쪽에 있는 파운시를 향해 소리쳤다. 파운시가 리프트를 손으로 당기면 사일로의 곡면을 따라 종이 체인이 담긴 양동이들이 위로 끝까지 올라왔다가 개구부로 쏟아졌다.

파운시는 녹이 슬어 끽끽거리는 소음 때문에 내 목소리를 듣지 못한 모양이다. 파운시 주변에서 아이들은 종이 체인을 한 아름씩 품에 안고 자기 차례를 기다리고 있었다. 사일로는 이미 꽉 찬 상태였다. 나머지는 다음 저장 공간인 바디스네 지하실로 옮겨야 했다.

"멈춰!" 나는 좀 더 크게 소리 질렀다. "여기 다 찼어!"

하지만 파운시는 계속 리프트를 끌어올렸고, 나는 꼭대기에서 최대한 종이 체인을 채워 넣으면서 계속 소리 질렀다. "그만! 그만!"

링크는 내 쪽을 흘끗 보더니 다시 바르 미츠바 노트에 고개를 박고 자기 일에 집중했다.

그때 발아래에서 우르르하는 소리가 나더니 사일로 전체가 흔들리기 시작했다. 구조물 아래쪽에서 추진기가 폭파하면서 파운시와 링크 그리고 다른 아이들이 튕겨져 나갔다.

"무슨 일이야?" 나는 목이 터져라 소리쳤다.

엄청난 굉음과 함께 사일로가 공중으로 붕 떠올랐고, 놀란 나는 필사적으로 계단에 매달렸다. 빼곡하게 들어차 있던 80만 개의 종이 체인은 로켓처럼 위로 뿜어졌다. 불타는 엔진이 내 옆으로 날아올랐고, 나는 나무 판자 위에 몸을 바짝 붙이고 엎드린 채 기도했다. 제발 내 몸이 날아가지 않기를.

사일로가 대기권으로 발사되자 아래에 있던 아이들은 손으로 그걸 가리키며 환호했다.

"봐!" 캐럴라인이 환희에 차서 비명을 질렀다. "우리 학생회는 이제 달까지 날아오를 수 있어!"

나는 겨우 다리에 힘을 주고 일어서서 종이 체인 로켓이 하늘로 날아올라 점점 작아지다가 성층권을 뚫고 작은 점이 되어 사라지는 것을 지켜보았다. 하지만 나는 80만 개의 종이 체인을 잃었다는 생각밖에 들지 않았다.

이런, 제길. 80만 개 세느라 헛수고만 했네.

"마이클!" 엄마가 내 어깨를 흔들었다. "일어나렴! 악몽을 꾼 거니? 로켓은 또 뭐고."

나는 몸을 뒤척이며 눈을 떴다. "휴, 살았다. 다시 잘 거야."

"그건 안 될 것 같은데." 엄마가 말했다. "학교 갈 시간이거 든."

다른 때 같았으면 무슨 핑계를 대서라도 조금만 더 자게 해 달라고 애원했겠지만, 요즘은 아침 7시부터 자원봉사자들이 학 교에 들이닥치는 통에 늦잠도 못 자는 신세가 되었다. 그 아이들 은 부지런히 종이 체인을 만들어 댈 테고, 그 수를 누가 집계하겠 는가. 그리고 아침 8시에는 전국 각지와 전 세계에서 보내 준 종 이 체인들이 학교에 속속 도착한다. 우리 프로젝트가 유명세를 탄 덕에 이제는 페덱스와 UPS도 그것들을 무료로 배송해 주고 있다. 종이 체인 상자들은 그야말로 산더미다.

지금까지 내가 집계한 종이 체인의 총 개수는 432만 6718개 로 창고, 사일로, 지하실 그리고 여기저기 다락방에 보관하고 있 다. 브라데마스 교장 선생님이 틀렸다. 600만 개의 종이 체인을 만드는 것은 불가능하지 않다. 전 세계가 돕고 있으니 이제 성공 은 시간문제다.

나는 침대에서 일어나 옷을 입고 부엌으로 갔다. 엄마는 달걀 프라이 네 개와 해시 브라운 그리고 큰 스테이크 덩어리가 담긴 접시를 식탁 위에 차려 놓았다.

"이게 다 뭐예요?" 내가 물었다.

"아침이지."

"누구 먹으라고요?" 나는 되물었다. "해병대?"

"너 요즘 살이 많이 빠졌어." 엄마는 못마땅한 목소리였다. "종이 체인인지 뭔지 때문에."

"종이 체인 프로젝트는 초크체리에서 일어난 일 중 가장 멋진 일이에요." 나는 말했다. "전 세계 사람들이 우리를 돕는걸요. 그리고 이제 하켄크로이츠 사건도 다 끝났고, 더 이상 우리 마을은 책잡힐 게 없어요. 모두에게 잘된 일이죠."

알고 보니 나에게 형사 기질이 있었나 보다. 패멀라 바인즈라니. 세상에나. 패멀라는 종이 체인 프로젝트의 첫 자원봉사자 중 한 명이다! 그리고 첫 번째 하켄크로이츠는 그 애의 짓이 아니라는 말을 일단은 믿어야 한다.

왜 우리는 그렇게나 끔찍한 일을 저지른 사람의 말을 믿어야 하는 거지? 그런데 거꾸로 생각해 보면 패멀라가 굳이 거짓말을 할 이유가 있을까? 자기가 그린 하켄크로이츠 개수를 하나 줄인다고 해서 달라지는 것은 없을 텐데.

점점 머리가 아파 온다. 장담하는데, 다른 소수 민족 아이들도 이 사건으로 골머리를 썩고 있을 것이다. 우리 같은 처지의 사람들은 이 모든 것을 다른 사람들보다 더 심각하게 받아들일 수밖에 없다.

"엄마한테는 네 건강이 종이 체인 프로젝트보다 더 중요해." 엄마의 잔소리가 시작됐다. "푹 쉬지도 못하고 매일 악몽에 시달리잖니. 너, 자면서도 숫자 세는 거 아니? 당연히 양은 아닐 테지. 어느 누가 양을 400만 마리나 세겠어."

내가 아침 식사로 얼마나 되는 양을 먹어야 할지 실랑이하다, 결국 달걀 프라이 두 개, 스테이크 약간으로 타협했다. 엄마는 방과 후에 간식으로 먹으라고 남은 음식을 싸 주었다. 나도 순순히 받아 들었다. 저녁 먹기 전에 집에 올 확률은 제로이기 때문이다. 요즘 종이 체인 프로젝트는 릴톡을 훨씬 넘어선 수준으로 화제가 되었다. 캐럴라인과 나는 라디오, TV 방송국과도 인터뷰했고, 뉴스와 팟캐스트에서도 우리 이야기를 다루고 있다.

언론의 관심을 받는 또 한 명의 아이는 바로 링크다. 종이 체인 프로젝트가 점점 더 사람들의 주목을 받으면서, 12월 4일에 생각지도 못한 바르 미츠바를 준비하고 있는 초크체리의 아이에 대한 소식도 함께 전해지기 시작했다.

우리의 소식은 실제 홀로코스트 생존자들에게까지 전해졌다. 그들은 이제 노년에 접어들었고, 돌아가신 분들도 많았다. 어떤 사람들은 강제수용소에서 살아남았고, 또 어떤 사람들은 링크의 할머니가 프랑스 수녀원에서 자란 것처럼 비유대인 가정에서 어렵게 목숨을 지킬 수 있었다. 그들은 대부분 우리 또래 혹은 더 어린 나이에 전쟁을 겪었다. 또한 모든 것을 송두리째 잃었다. 심지어 나치 독일이 패망한 후에도 수년을 난민으로 살아야 했다.

그날 아침, 우리는 한 시간 동안 만든 종이 체인을 도서관의 스마트 보드 앞에 쌓아 놓고 플로리다 유대인 커뮤니티 센터의 생존자들과 줌을 통해 만남을 가졌다. 그들의 이야기는 도서관을 박차고 나가고 싶을 정도로 참혹했다. 하지만 우리는 모두 자리를 지켰고, 고통스럽지만 그 이야기들을 똑똑히 마주해야 한다는 것을 알았다.

"…손이 야무지게 생겼다고 공장으로 보낼 거라며 나만 줄에서 끌어내더라고요. 그런 다음 그 사람들은 바로 탄약 벨트를 장전했어요. 그게 우리 가족이 죽기 전 마지막 모습이었어요. 그때 나는 열한 살이었고요….”

“…독일군이 올 거라는 소식을 들은 부모님은 우리를 데리고 고향인 폴란드를 떠났어요. 겨우 러시아로 피신했지만 먹을 것이 없었지요. 아버지가 그러더군요. ‘이곳도 지옥이기는 마찬가지구나.’ 그래서 우리는 다시 우리가 살던 마을로 돌아갔지만 그곳에는 아무도 없었어요. 남자, 여자, 아이 할 것 없이 수용소에서 모두 죽었습니다….”

“…나는 레슬링 선수였어요. 지금도 나치를 힘으로 제압하는 꿈을 꾸곤 하지요. 그들은 나를 존더코만도(수용소의 수용자들 중 일부로 구성된 부대로, 홀로코스트로 죽은 사람들의 시체를 처리하는 등의 잡무를 보조함-옮긴이)로 만들어 버렸어요. 화장하기 위해 가스실에서 시체를 옮기는 게 내 일이었거든요. 매일 밤, 나는 꿈에서도 그 일을 합니다….”

“제 여동생은 프라하 근처의 테레진 수용소에서 영양실조로 죽었어요. 다른 수많은 사람들처럼 학살된 게 아니라 굶어 죽었습니다….”

“아버지를 다시 만나게 해 달라고 매일 밤 기도했어요. 하지만 내가 아버지를 만났을 때, 그분은 피골이 상접하고 멍한 눈은 움푹 패어 있었습니다. 아버지를 끌어안으려 하자 몸을 움츠리시더군요. 아들도 알아보지 못할 정도로 망가지신 거였어요….”

“…미군이 캠프를 해방시켰을 때 어머니는 살아 계셨어요. 하지만 우리 형제자매가 모두 죽은 걸 아시고 슬퍼하시다 결국 일주일 후 놀아가셨지요….”

우리는 모두 눈물을 흘렸다. 우는 모습을 서로에게 숨기지 않았다. 그 후로도 이야기는 계속되었다. 각각의 사연들은 그 자체로 비극이었다. 600만 명이 모두 저런 끔찍한 일을 당한 것이다. 내 머리로는 도저히 상상할 수 없었다.

믿을 수 없는 것은 너무나 큰 고통과 수많은 고난을 겪었던 이 사람들이 바로 우리의 팬이라는 것이다.

유럽 억양을 가진 한 노부인이 말했다. "우리는 그저 우리가 여러분들이 지금 하는 일에 얼마나 감동하고 있는지 알아주었으면 해요."

"감동하셨다고요?" 캐럴라인이 코를 훌쩍이며 말했다. "우리가 하는 일은 여러분이 겪은 그 끔찍한 일들에 비하면 아무것도 아닌걸요."

"시간이 흘러 우리가 이 세상 사람이 아닌 날이 오겠지요." 보행 보조기에 몸을 의지한 노인이 말했다. "여러분이 만든 종이 체인과 우리의 이야기를 알리려는 여러분의 의지는 계속해서 우리의 목소리가 되어 줄 거라고 생각해요. 인류는 결코 그 일을 잊어서는 안 됩니다."

그러고 보니 사람들이 종이 체인에 대해 언급할 때 주로 했던 말은, 기억해야 한다, 잊어서는 안 된다는 말이었다. 처음에는 당연한 얘기를 하는 것 같아 이해가 가지 않았다. 어떻게 이 엄청난 사건을 잊을 수 있지? 하지만 천 개의 횃불의 밤만 해도 그렇다. 그 일은 홀로코스트보다 훨씬 나중에 일어난 일인데도 초크체리 사람들 중 절반은 그런 일은 일어난 적이 없다고 잡아뗐다.

화면 저쪽에서 맨 처음 이야기했던 여자분이 말했다. "혹시 링컨 롤리 있나요?"

링크가 조심스럽게 의자에서 반쯤 일어나 손을 들어 보였다. "여기 있어요."

"당신을 보면 내 가족이 어땠을지 떠올리게 돼요." 그녀가 말을 이었다. "당신의 바르 미츠바를 축하합니다. 당신은 당신의 일을 함으로써 우리의 명예를 지켜 주고 있어요."

그 자리에 함께한 노인들이 링크에게 박수를 보냈다. 링크는 뒤로 물러앉으면서 조금 당황한 듯 눈을 깜빡거리고 얼굴을 붉혔다.

보행 보조기를 잡고 있는 할아버지가 다시 말했다. "한 가지만 부탁해도 될까요?"

나는 지체 없이 말했다. "그럼요! 뭐든지요!" 의아했다. 콜로라도주의 아이들이 그런 잔혹한 일을 겪은 생존자를 위해 어떤 부탁을 들어 줄 수 있을까? 하지만 우리는 어떻게든 그분의 부탁을 들어 드려야 한다는 것을 알고 있다.

할아버지가 말했다. "종이 체인에 우리 어머니의 이름을 적어 준다면 내게는 정말 큰 의미가 있을 것 같아요." 할아버지는 말하면서 허리를 곧게 폈고, 그러자 키가 더 커 보였다. "그분은 여러분이 기리는 600만 명 중 한 분이니까요."

말이 끝남과 동시에 불을 붙인 듯 분위기가 고조되었다. 플로리다 생존자 집단 사람들은 갑자기 저마다 먼저 죽어 간 사랑하는 사람들과 친구들의 이름을 외쳤고, 스마트 보드 오디오가 지직거렸다.

나는 일어나 손짓으로 생존자들을 진정시켰다. "그럴게요.

당연히 넣어 드릴게요. 저희에게 이름을 알려 주시면 체인마다 이름을 적을게요."

그것은 약간의 수고가 필요했다. 우리에게 유럽식 이름은 조금 생소하고 철자도 쓰기 까다로웠다. 데이나와 캐럴라인 그리고 나는 스마트 보드에 자리를 잡고 그분들의 부모님, 형제자매, 친척들, 친구들의 이름을 정성스럽게 받아 적었다. 모음과 자음 하나하나에 모든 신경을 집중해서. 누가 채점할 것도 아닌데, 그들이 불러 주는 이름의 철자는 절대로 틀려서는 안 될 것 같았다.

42명의 귀중한 이름을 받아 적은 뒤, 우리는 미술실로 이동했다. 그 이름들을 색종이에 옮겨 적고 접착제를 붙여 고리를 만들고 다른 종이 체인과 연결했다. 이렇게 조용하고 엄숙하게 작업한 것은 처음인 것 같다.

나는 옆에서 작업하고 있는 링크를 보았다. 링크에게는 할당받은 네 명의 이름 외에도 두 장의 종이가 더 있었다. 링크는 거기에 '증조할아버지, 증조할머니'라고 썼다.

"할머니의 부모님이셔." 링크는 나에게 설명했다. "아무도 그분들의 이름을 몰라. 심지어 할머니도."

나는 아이들이 만든 종이 체인을 모았다. 그런데 조디는 시작도 하지 않은 채 복통이라도 온 것처럼 의자에 웅크리고 앉아 명단만 뚫어지게 쳐다보고 있었다.

"시간 더 줄까?" 나는 최대한 부드럽게 말했다. "알아보기 힘든 철자가 좀 있더라."

조디는 나를 고통스러운 눈빛으로 쳐다보더니, 황급히 일어나 복도로 뛰쳐나갔다.

나는 조디를 따라가지 않았다. 뭐 때문에 저러는지 물어봐야 했지만 굳이 내가 상관해야 할 일일까? 사실 종이 체인이 아니면 나와 인싸 아이들에게는 접점이 없다. 링크나 소피더러 따라가 보라고 할 수도 있겠지만, 나는 그 아이들을 '보내지' 않았다. 미술 동아리 회장에게는 그럴 권한이 없다.

나는 미술실을 쓱 훑어보았다. 다들 바쁘게 작업 중이었다. 나만 빼고.

미술실 문 바로 앞에서 벽에 얼굴을 박고 있는 조디를 발견했다.

"괜찮아?" 나는 물었다.

"어젯밤에 팸을 만났어." 조디가 말했다. "팸의 부모님이 집으로 들여보내 주셨거든."

"아, 그랬구나." 나는 말했다. "지금 팸은 너무 끔찍할 것 같은데."

"응, 바로 그거야." 조디는 내게로 고개를 돌렸다. 이마에 벽 자국이 진하게 나 있었다. "팸은 자기가 저지른 짓을 잘못이라고 생각하지 않더라. 오히려 들킨 게 문제래. 팸의 아빠도 별로 대수롭지 않은 일을 크게 만든다면서 마을이 미쳐 돌아간다는 거야."

나는 한숨을 내쉬면서 겨우 화를 삼켰다. 뉴스가 터진 후로, 학생들은 모두 패멀라가 왜 그런 짓을 했는지 의문에 휩싸였다. 그냥 낙서를 하고 싶었던 걸까? 정신적으로 문제가 있나? 공공 기물을 훼손하고 싶었나?

그런데 이제야 답을 얻었다. 그 어떤 것보다 더 최악일지 모른다. 순수하고 단순한 증오. 어떤 변명의 여지도 없다. 패멀라는 자신보다 훨씬 더 형편없는 가족의 품에서 자란 것이다.

"아까 생존자들하고 줌으로 이야기를 나눴을 때 말이야." 조디가 말했다. "팸도 그 자리에 같이 있었으면 좋았을 거라고 생각했어. 그분들을 봐야 한다고. 그럼 분명 생각을 바꿀 거라고. 그런데 이름을 적고 있는데 다 부질없는 것 같더라. 팸은 절대 자기 잘못을 인정하지 않을 거야. 아마 끝까지 버틸걸. 어쩌면 패멀라 같은 사람들 때문에 애초에 홀로코스트 같은 게 생겼을지도 몰라."

"내가 네 명단 대신 써 줄까?" 내가 말했다. "너는 좀 가서 쉬는 게 좋을 것 같아."

조디는 엷은 미소를 지었다. "너는 좋은 녀석이야, 마이클." 그러고는 작업을 마저 마치기 위해 다시 미술실로 들어갔다.

패멀라가 마치 다이아몬드라도 세공하는 것처럼 아주 정교하게 이름을 써 내려가는 조디의 모습을 봤어야 하는 건데. 작업은 이미 20분 전에 다 끝났는데도 다들 여전히 그 자리를 지키고 있었다. 플로리다 생존자들과의 만남의 여운이 쉽게 가시지 않은 듯했다.

줌을 통한 그들과의 만남은 내게 전환점이 되었다. 다른 아이들에게도 마찬가지였던 것 같다. 우리는 몇 주 동안 종이 체인 작업에 매달린 결과, 600만 개로 향하는 여정 속에서 몇 백만 개를 완성할 수 있었다.

그리고 처음으로 종이가 아닌 서로의 얼굴을 보았다.

# 26장
**★★★★**
# 링컨 롤리

이번 추수감사절은 우리 집에서 보내기로 했기 때문에 할머니와 할아버지가 덴버에서 초크체리로 오셨다. 두 분은 수집한 클래식 자동차 중 한 대를 몰고 오셨는데, 나는 위층의 내 방에서 저 멀리서부터 들려오는 1962년식 자동차 엔진 소리를 알아차렸다. 오래된 캐딜락이 진입로로 들어섰을 때 그 모습을 보고 백상아리보다 더 큰 지느러미가 달린 기다란 유람 보트인 줄 알았다. 엄마와 나는 두 분을 맞이하기 위해 뛰어 내려갔다.

우리는 만날 때마다 루틴이 있다. 일단 '면도를 하고 이발을 하고: 투 비츠'라는 노래가 흘러나오면 할아버지는 경적을 울린다. 그리고 내가 얼마나 컸는지를 보고 놀라신다. 그다음은 할머니 차례다. 그간 할머니를 수없이 만났지만 홀로코스트 생존자로서는 처음이다.

"세상에나, 유명인을 이렇게 직접 만나다니." 할머니가 말했다. 나를 보는 시선도 약간 달라진 것 같았다.

"신문에서 네 이름을 여러 번 봤단다, 링크." 할아버지는 자랑스러워했다. "대통령, 교황, 영국 여왕을 모두 합한 것보다 네

이야기가 더 많더구나. 다들 좋은 이야기뿐이었어."

"사실 다 그렇진 않았지." 할머니는 고아원에서 보낸 어린 시절부터 남아 있던 특유의 프랑스 억양으로 말했다. "릴톡이라는 사람은 누구니? 뭐 하는 사람인지 모르겠더구나. 그 사람은 죄다 삐딱하게만 보던데."

"비디오 블로거예요." 내가 대답했다. "그 사람이 아니었으면 종이 체인 프로젝트도 절대 유명해지지 못했을 거예요."

할머니는 한숨을 쉬었다. "요즘은 다들 그저 유명해지려고만 하니 문제야. 유명해지지 않으면 소용이 없는 건지 원. 그러니 아무렇지도 않게 언론에다가 개인사를 퍼트리고 다니지. 더 이상 사생활 같은 건 없나 보구나."

홀로코스트에서 살아남아 수녀원에서 자란 할머니의 이야기는 손자가 세상에 말하기 전까지 아는 사람이 없었다.

그러고 보니, 부모님 중 누구도 우리 할머니와 할아버지가 나의 바르 미츠바에 대해 어떻게 생각하는지 정확히 말해 주지 않았다. 엄마는 두 분이 회당 예배에 참석할 거라는 얘기까지만 해 줬다. 나도 당연히 두 분이 오실 거라고 생각했다. 두 분은 항상 내 야구 경기와 농구 경기, 축구 경기에도 왔으니까. 또 5학년 때 내가 연극을 할 때와 초등학교 졸업식에도 와 주셨다. 나는 두 분의 유일한 손주다. 그런데 문득, 평생 교회 신자로 살아온 두 분에게는 손자가 바르 미츠바를 치른다는 게 좀 이상하게 느껴질 수도 있다는 생각이 들었다.

우리는 모두 집 안으로 들어갔다. 나는 두 분의 여행 가방을 챙겼다. 할머니는 게스트룸으로 향하다가 아빠 방 쪽을 보시더니 갑자기 멈춰 섰다. 뒤따라가던 나는 하마터면 할머니와 부딪힐 뻔했다. 무엇이 할머니의 시선을 사로잡았는지 알 것 같다. 나의 바르 미츠바 소식이 종이 체인 이야기에 편승하면서 유명해지자, 전국의 유대인 커뮤니티에서 의식 당일에 필요한 물품들을 보내 주었던 것이다. 사실 필요한 건 하나도 없었다. 이미 유대 사원에서 모든 것을 제공해 준다고 했기 때문이다. 하지만 이렇게나 많은 사람들이 나를 돕고 싶어 한다는 사실에 많이 놀랐다. 어느덧 16개의 기도 숄, 158개의 키파, 24권의 가죽 장정 히브리어 기도책 그리고 9개의 포도주 잔이 아빠 책상 위에 쌓였다.

할머니는 회전의자 등받이에 걸쳐져 있는 기도 숄을 보았다. 랍비 골드는 그것의 이름이 탈리트라고 알려 주었다. 나는 파랗고 하얀 비단에 은색으로 새겨진 히브리어를 읽어 주었다.

"무슨 뜻이니?" 할머니가 물었다.

"숄을 걸쳤을 때 하는 기도예요." 나는 대답했다. "랍비가 그러는데 히브리어를 기억하지 못하는 사람들을 위한 일종의 커닝 페이퍼 같은 거래요. 옛날부터 있었다고 해요."

"나한테는 그리스어 같은 거로구먼." 할아버지는 껄껄 웃으면서 말했다.

"멋지지 않아요?" 엄마가 말했다. "전혀 모르는 사람들이 수천 개의 종이 체인을 보내 오는 것처럼, 학교를 통해서 링크에게 이것들을 보내 주고 있어요."

"대단하구나." 할머니도 고개를 끄덕였다.

"그런데 모자가 너무 많지 않니." 할머니는 덧붙였다. 쌓여 있는 키파는 다이노랜드가 자리할 곳이 표시된 아빠의 축적 모형을 완벽하게 뒤덮었다.

"유대인들은 이 모자를 키파나 야물커라고도 불러요." 나는 할머니에게 알려 주었다. "그리고 또, 어떤 남자분이 나치에서 빼내 온 토라(Torah. 유대인들 사이에서 율법, 경전, 문헌 등 폭넓은 의미로 사용되는 용어로 여기서는 유대교 경전을 의미함─옮긴이)를 회당에 빌려주기로 했어요. 우편 배송으로 분실될 수 있다고 아내와 함께 캐나다 토론토에서 직접 가지고 오는 중이래요. 어젯밤에 인디애나폴리스 외곽에 있는 데이즈 인 호텔에서 이메일을 보냈더라고요."

할머니는 마른침을 삼켰다. "링크, 너는 정말로 굉장한 경험을 하고 있구나."

"진짜 유명인이네!" 할아버지가 대견하다는 듯 말했다.

평소에는 두 분이 집에 오면 마냥 좋았는데, 이번은 왠지 어색했다. 원래 계획은, 데이나가 내 실력이 늘었다고 인정해 줘서, 할머니와 할아버지 앞에서 바르 미츠바를 시연해 볼 참이었지만 관뒀다. 할머니는 내가 이 모든 것을 하는 이유가 자신 때문이라고 생각할 것이 분명했다. 엄마가 가족사를 이야기해 줬을 때 나는 굉장히 혼란스러웠다. 사실 엄마는 지금도 그런 것 같긴 하다. 설령 아기 때 일어난 일이라서 아무것도 기억나지 않더라도 당사자에게는 분명 불편하고 힘든 일임에 틀림없다.

확실히 식구들은 궁금해하는 눈치다. 할머니가 유대인과 관련한 유일한 연결고리인데, 만약 나의 바르 미츠바를 반대한다면 내가 그걸 하는 게 맞는 걸까? 물론 홀로코스트에서 죽어 간 나의 친척들과 태어나 보지도 못한 사촌들을 기리는 행위이기도 하지만, 할머니처럼 나는 그들을 전혀 모른다. 나는 지금, 여기에 살고 있다. 친구들은 더 이상 내가 재미없다고 하고, 아빠는 원해서가 아니라 마지못해 허락해 주었다. 게다가 아빠는 자신의 꿈인 다이노랜드가 물거품이 된 것은 전적으로 홀로코스트와 하켄크로이츠 그리고 초크체리의 과거사 때문이라고 생각하고 있다. 그렇다면 엄마는? 엄마는 현재 나의 가장 큰 후원자이지만, 또 누가 알겠는가. 엄마의 진짜 속마음이 어떤지.

그때 일찍 퇴근한 아빠가 할머니, 할아버지와 인사도 나누기 전에 서류 가방을 책상 옆에 내려놓으며 말했다. "야물커 익스프레스에서 또 배달이 왔나 보군."

다들 아빠의 농담에 크게 웃었다.

할머니를 제외하고. "이제 좀 익숙해졌나 보군, 조지."

"오, 어머니보다는요." 아빠가 대답했다. "링크가 연습하는 것 들어 보셨어요? 다른 애들은 몇 년이나 걸려서 배우는 걸 링크는 몇 달 만에 다 익혔어요. 앞날을 생각하면 좋은 징조죠."

아빠가 내가 연습하는 걸 들었다고? 언제부터 들었지?

할아버지가 마리넬리 식당의 파스타를 좋아하셔서 저녁은 그곳에서 먹기로 했다. 초크체리는 러시아워가 있을 정도로 대도시가 아닌데, 그날따라 메인 스트리트 쪽으로 향하는 차들이 느리게 움직였다. 길가에 세워 둔 트럭과 제설 차량 때문인 것 같다.

"왜 이렇게 막히는 거니." 할아버지가 불평했다. "3분이면 도착하지 않았니?"

관영 차고지 오른쪽으로 운송 차량들이 길게 늘어서 있었다. 우리가 있는 곳에서도 건물 통유리를 통해 가득 차 있는 알록달록한 종이 체인들이 보였다.

할머니는 숨을 급히 들이마셨다. "저것이…?"

"저건 아주 일부예요." 나는 설명했다. "전체를 다 합하면 아마 수백 킬로미터는 될걸요. 여기 말고도 창고랑 사일로, 지하실, 다락방, 마을 여기저기에 보관하고 있어요."

아빠가 갓길에 차를 대자 모두 차에서 내려 차고지 쪽으로 걸어갔다. 먼저 와서 구경하고 있는 사람들도 있었다. 우리 앞에는 이 광경을 보려고 섀드부시 크로싱에서 무려 160킬로미터나 운전해서 온 가족이 서 있었다.

거기에는 네다섯 살쯤 된 아이도 있었는데, 그 아이는 눈을 휘둥그레 뜨고 종이 체인들을 보고 있었다. 차고지 창문에 몸을 딱 붙이고 서 있는 모습이 마치 종이 체인과 한 몸인 것 같았다.

"저 안에 얼마나 들어 있는 거예요?" 아이는 놀란 숨을 내쉬며 물었다.

"50만 개쯤 될걸." 나는 말했다. "하지만 저건 우리가 만든 것의 10분의 1밖에는 안 돼. 우리는 이미 500만 개나 만들었거든."

그 애는 나를 향해 웃어 보이고는 돌아갔다. 종이 체인을 더 자세히 보기 위해 할머니가 옆으로 왔다. 할머니는 늘 차분하고 감정을 잘 드러내지 않는 분이었다. 빛으로 인한 착시일 수도 있지만 나는 분명히 할머니의 볼을 타고 흐르는 눈물을 보았다.

나는 할머니 손을 잡고 속삭였다. "더 가까이서 보실래요?"

할머니는 다소 의아한 표정을 지으며 나를 따라왔다. 나는 관계자들이 출입할 수 있는 뒷문으로 할머니를 안내했다. 그런 다음 문을 열고 락커룸을 지나 메인 차고로 들어갔다. 그 안은 바닥부터 천장까지 종이 체인으로 가득 차 있었다. 우리는 마치 물속에 있는 기분이었다. 종이 체인들이 얼굴에 와서 닿았고, 발을 내디딜 때마다 머리 위로 출렁거렸다.

갑자기 할머니의 숨이 가빠졌다. 할머니는 연세가 많아서 이곳이 답답할지도 모른다는 생각에, 나는 순간 괜히 차고지 안으로 들어왔나 싶었다. 재빨리 할머니의 손을 잡고 밖으로 다시 나가려는데, 할머니가 나를 말렸다.

할머니가 입을 뗐다. "수녀원에서 우리는 모두 부모님들을 궁금해했단다. 왜 우리를 생틸레르 수녀원에 두고 가신 걸까. 수녀님들은 친절했지만 가족에 대해서는 입을 굳게 다무셨어. 시시때때로 독일 병사들이 들이닥쳤거든. 어린 여자아이들이 비밀을 지켜 내지 못할 걸 아셨던 거지. 그래서 애초에 우리에게 비밀을 만들어 주지 않으셨던 거야. 전쟁이 끝나고는 아무도 부모님을 찾지 않았어. 그 시절 우린 굶어 죽지 않기 위해 먹을 걸 찾으러 다니기에도 벅찼으니까."

나는 숨을 죽였다. 한 번도 할머니의 속마음을 들어 본 적이 없었기 때문이다. 내가 아는 한, 엄마에게도 말한 적이 없을 것이다. 할머니는 홀로코스트의 공포에서는 벗어났을지 모르지만 온전한 자유는 얻지 못했다.

할머니는 말씀을 이어 갔다. "나는 일흔셋이 되어서야 비로소 부모님과 가족의 이야기를 제대로 들을 수 있었단다. 당시 그들의 유일한 소망은 오로지 젖먹이 아기를 구해 내는 것이었을 거야. 그들이 느꼈을 고통은 정말이지 상상할 수조차 없구나. 내가 그분들을 위해 슬퍼할 자격이 있을까? 나는 그분들의 얼굴도 모른단다. 이름도. 심지어 목소리조차 기억나지 않아. 물론 부모님이 살아 계셨다면 나를 다른 방식으로 키우셨겠지. 인생이 뒤바뀐 거란다. 그렇지만 이제 와서 무언가를 바꾸기엔 너무 늦어 버렸지. 유대인으로 태어났지만, 나는 유대인이 아니란다. 이제 와서 다른 누군가가 되기에는 너무 늦었어."

할머니의 떨리는 숨소리가 느껴졌다. "나는 우리 부모님을 보지 못했기 때문에 그분들을 애도할 수 없단다." 할머니는 손을 들었다. "이제는 알겠구나. 그분들은 여기에 계셨던 거야. 너희들이 만든 이 아름다운 종이 체인들 안에. 네 바르 미츠바가 내 가족을 찾아 주었구나. 우리 가족 말이다. 내가 나를 위해서 할 수 없었던 일을 네가 해 주었단다. 오오, 링크, 너를 정말 사랑한다."

할머니는 나를 꼭 안아 주었다. 갑작스러운 움직임으로 건물 안을 가득 채운 종이 체인이 아주 약간 밀려 내려왔다. 종이 체인에 거의 묻힐 뻔했지만 나도, 할머니도 알아차리지 못했다. 그 순간 나는 그 어느 때보다 할머니와 가까워진 느낌이었다.

정말 감동적인 순간이었다. 할아버지가 '면도를 하고 이발을 하고: 투 비츠'를 틀고 자동차 경적을 울리기 전까지는.

"여기 너무 오래 있었나 봐요." 나는 웃었다.

"할아버지가 배가 고프신 모양이구나." 할머니도 웃으며 대답했다.

차고지의 종이 체인들을 살살 헤치며 밖으로 나가는 동안 우리는 연신 미소를 지었다.

# 27장
★★★★
# 캐럴라인 맥넛

이제는 제법 공기가 쌀쌀하다. 한 주가 다르게 추워지는 걸 보니 겨울이 코앞으로 다가온 것 느낌이다.

하지만 초크체리 중학교 아이들은 아랑곳하지 않았다. 계절이 바뀌는 줄도 모르는 것 같았다. 기온이 몇 도든 중학교 안은 열기로 후끈했으니까.

만약 내가 압도적인 표 차이로 내년 중학교 2학년 회장으로 선출되지 않는다면, 이건 엄연한 부정선거다. 대니얼 파라즈가 종이 체인에 대한 공을 인정받으려 할수록, 사람들은 이 프로젝트가 바로 중학교 1학년이 주축이 되어 진행되었다는 사실을 상기했다. 그럼 2학년 회장은 누가 될까? 바로 나, 캐럴라인 맥넛이다. 지당한 말씀.

그리고 이제는 전 세계에서 주목을 받고 있다. 우리는 4개 대륙의 언론 매체와 인터뷰도 했다(대체 호주는 뭐 하고 있는 거지?). 릴톡은 초크체리에 와서 우리의 이야기를 찍어 올리고 나서부터 구독자가 100만 명이나 더 늘어났다. 그리고 50개 주와 11개국에서 우리에게 필요한 물품과 종이 체인을 보내 왔다. 그깟 추워진 날씨가 우리를 막을 수 있을까? 고질라가 나타나더라도 우릴 막을 순 없을 거다!

나는 재킷 차림으로 덜덜 떨면서 아이들이 일리노이 번호판이 달린 각진 밴에서 종이 체인을 내리는 것을 지켜보고 있었다. 보통 종이 체인을 기부할 때는 택배 상자에 담아서 보내 왔는데, 이번에는 밴의 문을 열자 뒷자리에 상자 없이 종이 체인만 가득 들어 있었다. 소피가 먼저 종이 체인의 한끝을 집어 들었고, 우리는 그것을 차례로 조심스럽게 잡아끌었다. 소피가 주차장 절반 정도까지 걸어갔는데도 종이 체인은 끊이지 않았다. 그때 깨달았다. 밴에 실린 종이 체인은 서로 연결된 거대한 하나의 종이 체인이라는 걸. 곧 다른 아이들도 와서 이 일을 도왔고, 종이 체인은 어느새 학교 앞을 둘러싸게 되었다. 차가운 바람에 종이가 흔들리며 사각거렸다.

그때 갑자기 마이클이 학교 출입문을 박차고 나와 클립보드를 흔들며 소리쳤다. "그걸 그냥 꺼내면 어떡해? 아직 세지도 못했는데!"

"상자에 담겨 오지 않았어." 내가 설명했다. "밴을 열었더니 뒷자리에 이대로 들어 있었어."

밴 운전수는 일리노이주 버팔로 그로브에 있는 한 초등학교의 로고가 새겨진 봉투를 건넸다. 마이클과 나는 봉투를 열어서 그 안에 들어 있는 편지를 읽었다.

*친애하는 초크체리 중학교 학생 여러분께.*
*초크체리 중학교에서 보여 준 관용과 추모의 메시지에 이루 말*

로 할 수 없는 감동을 받았습니다. 우리 학생들은 여러분에게 조금이라도 도움이 되고자 지난 3주간 매일 아침 일찍 등교하여 종이 체인을 만들었습니다. 이 1986개의 종이 체인을 여러분의 종이 체인 프로젝트에 보태 주시기 바랍니다….

마이클은 얼음처럼 차가운 공기를 훅 들이마셨다. 굉장히 추워 보였다.

"괜찮아?" 내가 물었다.

마이클은 휴대폰을 꺼내 계산 프로그램에 재빨리 숫자를 입력하더니 계단을 올라 학교로 뛰어 들어갔다.

"얘들아, 잠깐만!" 나는 아이들에게 말했다. "종이 체인이 찢어지지 않게 조심해 줘!" 그런 다음 나도 마이클을 따라갔다.

마이클은 아이들이 열심히 종이를 오리고 붙이고 있는 도서관으로 향하고 있었다.

"멈춰!" 마이클이 소리쳤다. "작업 중지!"

"마이클, 뭐 하는 거야?" 나는 어리둥절했다.

마이클은 말없이 휴대폰을 내 코앞에 들이밀었다. 계산기에는 6,000,023이라는 숫자가 찍혀 있었다.

"우리가 해냈어." 마이클은 목이 메었다. "600만 개. 우리가 600만 개를 만들었다고!"

작업하던 아이들에게서 우레와 같은 함성이 터져 나왔다. 도서관 천장이 들썩거릴 정도였다. 아이들은 너나 할 것 없이 접착제, 가위, 종이들을 공중에 붕붕 날려 버렸고 그 모습은 마치 구름 같았다. 서로 얼싸안고 정신 나간 사람들처럼 춤을 추는 우리들 위로 그것들이 비처럼 쏟아졌다. 그때 엘머 접착제 병이 마이클을 안고 있는 내 머리 위로 떨어졌는데, 좀 아팠지만 그게 무슨 상관인가? 지금 이 순간 내 머릿속에는 종이 체인 프로젝트가 나를 학생회 역사상 가장 위대한 1학년 회장으로 각인시켜 줄 거라는 생각밖에 없다. 초크체리 중학교가 상금을 마련할 만큼의 응모권도 팔지 못했던 게 마치 100년은 된 것같이 까마득하다. 이제 우리는 정상을 찍었다. 최고의 자리까지 온 것이다.

우리 모두는 종이 체인 600만 개를 돌파했다는 기쁨에 정신없이 환호하다가, 순간 그 숫자의 의미를 깨닫기 시작하면서 조금씩, 차츰 조용해졌다. 마음속으로는 여전히 기뻐하고 있지만, 동시에 600만 명의 사람들이 세상에서 가장 끔찍한 악에 의해 사라져 갔다는 사실을 떠올렸다. 우리는 그 어떤 축하 행사보다도 그저 600만 개를 달성했다는 한마디에 가슴이 벅찼다. 데이나가 양손을 맞잡고 엄숙히 고개를 숙이자, 나머지 우리들도 데이나를 따라 고개를 숙였다.

브라데마스 교장 선생님이 도서관으로 뛰어 들어왔다. "방금 무슨 소리였니? 무슨 일 있었어?" 교장 선생님은 갑자기 조용해진 분위기에 당황한 듯 두리번거렸다. 우리는 동요하지 않고 의식을 이어 갔다.

대신, 마이클이 우리의 행동에 대한 답으로 휴대폰 화면 속 숫자를 교장 선생님에게 보여 주었다.

우리의 침착하고 근엄한 교장 선생님은 놀라움을 금치 못했다. "오! 말도 안 돼!"

"오! 말이 돼요!" 파운시가 교장 선생님 얼굴에 대고 우렁차

게 외쳤다.

이번에는 교장 선생님의 주도 하에 축하 파티가 시작되었다.

그때, 이 추위에 바깥에서 기부받은 종이 체인을 챙기고 있을 아이들이 문득 생각났다. 내가 그 아이들에게 다시 돌아가고 있는 동안, 600만 개 돌파 소식은 문자 메시지를 타고 학교와 온 동네에 퍼졌다. 체육관에서는 다들 배구 경기를 중단하고 환호의 박수를 보냈고, 복도에서도 아이들은 너나 할 것 없이 하이파이브를 하며 기뻐했다. 심지어 반성문실에서도 기쁨의 함성이 들려왔다. 반성문을 쓰던 아이들은 그 덕에 레메이 선생님에게서 일찍 벗어날 수 있었기에 더 큰 환호성이 터져 나왔다. 평소에 나를 좋아하지 않던 아이들도 무리 지어 내 쪽으로 다가와 고맙다고 말해 주었다.

바깥으로 나가자, 우리의 마지막 종이 체인들 위로 눈이 내려 앉았다. 나는 밖에 있던 아이들을 모두 데리고 아래층으로 내려가 난로 앞에서 몸을 녹였다.

거기에는 마이클과 데이나도 있었다. 내 코트에 내려앉았던 눈은 금세 물방울로 변했고, 우리 모두는 드디어 성취해 냈다는 기쁨에 코를 훌쩍거렸다. 학생회 아이들은 누구라도 가슴이 찡했을 것이다. 하지만 한편으로는 오랜 시간 그렇게 열심히 노력했지만 한 번도 제대로 이루어 내지 못했던 지난 시간들이 떠오르면서 나는 다른 아이들보다 두 배는 벅찬 감동을 느꼈다. 정말 대단하다.

"릴톡에게 가려고." 마이클이 말했다. "누군가는 그 사람에게 이 소식을 알려야지."

"그리고 이제 여기를 떠나라고 말할 거야." 데이나는 단호하게 덧붙였다. "종이 체인 프로젝트도 끝났는데, 길 하나를 사이에 두고 학교 앞에서 캠핑을 할 이유가 없지."

요즘의 릴톡을 설명하기에 캠핑보다 더 적합한 단어는 없다. 날이 점점 추워지기 시작하자 릴톡은 있던 자리에 텐트를 치고 한쪽에는 소형 휴대용 발전기까지 동원해 난로를 틀었다. 발전기 모터 돌아가는 소리는 마을 건너편까지 들릴 정도로 요란했다. 그래서 그가 인터뷰나 영상을 녹화할 때는 발전기의 전원을 꺼 두어야 했다. 날씨가 추워지면서 인터뷰도 많이 뜸해진 것 같았다.

마이클은 릴톡이 쳐 둔 텐트의 폴대를 두드렸지만, 발전기 너머로 그 소리가 들릴 리 없었다. 그래서 나는 텐트 속으로 머리를 쏙 들이밀었다. "릴톡 씨?"

릴톡은 파카를 뒤집어쓰고 난로 앞에 딱 붙어 있었다. 그는 눈에서 아랫입술까지만 제외하고 두꺼운 목도리와 스키 모자로 얼굴을 죄다 덮고 있었는데, 이상한 우연의 일치로 유튜브 화면으로 보던 앵글과 완전히 동일한 그 모습에 섬뜩함이 느껴졌다.

말이 나와서 말인데, 나는 릴톡을 볼 때마다 기분이 이상했다. 그 사람이 우리 마을에 대해 안 좋은 얘기를 해서가 아니다. 그래도 릴톡의 블로그와 웹사이트 덕분에 종이 체인 뉴스가 전 세계로 퍼져 나갈 수 있었던 건 부인할 수 없는 사실이니까. 결론적으로 릴톡이 없었다면 나의 학생회 경력은 오늘과 같은 절정을 맞이하지 못했을 것이다.

그가 우리를 발견하자, 발전기를 끄고 텐트 바깥으로 나왔다. "꼬마들, 무슨 일이지?"

"전할 뉴스가 있어서요!" 나는 이 엄청난 뉴스를 공개할 생각에 신이 났다.

"그래, 알아." 그는 하품을 했다. "너희들 600만 개 다 채웠다면서. 축하한다."

마이클은 그를 쳐다보았다. "그걸 어떻게 이렇게 빨리 알았죠?"

릴톡은 휴대폰을 흔들어 보였다. "톡네이션 구독자들은 어디서나 지켜보고 있단다."

놀랄 것도 없다. 릴톡은 항상 톡네이션 구독자들이 자신의 전용 CIA 요원이라도 되는 것처럼 이야기한다. 가만히 생각해 보니, 아마도 같은 반 친구 중 한 명이 릴톡 홈페이지에 그 소식을 올렸던 모양이다. 아이들 대부분은 릴톡이 길 건너 공원에 자리를 깔기 전부터 그의 팬이었을 테니, 그에게 가장 먼저 알리고 싶은 충동을 억누를 수는 없었을 것이다.

데이나가 목소리를 높였다. "그럼 이것도 알겠네요. 당신이 곧 이 동네를 떠난다는 사실이요."

릴톡이 데이나를 빤히 쳐다보았다. "나를 그렇게나 빨리 보내 버리게? 내 덕에 이렇게 유명해져서 고마워할 줄 알았는데."

"그럼요. 그렇죠!" 나는 끼어들었다. "당신이 우리 마을을 주목하지 않았다면 우리는 절대로 600만 개의 종이 체인을 달성하지 못했을 거예요."

"이제 중요한 건⋯." 데이나는 계속 말했다. "종이 체인 프로젝트는 끝났다는 것이고, 그러니까 당연히⋯."

"종이 체인 때문에 내가 여기 왔다고 생각하나 보구나." 릴톡이 혀를 찼다. "네 부모님이 두 분 다 박사라서 좀 기대했는데 말이지."

"당신이 우리 부모님에 대해 어떻게 알죠?" 데이나가 날카롭게 대꾸했다.

"구독자가 1700만 명쯤 되면, 정말 엄청나게 많은 정보를 얻게 된단다. 네 이름은 데이나 레빈슨이고, 너희 부모님은 웩스퍼드 스마이스 대학교에 재직 중이지. 그리고 너는 초크체리 중학교의 유일한 유대인이고."

"그건 사실이 아니에요!" 데이나가 말을 잘랐다.

"아, 맞다. 링컨 롤리도 있지. 운동선수."

"종이 체인 때문이 아니었다면, 당신은 대체 왜 여기 온 거죠?" 마이클이 릴톡에게 물었다.

"이제야 제대로 된 질문을 하는군." 릴톡의 눈이 번뜩였다. "종이 체인은 그저 핑계였고, 나는 원래부터 늘 초크체리라는 마을 자체에 관심이 있었어. 내가 살던 대도시는 악플러들의 입방아에 오르내리기 딱 좋았거든. 교통 체증! 범죄! 무례한 인간들! 공해! 쓰레기! 하지만 작은 시골 마을도 파헤치면 나름의 문제를 떠안고 있다는 걸 나는 알고 있어. 그래서 초크체리 중학교에서 하켄크로이츠가 나왔다고 들었을 때, 다들 과거의 KKK 사건에 대해 한마디도 하지 않을 때, 나는 이곳이야말로 내가 꿈꾸던 곳이라는 걸 직감했지."

말문이 턱 막혔다. 나는 어쨌든 그의 영상 덕분에 종이 체인 프로젝트가 널리 홍보되고 있었기 때문에 릴톡이 우리 마을을 깎아내리는 발언을 하더라도 항상 모른 척했었다. 그러니까 나는 학생회장으로서 릴톡이 필요했던 것이다. 그런데 이제는 되레 이 마을이 뭘 그렇게 잘못했기에 이토록 싫어하는지 궁금할 지경이다. 마이클도 꽤 혼란스러운 눈치였다.

"좋아요." 데이나가 말했다. "그건 당신 사정이고, 우리 입장에서는 아주 역겹군요. 그러니 이제 그만 여기서 꺼지는 게 어때요?"

"난 아직 끝나지 않았는데. 안 그래도 새로운 인터뷰를 막 올리려던 참이었거든. 보여 줄까?"

"아니요." 데이나는 잘라서 말했다. "여기 사람들은 다들 이미 당신의 유튜브 채널을 지나치게 많이 본걸요."

릴톡은 크게 웃으면서 노트북을 열었다. "오, 하지만 이번 영상은 안 보면 후회할 텐데. 정말 엄청나거든."

## 28장
★★★★
# 릴톡

**애덤 톡의 유튜브 채널**
**링컨 롤리와의 인터뷰**

**릴톡:** 이제 바르 미츠바가 일주일 앞으로 다가왔군요. 기분이 어때요? 긴장되나요? 신나나요?

**링크:** 반반이에요. 어젯밤에 랍비 골드와 줌으로 확인했는데, 이제 내가 준비가 다 되었다고 했어요.

**릴톡:** 그거 잘됐군요. 그리고 이제는 하켄크로이츠도 해결되었고, 좀 더 편안해졌겠어요.

**링크:** 편안해져요?

**릴톡:** 여기저기서 반유대주의 상징이 튀어나오는 상황에서 유대교 의식을 치르는 건 아무래도 불편하잖아요. 당신의 바르 미츠바가 있기 전에 패멀라 바인즈가 잡혀서 다행이죠.

**링크:** 패멀라 사건은 유감이에요. 패멀라는 나의 친구이기도 했으니까요.

**릴톡:** 좀 혼란스럽네요. 자신이 유대인 혈통이라는 사실을 알게

된 사람이 어떻게 그렇게 끔찍한 짓을 한 사람과 친구라고 말할 수 있는 거죠? 첫 하켄크로이츠는 자신의 짓이 아니라는 패멀라의 말을 믿나요? 설마 이 모든 것의 시작이 패멀라가 아니라서 그녀의 죄가 무겁지 않다고 생각하는 건가요?

링크: 모르겠어요.

릴톡: 정말요? 당신 같은 유대인이 이런 일을 어떻게 생각해야 할지 모른다고요?

링크: 나는 얼마 전까지만 해도 유대인이라는 존재에 관해 조금도 생각해 본 적 없었으니까요…. 정말 짧은 시간에 너무 많은 것이 변했어요.

릴톡: 내가 이야기 하나 들려줄까요? 나는 날이 갑자기 추워지는 바람에 공원에서 불을 지피다 체포됐어요. 여기 경찰관은 나의 열렬한 팬이 아니거든요. 그들이 나를 어떻게 잡았는지 알아요? 저 큰길 바로 건너편 집이에요. 62번지. 저 집 초인종에는 보안 카메라가 달려 있거든요. 그 집에서 저 카메라로 내가 불을 피우는 걸 보고는 경찰에 신고한 거죠.

링크: 그래서 텐트랑 난로를 가져온 거로군요.

릴톡: 중요한 건 그게 아니에요. 나는 저 집의 보안 카메라를 보자마자 딱 알았죠. 카메라에 건너편 공원과 학교도 훤히 잡힌다는 걸요. 이제 알겠어요?

링크: 그럴 수도 있겠네요.

릴톡: 아직 내가 무슨 말 하는지 모르겠어요? 저 보안 카메라는 학교를 감시하는 카메라인 셈이에요. 첫 번째 하켄크로이츠가 출몰했을 때 나는 이곳에 없었어요. 하지만 저 카메라는 그때도 학

교를 촬영하고 있었죠. 그날부터 녹화된 영상을 제대로 확인한다면 아주 재미있는 게 나올 것 같은데요. 패멀라의 말이 거짓인지 아닌지 밝혀지겠죠.

링크: 잠깐만요, 저 집 사람들이 순순히 당신에게 녹화 영상을 보여 줄까요?

릴톡: 그건 걱정 마요. 1700만 명의 구독자 중에는 기꺼이 내 부탁을 들어줄 유능한 해커 한 명쯤은 있으니까요. 어쨌든 패멀라의 말은 사실이었어요. 그녀는 하켄크로이츠가 처음 발견된 그날 오후 5시경 치어리더 아이들과 학교를 나섰거든요.

링크: 네….

릴톡: 그리고 오후 7시 30분 즈음에 마이클 아모로사가 자전거를 타고 학교로 들어가는 것이 보였어요. 첫 번째 하켄크로이츠가 발견된 시간과 일치하죠. 그런데 오후 5시와 7시 30분 사이에 한 사람이 학교로 들어간 게 확인됐죠. 그게 누구였는지 말해 줄래요?

링크: 내가 그걸 어떻게 알아요?

릴톡: 정말 몰라요? 그 사람이 바로 당신인데도?

# 29장
★★★★
# 링컨 롤리

정말 이상한 건, 내가 학교에다가 그것을 그리고도 그 사실을 까맣게 잊었다는 것이다. 내 머릿속은 온통, 그로부터 몇 시간 후 스트립 몰 근처에 있는 과학자들의 사무실에 공룡 똥 장난을 칠 생각뿐이었다. 하지만 이동이 문제였다. 조디와 파운시 그리고 여자아이들 몇 명이서 지독한 냄새가 나는 36킬로그램짜리 비료 포대를 마을을 가로질러 옮겨 가기란 꽤 어려운 일이었기 때문이다.

그런데 내가 왜 그런 짓을 했지? 대체 뭘 한 거지? 그게 어떤 짓인지 알았다면 절대 하지 않았을 것이다. 나는 차분히 생각하는 스타일이 아니다. 그냥 저질러 버린다. 바르 미츠바의 경우도 엄마로부터 할머니 얘기를 듣자마자 결정해 버렸다. 이번 토요일이 바르 미츠바를 치르기로 한 날인데, 어쩌면 하지 못할 수도 있다. 내가 첫 번째 하켄크로이츠의 범인인 것이 밝혀진 마당에 회당에서 허락해 줄 리 없다.

그때 당시 내가 몹시 화가 났다는 건 사실이다. 아빠는 축구팀에서 나를 끌어내고는 아주 시끄럽고 길게 그리고 속사포처럼 설교를 늘어놓았다. 이것은 끝도 없이 반복되는 아빠의 가장 위대한 레퍼토리였다. 나는 아빠로부터 하루에 여덟 번씩이나 내 미래에 대한 이야기를 들어야 했다. 뭔가 탈출구가 필요했고, 뭐라도 하지 않으면 내 머리가 터져 버릴 것만 같았다. 복수를 하고 싶었다. 우리는 비료로 장난을 칠 계획을 꾸몄고, 아주 웃겼다. 그런데 한편으로는 뭔가 웃기지 않은, 사람들이 섬뜩해할 만한 일을 저지르고 싶었다.

그날 학교에 몰래 들어갔을 때 나는 솔직히 중앙 홀 벽에 뭘 그려야겠다는 계획 자체가 없었다. 그냥 그렸다는 것, 그것이 진실이다. 평소에 내가 하던 우스꽝스러운 장난은 안 된다. 웃어넘길 수 있는 것도, '애들이 한 짓'이라고 가볍게 생각할 수 있는 것도 아니어야 한다. 명백한 공공 기물 파손에 학교의 재산을 훼손한 추악한 행위로 보여야 한다. '내가 화가 났다는 것'을 극명하게 보여 주고 싶었다.

어떻게 드러내면 좋을까.

벽에 스프레이를 대고 그리기 시작할 때만 해도 뭘 그릴지 몰랐다. 그냥 뭔가에 홀린 듯 하켄크로이츠가 완성되었다. 나의 분노가 마치 거기에 새겨진 것 같았다. 쳇. 아빠가 내 미래를 걱정한다고? 진짜 걱정거리가 뭔지 똑똑히 알려 주고 싶었다. 사실 한두 가지가 아니다. '이 끔찍한 곳이 바로 아빠가 말하는 완벽한 마을이에요, 조지 롤리! 여기가 바로 제2의 올랜도이자 다이노랜드가 들어설 꿈의 공간이라고요!'

나는 하켄크로이츠가 나쁜 의미라는 것은 알았지만, 맹세코 그렇게 끔찍한 것인지는 몰랐다. 그냥 모든 것에 반하는 것이라 생각했다. 그 순간만큼은. 누가 나치 독일에 대해 물어본다면 나는 제2차 세계대전을 다룬 영화에서 탱크나 비행기에 나오는 하켄크로이츠를 떠올릴 것이다. 아, 그러고 보니 5학년 때 홀로코스트에 대해서 배우긴 했지만 그건 그저 과거에 있었던 일이고, 퀴즈를 내기 위한 숫자 정도라고만 취급했다. 절대 깊은 의미를 두지 않았다.

그저 놀라게 해 주고 싶었을 뿐이다. 누군가에게 상처를 주거나 겁을 주려는 생각은 추호도 없었다. 이게 변명이 되지 않는다는 건 잘 안다. 용서받을 수 없다는 것도 안다. 그저 그 누구보다 나 스스로에게 설명하려는 것이다.

그때의 나는 무슨 생각이었을까?

사실 아무 생각이 없었다. 내가 저지른 일 중 가장 어리석고, 경솔하며, 멍청한 짓이었다.

이건 다 분노와 증오 때문이다. 난 증오하지 않았다. 그건 지금도 마찬가지다. 하지만 그날, 분명 분노와 증오는 내 속에서 소용돌이쳤다.

변명의 여지가 없다.

초크체리에서 가장 경멸받아야 할 사람이 여기 있군. 바로 나. 그 누구도 탓할 생각은 없다. 이미 패멀라에게 일어난 일들을 지켜보았기 때문에, 나는 그 이후 내게 일어난 일들에 그다지 놀라지 않았다. 나는 학교에서 무기정학을 받았고, 공공 기물 파손 혐의로 체포되었다. 변호사 말로는 소년원에는 가지 않겠지만, 사회봉사는 해야 할 거라고 했다. 하지만 그게 가능할지 모르겠다. 마을 사람들 중 그 누구도 내가 자신들 가까이에서 사회봉사를 하게 두지 않을 것이기 때문이다. 그리고 릴톡의 거대한 구독자 커뮤니티 덕분에 나는 세계적인 쓰레기가 되었다. 남극에서 아빠 펭귄을 대신해서 알을 품는 자원봉사라면 나에게 맡겨 주려나. 아마 그것도 불가능하겠지.

잘난 체하는 말처럼 들릴지 모르겠지만, 부디 내 얘기를 들어 주었으면 한다. 지금 나를 되돌아보는 건 전혀 유쾌한 일이 아니다. 나는 항상 인기가 있었다. 아마 아이들에게 장난을 잘 걸고 운동을 잘해서였을 거다. 하지만 난 아이들이 나를 좋아하든 말든 그냥 그러려니 했다. 적어도 신경 쓰지 않는다고 생각했었다. 하지만 일이 이렇게 되고 보니, 그때가 그립다. 누군가로부터 반드시 사랑받을 필요는 없지만 미움을 받는다는 것, 그러니까 사람들이 나에게 치를 떤다는 것은 정말이지 어떤 말로도 표현할 수 없는 고통이다.

사람들이 나를 미워하는 걸 탓할 수는 없다. 나조차도 내가 싫으니까. 한번 생각해 보자. 사람들은 나중에야 나란 인간에 대해 알게 되었지만, 나는 첫날부터 알았다. 매일매일 관용 교육을 받으면서 내가 한 짓이 생각했던 것보다 천 배는 더 추악한 짓이라는 걸 알아 가는 게 정말 아무렇지 않았을까? 그리고 다른 하켄크로이츠가 출몰하기 시작했을 때, 그건 분명 내가 한 짓이 아니었음에도, 내 잘못인 것만 같았다. 왜냐하면 어쨌든 그걸 맨 처음 그린 사람은 나였으니까. '증오가 설 자리는 없다'라는 슬로건은 내게 비수가 되어 꽂혔다. 우리 학교가 증오의 온상이 되었다면, 그건 전부 내 책임이다. 급기야 할머니의 얘기를 들었을 때는 거울 속의 내 모습조차 똑바로 쳐다볼 수 없을 지경에 이르렀다.

나의 바르 미츠바가 홀로코스트에서 죽어 간 내 가족과 태어날 기회조차 얻지 못한 수많은 친척들을 추모하기 위한 행위라는 것은 거짓이 아니다. 그것만큼은 정말 진심이었다. 그 어느 때보다도 간절했다. 하지만 그것은 절반의 이유에 불과했다. 데이나의 입에서 '바르 미츠바'라는 두 단어가 튀어나왔을 때, 그건 마치 나를 구원해 줄 한 줄기 빛 같았다. 그것을 통해 내가 저지른 짓을 조금이라도 만회할 수 있을 것만 같았다. 당연히 데이나가 얼떨결에 뱉은 말이라는 것 정도는 알고 있었다. 데이나가 나를 유대인으로 봐야 할 이유는 없으니까. 나조차도 나를 유대인이라 해야 할지 혼란스러웠고, 지금껏 살아온 내가 아닌, 완전히 다른 사람으로 살아야 하는 것도 쉬운 일은 아닐 것이다. 하지만 나는 필사적으로 매달려야 했다.

물론 처음에는 힘들었다. 히브리어 단어와 발음이 너무 생소했고, 새롭게 배워야 하는 역사와 전통의 내용은 방대했다. 하지만 랍비 골드는 늘 나를 격려하며 이끌어 주었고, 데이나와 함께 공부하기 시작하자 조금씩 해 볼 만해졌다. 여기까지 왔다는 것만으로도 나 스스로가 '자랑스럽기까지' 했다. 하지만 이제 바르 미츠바는 사람들이 나를 더 싫어하는 구실이 되어 버렸다. 갑자기 자신이 유대인이라고 밝힌 아이가 뒤로는 가장 반유대적인 행동을 한 것이니, 이게 무슨 뜻일까? 예상대로 마을 전체가 바르 미츠바를 나의 또 다른 장난쯤으로 취급했다.

종이 체인 프로젝트도 그 자체로는 아주 훌륭하지만, 나의 잘못을 더 선명하게 드러내 줄 뿐이었다. 종이 체인은 내 아이디어도, 내가 주도한 것도 아니었지만 사람들은 항상 바르 미츠바와 종이 체인 프로젝트를 연결 지어 생각했다. 어쩌면 이 모든 것이 처음부터 연결되었던 건지도 모르겠다. 이유야 어찌 되었든, 온 마을은 600킬로미터에 달하는 종이 체인에 묻혔고, 이것의 발단은 희대의 사기꾼인 내가 그린 하켄크로이츠였다.

나에게 뒤통수를 맞은 600명의 아이들 중, 내가 가장 유감스럽게 생각하는 사람은 바로 데이나다. 그 아이는 누구보다도 나를 미워할 자격이 충분하다. 데이나는 내 말을 백 퍼센트 진심으로 받아들이지는 않았지만, 어쨌건 나를 도와주었고 친절하게 대해 주었다. 데이나의 부모님도 내가 공룡 똥 장난을 저지른 아이인 걸 알고서도 그냥 넘어가 주셨다. 이제는 학교에서 쫓겨났으니, 데이나에게 설명할 수 없는 것을 설명하려 애쓸 기회조차 사라져 버린 꼴이다. 부모님과 변호사를 만나러 시내에 나가는 길에 데이나와 마주친 적이 있었는데, 나를 본 그 아이의 표정이 똥을 씹은 것처럼 일그러졌다. 나는 데이나에게 전화를 했지만 부재중 메시지가 흘러나왔다. 내 번호를 차단한 모양이다.

하지만 나는 희망의 끈을 놓지 않았다. 하루는 밤에 휴대폰으로 전화가 걸려왔다. 소파 쿠션들을 모두 헤집고 나서야 겨우 휴대폰을 찾아 들고는 발신자도 확인하지 않은 채 통화 버튼을 눌렀다.

"데이나?" 나는 숨을 죽였다.

"링크?" 이 한 음절만 들어도 데이나가 아니라는 것을 금세 알 수 있었다. 데이나와는 정반대의 목소리였다. 갑자기 뒷머리가 주뼛 서며, 수화기 너머 상대에게로 온 신경이 곤두섰다.

"패멀라?" 나는 조용히 물었다.

"우리 얘기 좀 해." 패멀라의 다급한 목소리로 말했다.

"왜?" 나는 지금 같은 순간에 나와 이야기하고 싶어 하는 사람이 있을 줄은 몰랐지만, 그게 패멀라일 줄은 더더욱 몰랐다.

패멀라는 나의 반응에 놀란 눈치였다. "지금 나랑 말이 통하는 사람은 너밖에 없으니까."

그래. 우리는 아주 명확한 공통점이 있다. 하켄크로이츠를 그린 사람들. 그래서일까. 패멀라는 우리가 한 팀이라고 생각하는 것 같았다.

"나는 바보 같은 짓을 저질렀어." 내가 말했다. "너도 미친 짓을 했지. 심지어 너는 그게 사람들에게 어떤 영향을 줄지 알면서도 멈추지 않았어."

"바로 그거야." 패멀라가 목소리를 높였다. "여기 사람들은 다들 잠든 것처럼 살아왔잖아. 그런 사람들을 네가 깨운 거야. 또 나를 깨운 거고."

나의 하켄크로이츠로 사람들이 달라졌다는 생각은 늘 했지만, 그 얘기를 다른 사람도 아닌 바로 패멀라의 입으로 듣게 되다니 정말 충격이었다. 패멀라의 논리대로라면 나는 인종차별주의계의 피리 부는 사나이인 셈이다.

그 어떤 얘기를 들었을 때보다도 더 참혹했다. 나는 이토록 잘못을 뉘우치고 있는데.

"어떻게 그런 말을 할 수 있어, 패멀라?" 목소리가 떨려 왔다. "우리 가족에 대한 이야기도 알고 있으면서. 우리 할머니는…."

"오히려 그 이야기가 널 더 완벽한 전달자로 만든 셈이지." 패멀라가 이유를 댔다. "그 누구도 널 의심하지 않으니까."

반박하고 싶은 말이 목까지 차올랐다. 할머니의 이야기를 듣기 전에 하켄크로이츠를 그렸다는 사실과, 패멀라가 말하는 '완벽한 전달자' 역시 패멀라처럼 잡히고 말았다는 명백한 진실을 외치고 싶었다.

하지만 아무 말도 나오지 않았다. 그 어떤 말도 패멀라에게는 소용이 없다는 것을 알았기 때문이다. 내가 한 짓은 용서받지 못할 행동이었고, 패멀라의 행동은 그보다 더 나빴다. 그리고 무엇보다 끔찍한 것은 패멀라는 자신이 전혀 잘못했다고 생각하지 않는다는 것이다. 그녀의 조부모님이 KKK와 연관이 있는 것이 패멀라의 잘못은 아닐지 모르지만, 결국 인종차별은 그때그때 다른 방식으로 세대를 이어 끈질기게 살아남는 것 같았다. 하지만 그 문제는 내가 상관할 바가 아니다. 내가 할 수 있는 일은 패멀라에게 더 이상 관여하지 않는 것이다.

"나 이제 전화 끊어야 해." 나는 말했다. "일이 이렇게 돼서 유감이야."

패멀라는 계속해서 고함을 질러 댔다. 나는 휴대폰을 귀에서 뗐고, 패멀라의 목소리는 점점 더 멀어져 갔다.

그렇게 통화 종료 버튼을 누른 뒤 다시는 패멀라 바인즈와 말을 섞지 않으리라 다짐했다.


내가 아직 연락하고 있는 유일한 친구는 조디와 파운시뿐이다. 수요일마다 이 둘이 찾아오면 부모님은 그래도 나를 찾아와 주는 친구가 있다는 사실에 안도하며, 바로 내 방으로 올려 보내신다. 그렇다고 엄마와 아빠가 나를 용서한 건 아니다. 아마 쉽게 용서하지는 못할 것이다. 나의 정체가 밝혀지고 난 이후, 부모님은 오히려 당신들 스스로를 용서하지 못하는 것 같았다. 분노하며 고함치는 단계는 마침내 지나갔고, 이제 어떻게 살아갈 것인가를 고민하는 단계로 넘어갔다. 이제 아빠가 바라보는 나의 미래도 더 이상 밝지만은 않다. 아빠의 미래 역시 마찬가지다. 다이노랜드에 투자자를 유치하고 초크체리를 제2의 올랜도로 탈바꿈시켜 보겠다고 애쓰던 사람에게 악명 높은 하켄크로이츠 범인의 아버지라는 꼬리표가 달렸으니.

솔직히, 조디와 파운시 그리고 나 셋이서 서로의 어깨를 얼싸안고 주먹질을 하고 있자니 목이 메어 왔다. 그건 나에게 아직 세상은 끝난 게 아니라는 증명이었다. 적어도 완전히는.

"와 줘서 고마워." 나는 말했다. "나에게 아직 친구가 남아 있었네."

"그러지 마, 롤리. 근데 누가 물으면 나는 오늘 여기 오지 않은 거다." 조디가 진지하게 말했다. "부모님이 너랑 만나지 말라고 하셨거든."

"우리 엄만 아니야." 파운시가 끼어들었다. "하긴, 엄마는 내가 뭘 하든지 전혀 관심이 없으니까. 거짓말 안 하고, 우리 엄마는 내가 연쇄 살인마 잭 더 리퍼를 만나러 간다 해도 즐거운 시간 보내라고 할 사람이거든."

"요즘 같아서는 내가 잭 더 리퍼보다 더 악명 높은 것 같네." 나는 한숨을 쉬었다. "최악은 나조차도 그 이유가 납득이 간다는 거야."

파운시는 조용히 고개를 끄덕였다. "이번에는 네가 아주 대단했지. 내가 착해 보일 정도라니. 그건 정말 어려운 일인데. 그전까지 조디의 부모님이 어울려 다니지 말라고 한 사람은 나였는데 말이지."

"학교에서는 다들 뭐래?" 나는 물었다. "내가 학교로 돌아가는 건 도저히 용납하지 않겠지. 그렇지?"

"다들 화가 단단히 났어." 조디가 말했다. "혼란스러워해. 바르 미츠바를 한다고 유난 떨며 다니던 녀석이 알고 보니 하켄크로이츠 범인이었다는 게 말이 되냐고. 아이들이 저렇게 나온다고 비난할 수는 없지. 나도 머리가 지끈거린다."

"나도 혼란스러워." 나는 인정했다. "내 말을 믿어 줘. 그때로 돌아갈 수만 있다면, 절대 그런 짓을 하지 않을 거야. 솔직히 나는 모두를 그렇게 다양한 방법으로 기분 상하게 할 줄은 꿈에도 몰랐어. 정말 후회하고 있어. 그리고 너희들에게 미리 얘기 못 한 것도 미안해. 패멀라에 관한 일도 속상해. 내가 처음에 그걸 그리지 않았다면 걔도 그리지 않았을 거야."

조디가 고개를 떨구었다.

"그래, 그래, 타이타닉호를 빙산에 부딪히게 한 것도 너겠지." 파운시가 나를 나무랐다. "세상 모든 일이 나 너 때문이라는 거야? 왜 그렇게 자책하는 거야?"

나는 고개를 내저었다. "우리는 심심하면 입버릇처럼 학교에서 쫓겨날 거라고 했잖아. 그런데 막상 정말로 그렇게 되고 보니 하나도 재미있지가 않아. 퇴학당하면 나는 어딘가 기숙 학교로 보내지겠지. 어쩌면 이사를 갈지도 몰라. 브라데마스 교장 선생님이 한 번 더 내게 기회를 준다면, 뭐라도 하겠어."

"야, 인마. 너 열 좀 재 봐." 파운시는 나를 진정시키려 했다. "너 많이 아파 보인다."

"이제 어떻게 할 거야?" 조디가 물었다. "이번 주 토요일에 바르 미츠바 의식이 있잖아. 그것도 물 건너간 거야? 어?"

바르 미츠바는 지금 내게 있어 가장 큰 걱정이기도 하다. 몇 달 동안 나는 바르 미츠바에만 매달려 왔다. 그만큼 완벽하게 준비했고 이제 의식만 치르면 되는데, 정말 이걸 해야 할지, 내가 해도 되는 것인지 모르겠다.

문제 1: 나는 과연 유대교 회당에서 환영받을 수 있을까? 나의 유대교 경험이라고는 랍비 골드와 줌으로 공부한 것이 전부인데, 그곳 신도들이 내가 한 짓을 알고도 나를 받아들일까? 그 사람들이 모르고 있길 바랄 수도 없다. 다들 내 소식을 알게 되었을 것이다. 릴톡 덕분에.

문제 2: 부모님은 왜 허락했을까? 애초에 부모님은 나의 바르 미츠바 계획에 난감해했다. 하켄크로이츠와 바르 미츠바는 절대 어울릴 수 없는 것이다. 이걸 나의 악명 높은 또 다른 장난이라 여긴다면? 그렇다면, 이제는 부모에 대한 한 아이의 장난으로 그치는 문제가 아니다. 아마 학교 전체, 마을, 어쩌면 종교에 대한 모욕적인 장난이 될 것이다.

문제 3: 바르 미츠바를 계획대로 치른다 해도 과연 누가 와 줄까? 이제 나의 공식적인 친구는 두 명으로 줄었다. 앗, 조디는 비밀로 해야 하니까 한 명인 셈이네. 그렇다면 부모님 외에 또 누가 올까? 아마도 초크체리 사람은 단 한 명도 오지 않을 것이다. 할머니와 할아버지는 오실 테지만. 릴톡의 인터뷰 영상이 공개된 후 할머니에게 사과드리려고 전화를 드렸다. 할머니는 나를 용서했다고 하셨지만, 부디 그 말씀이 진심이길 바란다. 수화기 너머 목소리로는 할머니의 마음을 분간할 수 없었다. 확실한 건, 내가 할머니의 삶에서 정말로 끔찍하고 가슴 아팠던 경험을 끄집어내고 그것을 더 후벼 판 손자라는 것이다.

모든 게 엉망이다. 그리고 진정으로 나 자신 말고는 아무도 원망할 수도 없다.


아빠는 통화를 끝내고 휴대폰을 책상에 올려놓았다. 그러고는 수북이 쌓인 야물커 더미에 몸을 기댔다. "유대교 회당 사무실에서 걸려온 전화란다. 토요일 아침 9시까지 오라는구나."

"네?" 나도 모르게 목소리가 커졌다. "그 얘기가 다예요? 다른 얘기는 없었어요? 그러니까, 벌어진 일들에 대해서요?"

"아직 모르는 것 같아." 엄마는 조용히 얘기했다. "모든 사람이 릴톡의 구독자는 아니니까. 특히 종교 커뮤니티 사람들은 그렇지."

그래도 나는 의아했다. "그럴지도 모르지만, 확실하진 않아요. 종이 체인이 600만 개를 돌파한 덕분에 초크체리가 요즘 얼마나 핫해졌는데요. 내 이야기도 그렇고." 나는 아빠와 엄마를 차례로 보고는 다시 아빠를 쳐다보았다. "두 분께 죄송해요. 저를 믿고 지지해 주셨는데 제가 다 망쳤어요. 이 일로 다이노랜드도 물거품이 되었겠죠?"

아빠는 내 예상과는 다르게 대답했다. "다이노랜드가 다 무슨 상관이니?"

나는 아빠를 보았다. "아빠에게는 상관이 있잖아요! 아빠가 하는 일 중에서 가장 중요한 건데…. 시간도 돈도 많이 투자하셨 잖아요!"

"나에게 내 아들보다 중요한 것은 없어."

아빠는 단호하게 말했다.

엄마는 내 어깨에 손을 얹었다. "우리는 너의 부모야, 링크. 그리고 너를 사랑한단다. 네가 태어난 그 순간부터 우리는 네 편 이었어. 무슨 일이 있어도."

어찌 보면 두 분을 실망시켰다는 것이 나를 더 힘들게 했다. 하지만 한편으로는 그렇게 느낄 수 있어 다행이기도 했다.

"쉽지는 않겠지만 우리 가족은 이번 일을 어떻게 해서든 헤쳐 나갈 거야." 엄마가 말을 이었다. "그리고 우리는 지금 이번 주 토 요일에 어떻게 할 것인지 결정을 내려야 한단다. 엄마랑 아빠는 네 생각을 따를게."

나는 생각에 잠겼다. 랍비 골드가 내 소식을 접하지 못했을 리 없다. 어쩌면 그는 내가 먼저 이야기를 꺼낼지 시험하는 것인 지도 모른다. 사람들이 바르 미츠바를 치르는 아이에게 가장 먼 저 하는 말은 이것이다. 이제 자신의 행동에 책임을 져야 한다.

그래, 그것이 바로 내가 해야 하는 것이다. 내 행동에 책임을 지는 것.

나는 깊은숨을 내쉬었다. "제가 랍비 골드에게 전화할게요."


"여보세요." 휴대폰을 타고 들려온 랍비 골드의 목소리에 깊 이와 울림이 느껴졌다. 마치 어떤 중요한 사항을 전달하려는 목소리 같았다. 대화가 이어져 랍비 골드가 얼마나 좋은 사람인지 깨닫기 전까지 사실 겁이 많이 났다.

"링컨 롤리예요." 나는 말했다. "저, 이번 주 토요일에…."

랍비 골드의 목소리는 곧 친근한 분위기로 바뀌었다. "내가 아무리 나이를 먹었다 해도 몇 달 동안 같이 공부한 아이를 기억하지 못할 정도는 아니란다. 무슨 일이니?"

나는 침을 꿀꺽 삼켰다. "할 말이 있어서요. 제 얘기를 들으셨을 텐데, 회당에 오지 말라는 얘기를 하지 않으셔서요."

그가 말했다. "학교 중앙 홀에 하켄크로이츠를 그린 사람이 너라는 걸 말해 주려는 거니?" 잠시 어색한 침묵이 흘렀고 그가 다시 입을 뗐다. "나는 섀드부시 크로싱에 있단다. 화성이 아니라. 그래, 물론 네 이야기는 들었지. 왜 그런 짓을 한 건지 얘기하려는 거니?"

이제는 말해야 한다. 그게 얼마나 끔찍한 짓인지 가장 잘 알고 있는 사람에게 내가 저지른 최악의 일을 이야기해야 할 시간이다.

"저는 변명의 여지가 없어요." 내가 말했다. "실수로 그런 거 아니에요. 일부러 한 짓이에요. 제가 유일하게 할 수 있는 변명은, 반유대주의나 인종차별주의를 드러내려고 한 짓은 절대 아니라는 거예요. 정말로 순전히 장난으로 그런 거예요. 장난으로 그랬다는 게 덜 끔찍할지는 모르겠지만, 사실이에요."

"장난을 치려고 그랬다…." 랍비는 내 말을 반복해서 말했다. "그래서, 성공한 것 같니?"

"…네, 그런 것 같아요!" 내 목소리는 거의 신음에 가까웠다.

"더 최악은 진짜 인종차별주의자를 자극해서 더 많은 하켄크로이츠를 그리게 했다는 거예요. 모든 상황은 걷잡을 수 없게 돼 버렸어요. 하켄크로이츠가 초크체리의 과거사까지 끄집어냈고, 급기야 사람들은 그게 정말 있었던 일인지 아닌지를 놓고 논쟁을 벌였거든요. 인터넷에서 얼간이들이 홀로코스트는 꾸며 낸 이야기라고 떠들어 대는 것처럼요. 전 그저 상징일 뿐이라고 생각했는데, 하켄크로이츠가 사람들의 뇌리에 박혀 이렇게나 많은 문제를 일으킬 줄은 몰랐어요."

나는 랍비 골드에게 하나도 숨기지 않고 모두 말했다. 그동안의 모든 일과 그로 인해 느꼈던 모든 것을. 끝없이 고민했던 수많은 이유를. 말을 마치자, 랍비 골드는 한참을 침묵했다. 휴대폰을 들고 있던 내 손이 떨려 왔다. 랍비 골드에게만은 나쁜 사람이 되고 싶지 않았다. 거의 모든 사람들이 나를 쓰레기로 여기고 있는 지금은 특히 더.

오랜 침묵을 깨고 랍비 골드가 말했다. "용기를 내서 얘기해 주어 고맙구나. 다른 어떤 설명보다 네 말을 들으니 네가 어떤 아이인지 알겠구나. 이 모든 일은 끔찍한 순간적 판단의 실수로 시작되었지만, 한편으로는 굉장한 일을 불러오기도 했지. 홀로코스트에서 비극적으로 사라져간 600만 명의 생명을 의미하는 600만 개의 종이 체인 말이다."

"그건 제 생각이 아니었어요." 나는 말했다. "제가 조금의 도움이 되었을지는 몰라도 그것은 우리 학교 전체, 마을, 나라 그 이상의 이야기예요. 종이 체인 소식을 들은 수많은 사람들이 힘을 보탠 결과예요. 미술 용품 회사에서 재료를 보내 줬고, 배달

업체는 전 세계에서 만든 종이 체인을 우리에게 무료로 가져다주었죠. 믿을 수 없는 일들이었어요."

"믿을 수 없는 것이 아니란다." 랍비 골드가 부드러운 목소리로 내 말을 정정했다. "이것은 사람들이 마땅히 그래야 하는 방식이란다. 링크, 사실 나는 너에게 유대교 교육을 제대로 해 줄 만큼 시간이 많지 않았어. 혹시 주일학교에서 구약 이야기를 들어본 적이 있는지 모르겠구나. 하나님은 우리를 용서하신단다. 그렇게 함으로써 우리에게 서로를 용서하는 방법을 보여 주시지. 더 중요한 것은 용서를 받은 사람들은 남은 삶을 용서받을 가치가 있는 사람이 되기 위해 살아간다는 거야."

랍비 골드는 내가 알던 사람들과는 전혀 다른 관점을 가지고 있었다. 나는 랍비 골드와 대화를 나누면서, 릴톡이 내 이야기를 터트린 후 처음으로 내가 역사상 가장 최악의 사람이 아닐 가능성에 대해 생각하게 되었다.

"지금 네가 가진 그 마음으로…" 랍비 골드는 말을 이었다. "토요일 아침 9시까지 회당으로 오렴. 그리고 바르 미츠바를 치르자꾸나."

랍비 골드는 나를 밀어내지 않았다. 우리 부모님은 여전히 나를 지지한다. 나는 모든 게 끝났다고 단정 짓고 있었기 때문에, 막상 무엇을 어떻게 해야 할지에 대해서는 진지하게 고민해 보지 못했다.

이제 모든 것이 나에게 달렸다. 나는 나를 제외한 중요한 사람들로부터 허락을 얻었다. 그리고 이 통화를 마치기 전, 나는 결정을 내려야 했다.

나는 바르 미츠바를 치를 자격이 있는가?

절대 자격이 없다.

하지만 나는 여전히 그것을 원하는가?

"링크?" 랍비 골드가 내 이름을 불렀다. "아직 듣고 있니?"

모든 일이 벌어졌고, 내가 모든 걸 망쳤고, 누구도 나를 위해 나의 바르 미츠바에 오지 않을 거라는 걸 안다. 하지만 나는 원한다. 어떤 이유에서인지는 몰라도, 그 어느 때보다 원하고 있다.

"네, 랍비. 감사합니다. 토요일에 갈게요."

부모님은 아직 서재에 있다. 아빠는 컴퓨터를 하고 있었고, 엄마는 초조하게 야물커와 물건들을 정리하고 있었다. 내가 서재에 들어서자 두 분은 내 쪽을 쳐다보았다.

나는 조심스럽게 엄지를 치켜들었다. "함께 가요."

# 30장
★ ★ ★ ★
## 데이나 레빈슨

내가 초크체리에 처음 도착했을 때, 나는 마치 악마의 섬으로 추방된 것만 같은 느낌이었다. 굉장히 작은 외딴 마을에 친구들과도 아주 멀리 떨어진 곳. 그리고 여기 아이들은 믿을 수 없을 정도로 나를 달가워하지 않았다. 나를 포함한 과학자들의 가족은 이 마을의 침입자라도 된 기분이었다. 나는 부모님에게, 설령 살아 있는 스테고사우루스가 뾰족한 꼬리로 전신주를 쓰러뜨리는 걸 본다 해도 눈 하나 깜짝하지 않을 생각인데, 하물며 아주 오래전에 죽은 공룡의 똥은 말할 것도 없다고 선을 그었다. 그냥 여기를 벗어나고 싶었다. 이곳에서는 하나도 행복하지 않았다.

심지어 그때는 이곳에 대해 반도 몰랐을 때였다.

다시는 링크 롤리의 이름이 내 귀에 들려오는 일은 없었으면 한다. 이미 너무 빨리 실현되고 있긴 하지만. 아니, 내가 먼저 지워 버릴 거다. 나는 그 이름을 절대 듣지 않을 거다. 심지어 누군가 날 의자에 묶어 두고 강제로 헤드폰을 씌워 큰 소리로 "링크 롤리! 링크 롤리!"를 무한으로 틀어 놓는다 해도, 내 의지로 뇌를 조종해서 그 이름을 차단해 버릴 거다.

정말이지 이런 배신감은 처음이다. 누군가에게 '이용'당했다는 사실에 기분이 너무 더러웠다. 그 소름 끼치는 아이를 돕겠다고 들인 내 피 같은 시간을 생각하면, 머리를 쥐어뜯고 싶은 심정이다. 그 아이는 자기가 웃음거리가 되지 않도록 열심히 애써 주는 나를 보고 속으로 얼마나 비웃었을까. 하켄크로이츠로 학교를 망신시킨 걸로는 성에 차지 않아서 자기 할머니의 가짜 홀로코스트 얘기까지 지어 내서 멍청한 유대인 소녀의 뒤통수를 치다니. 무엇보다 최악은 패멀라가 하켄크로이츠를 계속 그려 댈 때, 그 아이가 누구보다 분노하는 척했다는 사실이다. 정작 자기가 그것을 시작한 사람이었으면서.

어찌 됐든 608킬로미터의 종이 체인이 완성되었고, 이것은 정말로 굉장한 성과다. 기네스북 관계자는 그것을 직접 눈으로 확인한 후 공식적으로 등재하기 위해 초크체리에 방문할 시간을 잡으려고 래디슨 시장과 계속 연락을 취했다. 분명히 자랑스러워야 할 일인데, 링크 덕분에 다들 잘 속는 바보가 된 기분이었다.

물론 우리는 뭔가 독특하고 멋진 일에 관여하고 있었고, 웹스퍼드 스마이스의 아이들도 그 중심에 있었기 때문에 이곳이 마음에 들었던 적도 있었다. 사실상 거의 매일 링크의 공부를 도와주고, 심지어 우리 가족과 인사도 시키면서 나는 진짜 친구가 생겼다고 생각했었다. 하지만 이제는 다 잊었다. 어쩐지 모든 게 마음에 들더라니. 링크가 우리 가족과 처음 연결된 계기는 그 아이가 우리 부모님 연구실에 비료를 부었던 일 때문이었다. 그러고 보니, 그 아이의 수법에 일관성이 있긴 하네…. 점점 더 심한 악취를 풍긴다는 점.

그 아이가 학교에서 쫓겨났기 때문에 이제 더는 마주칠 일이 없지만, 나는 학교에 있는 것 자체가 견딜 수 없이 싫었다. 그나마 한 가지 좋은 점이 있다면, 이제 릴톡이 텐트를 걷고 더 이상 길 건너 공원에서 학교를 염탐하지 않는다는 것이다. 하지만 그는 아직 마을을 떠난 것 같지 않았다. 호텔과 식당에서 그를 보았다는 사람들이 있고, 그의 렌터카가 돌아다니는 것도 목격되었다. 아직도 초크체리의 어딘가에서 영상을 올리고 있을 테지만, 설령 돈을 준다 해도 그의 채널을 보지 않을 것이다. 그 사람은 절대 링크보다 나을 게 없는 얼간이다.

재미있는 것은, 학교가 연초와 다를 게 없다는 점이다. 링크와 패멀라가 사라졌으므로 이제 더 이상의 하켄크로이츠도 없다. 또 종이 체인도 마을 곳곳에 보관되어 있어 더 이상 학교에 없다. 하지만 지난 몇 달간의 풍파는 온 학교에 악취를 남겼다. 사람들은 그 일을 부끄러워하는 게 아니라, 아예 생각하려 들지 않았다. 학교에서 있었던 일을 입에 올리면 링크와 패멀라 그리고 하켄크로이츠, 심지어 40년 전의 일까지도 떠올려야 하기 때문이다. 종이 체인은 이제 천덕꾸러기 신세가 되어 버렸다. 행여 누군가 그 이야기를 꺼내면 다들 들인 시간과 에너지와 종이가 아깝다는 불평을 늘어놓는다. 그리고 금세 또 몇몇은 천 개의 횃불의 밤이 실제로 일어난 일인지 아닌지를 놓고 논쟁을 벌인다.

마이클 역시 고통받고 있었다. 그 아이는 힘들다고 불평을 하면서도 처음부터 마지막 600만 개가 완성되기까지 모든 종이 체인을 관리했다. 힘들긴 캐럴라인도 마찬가지였다. 아마 지금쯤 쓰러지기 일보 직전일 것이다. 몇 주간이나 자발적으로 모여서 자르고 붙이고를 반복했지만, 이제는 금덩어리를 나눠 준다고 해도 아무도 학교 활동에 참여하지 않을 것이기 때문이다. 이제 캐럴라인은 모든 노력이 수포로 돌아갔다는 사실을 받아들였고, 중학교 2학년 회장이 될 기회마저도 사라질까 봐 두려워하는 눈치다. 심지어 캐럴라인은 홀로코스트에서 죽어 간 '비유대인들'을 추모하는 500만 개의 종이 체인을 새로 제작하자고 제안하는 무리수까지 두었다. 당연히 아무도 귀담아듣지 않았다. 이제 초크체리 중학교에서 종이 체인은 영원히 아웃이다. 정말이지 나는 학교에 한시도 머무르기 싫었다.

아침에 눈을 뜨자, 아빠와 라이언은 방금 학교로 출발하고 없었다.

"내 알람이 어떻게 된 거예요?" 나는 아래층을 향해 소리쳤다.

"내가 껐단다." 엄마가 말했다. "아빠와 나는 네가 너무 걱정된다, 데이나. 하루 정도 쉬면서 머리 좀 식히는 게 좋을 것 같아."

나는 부모님이 내 일에 참견하는 게 싫었지만, 이번만큼은 꽤 좋은 생각 같았다.

"괜찮아요." 나는 간신히 부엌으로 가서 엄마에게 말했다. "어서 공룡 화석 발굴을 끝내고 여기를 떠났으면 좋겠어요. 북극도 여기보다는 나을 거예요. 최소한 바다코끼리들이 엄니로 얼음에 하켄크로이츠를 새기는 일은 없을 테니까요."

엄마는 한숨을 쉬었다. "이제 너도 고생물학계에서는 어떤 일도 빨리 일어나지 않는다는 걸 이해할 때가 되지 않았니."

나는 투덜거렸다. "네, 화석들은 1억 년이나 되었죠. 그런데 어째서 그걸 발굴하는 데는 더 긴 시간이 걸리는 거죠?"

"이번에도 좀 오래 걸리는 것 같구나." 엄마가 차분한 목소리로 말했다. "화석 얘기가 나와서 말인데, 아빠와 엄마가 오늘 너를 위해 생각해 둔 게 있단다. 네가 마지막으로 발굴지에 따라간 게 언제였지?"

나는 어렴풋이 그 영광스러운 날이 떠올랐다. 솔직히 부모님의 발굴 작업을 싫어하는 것은 아니다. 수천만 년 동안 땅속에 묻혀 있던 고대의 뼈를 발굴하는 것보다 더 멋진 일이 어디 있겠는가? 하지만 오래된 화석일수록 굉장히 부서지기 쉽고 아주 섬세해서, 새우 포크와 페인트 솔로 파고 털어 내는 몇 주간의 과정을 거쳐야 한다. 그래야만 그것을 부서뜨리지 않고 온전히 꺼낼 수 있다. 딱히 큰 동작이 필요하지는 않다.

아빠가 라이언을 등교시키고 돌아오자마자 우리 셋은 밖으로 나섰다. 먼저 엄마를 시내에 있는 사무실에 데려다주었다. 솔직히 거짓말 하나 보태지 않고, 공룡 똥 사건이 있은 지 두 달이나 흘렀음에도 나는 아직도 사무실에서 비료 냄새를 맡을 수 있다. 그러고 보니 처음부터 링크가 하켄크로이츠의 범인으로 용의선상에 올라야 했었다. 평소 파괴적이고 바보 같은 일을 저지르는 데에서 희열을 느낄 때부터 알아봤어야 하는데. 그 일로 초크체리를 비난할 생각은 없다. 사실 인기 있고 운동 잘하는 비행청소년에게 프리 패스를 주는 곳이 초크체리뿐인 건 아니니까. 어쨌든, 링크는 가장 최근에 친 대형 사고로 프리 패스를 다 사용한 것 같다. 하켄크로이츠를 용서할 사람은 아무도 없으니까.

웩스퍼드 스마이스 대학이 지정한 섀드부시 카운티 발굴지까지는 산길을 타고 20분 정도 달려야 했다.

아빠는 창을 내렸다. "공기 좀 마셔 보렴."

나는 코트 깃을 꽉 여몄다. "너무 추워요."

"데이나, 콜로라도의 좋은 점들을 인정한다고 해서 불평할 권리가 없어지는 건 아니야."

나도 모르게 웃음이 났다. 차가운 산의 공기는 상쾌했고, 경치는 정말 아름다웠다.

우리는 비포장도로로 방향을 틀어 작은 주차장으로 들어갔다. 이미 몇 대의 자동차와 푸드 트럭이 와 있었다. 푸드 트럭의 양철 굴뚝으로 음식 냄새를 품은 연기가 피어올랐다. 나무들이 늘어서 있는 사잇길로 5분 정도 걸어가니 축구장 두 개 크기의 큰 공터가 나왔다. 대여섯 구역에서 안전모와 장갑, 보안경을 착용한 과학자들이 바위와 흙을 헤집고 있었다. 망치를 두드리는 소리, 체로 흙을 거르는 소리, 동료들 사이의 낮은 대화 소리를 제외하면 마치 체스 대회에 온 것처럼 조용했다. 여러 크기의 상자와 대형 폼 랩도 있었다.

"땅 위로 트리케라톱스 뼈대라도 반쯤 나와 있는 줄 알았네." 내가 말했다.

아빠는 웃었다. "그런 행운은 없단다. 골프공만 한 뼛조각만 나와도 엄청난 일이지. 그리고 여기에서 뭐가 나오든 트리케라톱스의 것은 아니야. 트리케라톱스는 백악기 공룡이고, 우리가 지금까지 발굴한 것은 쥐라기 시대 공룡의 것이란다."

"똥도요?" 나는 실실 웃으며 물었다.

"믿거나 말거나, 배설물로는 종을 알 수가 없어." 아빠는 진지하게 설명했다. "하지만 추정하기로는 우리가 발굴한 뼈와 연대가 일치한단다."

고생물학자들이 땅에서 찾아내는 것들 중 거의 대부분이 벌레인 점을 감안할 때, 발굴이란 확실히 따분한 작업이다. 그렇다고 아무것도 하지 않은 채 누군가 브라키오사우루스의 대퇴골을 발견해서 머리 위로 우승컵처럼 들어 올리며 "유레카!"라고 외치기만을 기다릴 수는 없다. 계속 지루하다고 불평하자, 아빠는 솔을 쥐여 주며 내가 '도와줄' 수 있도록 자리를 잡아 주었다. 다른 사람들과의 거리가 꽤 되는 걸 보니 방해가 되지 않도록 떨어뜨려 둔 것이 틀림없다. 내 아래로 단단한 기반암이 있었고, 내 솔은 짧고 뻣뻣해서 무슨 햄스터의 털 같았다. 만약에 쥐라기 공원 전체가 이 아래에 있어서 다이너마이트를 터트리지 않고서는 절대 들어갈 수 없으면 어쩌지.

점심시간이 되어, 주차장에 있는 푸드 트럭으로 이동했다.

"직접 액션을 해 보니 기분이 어떠니?" 앤드루의 아빠인 이 박사가 핫도그를 먹으면서 물었다.

액션? 고생물학에서 쓰는 용어인가?

점심시간은 15분 정도밖에 되지 않았다. 이 박사는 해가 짧아지고 있어 낮 시간을 최대한 활용해야 한다고 했다. 그는 굉장히 의욕이 넘쳐 보였다. 여기 과학자들이 멘털을 지키는 유일한 방법은 자신들이 경천동지할 발견의 기로에 서 있다고 확신하는 것밖에는 없었다.

그래서 나도 솔을 들고 단단한 바위가 자리하고 있는 내 위치로 돌아갔다. 공기는 차가웠지만 햇살은 따뜻했다. 나는 잠시 등을 대고 누워 햇볕을 쬐었다. 문득 웅성거리는 소리에 정신이 들었다. 깜빡 잠이 들었나 보다. 과학자들이 공터의 가장자리로 우르르 이동하고 있었고, 거기에는 두 명의 과학자가 땅에서 뭔가를 꺼내기 위해 힘을 주고 있었다. 뭔가 '큰 것'이었다.

나도 일어나 그쪽으로 달려갔다. 갑자기 흥분되면서 가슴이 두근거렸다. 이제 좀 이해할 수 있었다. 기다림의 시간은 길지만 발견의 순간은 웅장했다. 이들은 수억 년 이상 묻혀 있던 동물의 일부를 발견해 낸 것임에 틀림없다!

"뭐예요?" 나는 숨을 죽이고 물었다. "다리뼈요? 아니면 갈비뼈?"

"아무것도 아니란다." 아빠가 실망에 찬 목소리로 말했다.

"커 보이던데요!" 나는 말했다. "어느 공룡의 뼈든 간에 엄청나게 큰 녀석이었을 거예요!"

아빠는 고개를 저었다. "가까이 와서 보렴, 데이나. 너무 곧아. 뼈가 아니라는 거지. 이것은 현대 목재란다. 몇 주 전부터 계속 이런 것만 나오는구나."

나는 그 '발견물'을 쳐다보았다. 아빠의 말이 맞았다. 색이 바래고 진흙이 잔뜩 묻어 있었으며 군데군데 썩어 있는 단면 2×4인치의 목재였다. "그런데 왜 거뭇거뭇하죠?" 내가 물었다.

"탄 자국이야." 아빠가 끌로 검게 탄 껍데기를 벗겨 내자 그 아래로 누런색의 나무가 드러났다. "이 자리에 있던 구조물이 불에 타면서 그 잔해가 묻혀 버린 것 같구나. 저쪽에 모아 둔 것들이 더 있지."

"다른 것들도 좀 볼 수 있을까요?" 박사들이 이렇게나 많은 데 저 목재의 정체를 모른다고 하는 것이 어쩐지 좀 멍청해 보였다. 하지만 그들이 모르는 것은 사실이다. 하긴 1억 년 된 뼈를 찾는 중이니 불에 탄 2×4 목재 따위에 한시도 낭비할 수 없을 테지. 특히 2×4 목재가 가진 의미까지 신경 쓸 여력은 더욱 없을 것이다.

아빠는 나를 목재를 모아 둔 공터의 가장자리로 데리고 갔다. 나무들 사이에 불에 탄 2×4 목재가 일고여덟 개쯤 더 보였다. 저것들이 만약 어떤 구조물의 재료였다면 2×4 목재만으로 만들어지지는 않았을 텐데. 나는 좀 더 가까이에서 보기 위해 덤불 속으로 들어갔다. 목재마다 4분의 3 지점에 못 구멍이 나 있었다. 그중 몇 개에는 검게 타다 남은 십자가가 달려 있었다.

"조심해, 데이나." 아빠가 주의를 줬다. "못이 박혀 있어."

나는 아랑곳하지 않았다. "아빠, 이게 뭔지 모르시겠어요? 정말 뭘 발견한 건지 모르시겠어요?"

아빠는 어리둥절한 표정이었다.

"십자가잖아요!" 나는 소리쳤다. "불에 탄 십자가! 아직도 모르시겠어요? 천 개의 횃불의 밤. 그날 불태운 거였어!"

아빠는 당황해서 눈이 휘둥그레졌다. "어떻게… 우리가 그걸 놓쳤지?"

"공룡만 생각하느라고 다른 것에는 아예 신경을 꺼 버린 거 아니에요?" 내가 말했다.

이 박사는 중요한 질문을 했다. "이것에 관해서는 누구에게 연락해야 하지? 공룡 화석 발굴은 아니더라도, 이것 역시 발견이잖아. 엄연한 역사의 한 부분이니까 사람들이 알아야지.”

아빠는 나에게 눈짓을 했다. “릴톡이라는 친구 어때? 뭐 점잖은 사람은 아닌 것 같지만, 사람들에게 뭔가를 알리는 데는 그만한 전문가도 없잖니.”

“안 돼요!” 나조차도 내가 왜 이렇게 화가 나는지 놀랄 정도였다. “릴톡은 악질이에요! 그런 인간한테 절대 특종을 넘겨줄 수 없어요! 그 인간은 우리 마을을 이용해서 유튜브 구독자 수나 늘리는 쓰레기라고요! 절대로 그런 방법을 쓰지 못하게 해야 돼요!”

아빠는 휴대폰을 열었다. “오캐섹 경관에게 전화할게. 이 소식이 알려지면 기념물 도둑들이 들이닥칠 게 뻔할 텐데, 우리의 발굴지가 훼손되면 안 되잖아. 어쨌건 굉장한 뉴스가 될 것 같구나!” 아빠는 팔을 뻗어 나를 감싸며 가까이 끌어당겼다. “나이스 캐치! 우리 꼬맹이, 언제 이렇게 똑똑해졌지?”

해는 지고, 다른 과학자들은 모두 퇴근했다. 오캐섹 경관은 이제 우리도 그만 집으로 돌아가도 좋다고 했다. “대학교에서 발굴 장소에 보안 요원을 보내 줄 때까지 이곳에 인력을 배치해 두겠습니다.” 경관이 아빠를 안심시켰다. “엄밀히 말해서, 여기는 범죄 현장이 아닙니다.”

“40년이나 흘렀으니까요.” 아빠도 동의했다.

오캐섹 경관이 한숨을 쉬었다. “그렇다고 40년 전에는 범죄로 인식했는지 모르겠네요. 이렇게 범행이 명백한데도, 당시 사람들은 그렇게 생각하지 않았던 것 같아요. 내가 당신 딸보다 더 어린 아이였을 때 얼핏 들었던 기억이 나요. 부모님은 내가 듣지 못하도록 따로 조용히 얘기하곤 했죠. 나 역시도 그저 근거 없이 떠도는 얘기겠거니 하고 넘겼답니다. 그런데 지금 이렇게 우리 눈앞에 있네요.

"시대는 변했습니다." 아빠가 말했다. "초크체리는 분명 좋은 곳이에요."

"부디 당신 말이 맞기를 바랍니다." 경관이 말했다. "지난 몇 주 동안 생각지도 못한 것들을 많이 목격한지라."

"학교에서 나온 하켄크로이츠요?" 내가 끼어들었다.

오캐섹 경관은 씁쓸한 표정으로 고개를 끄덕였다. "조지 롤리 씨의 아들과 바인즈 씨의 딸이 그랬을 거라고 누가 생각이나 했겠니?"

"하지만 종이 체인을 만들었잖아요." 아빠가 말했다. "종이 체인 역시 그 누구도 예상하지 못했을 거예요."

"그 말씀은 맞아요." 경관도 동의했다. "굉장히 특별한 일이죠. 그것들을 대체 어떻게 처리해야 할지는 모르겠지만, 대단한 성과임에는 틀림없어요."

오캐섹 경관은 자신의 감정을 겉으로 잘 드러내지 않았다. 워낙 온갖 사건을 봐 왔던 터라 어떤 것에도 쉽게 동요하지 않는 모양이다. 하지만 종이 체인에 대해 이야기할 때 그의 얼굴에서 왠지 밝은 기운이 느껴졌다. 집으로 돌아오는 길에도 오캐섹 경관의 표정이 계속 생각났다. 딱 꼬집어 말할 수는 없지만, 뭔가 자긍심과 희망의 중간 그 어디쯤인 것 같았다.

집 앞 진입로로 들어서면서 아빠가 말했다. "오늘 공룡 화석은 발굴하지 못했지만 나름 소득이 있는 날이었던 것 같은데, 그렇지 않니?"

헤드라이트가 현관을 비추자 라이언이 불도저 장난감으로 부신 눈을 가렸다. 누군가 내 동생과 함께 바닥에 앉아 놀고 있었다. 꿈에도 생각하지 못한 사람이었다. 설마 뻔뻔하게 우리 집에 다시 나타날 줄이야.

링크.

내 눈의 살기를 알아차린 아빠는 내가 조수석 문을 박차고 나가기 전에 잽싸게 잠금장치를 눌렀다.

"데이나, 친절하게 대해 주렴."

"친절하게요?" 나는 불같이 화를 냈다. "쟤한테요? 왜요?"

"우선은, 라이언이 저기 있잖니."

"좋아요, 라이언을 들여보내고 나서 저 녀석을 그 즉시 내쫓아 버릴 거예요." 나는 손으로 잠금장치를 풀고 문을 열었다. 성큼성큼 걸어 두 계단씩 올라서 현관으로 갔다.

나를 보자 링크가 벌떡 일어났다. 겁을 먹은 듯 보였다. 당연히 그래야 할 것이다. 이제 자신이 어떤 일을 당할 것이고, 그렇게 당해도 싼 인간이라는 걸 똑똑히 알게 될 테니까.

라이언이 천진하게 나를 반겼다. "누나! 왔어? 우리 트럭 놀이하고 있었어!"

아빠는 현관 계단을 올라 내 앞을 지나쳐 라이언의 손을 잡고 집 안으로 들여보내며 방문객을 향해 짧게 한마디 했다. "링크로구나." 전혀 반갑거나 따뜻한 기색은 아니었지만, 나보다는 부드러운 말투였다.

막상 그 얼굴을 보니 입이 떨어지지 않았다. 링크에게 퍼부을 온갖 창의적인 욕들이 머릿속에서 맴돌아 무슨 말을 먼저 끄집어 내야 할지 몰랐다. 게다가 분명히 아빠가 문 안쪽에서 내가 하는 말을 엿듣고 있다가, 그걸로 100년은 더 우려먹을 수도 있기 때문에 일단 잠자코 있었다.

링크가 손을 올렸다. "알아, 내가 그랬어."

"너는 몰라." 나는 분노가 치밀어 올랐다. "만약에 네가 미안 하다고 사과하고 다시 원래대로 돌아갈 수 있다고 생각한다면, 너는 하켄크로이츠를 그렸던 그 순간보다 훨씬 더 형편없는 인간 인 거야."

그는 면목이 없다는 표정이었다. "그게 아니야. 네가 날 절대 로 용서할 수 없다는 거 알아. 나조차도 나를 용서할 수가 없으 니까. 내가 한 짓에 대해서는 변명의 여지가 없어. 다만, 나는 이 제 그때와는 다른 사람이라고 말할 수는 있어. 그것도 확실하지 는 않지만."

소리를 마구 질러야 하는데, 나는 겨우 들릴락 말락 한 소리 로 말했다. "그래서, 왜 그런 짓을 한 거야?"

링크가 살짝 움츠러들었다. "그땐 그것이 내가 생각할 수 있 는 가장 나쁜 짓이었어. 하지만 그게 얼마나 끔찍한 불행을 불러 올지는 몰랐던 거지. 관용 교육이 생길 때까지도 말이야. 하지만 그때는 이미 늦었어."

"아니, 너는 교장 선생님에게 가서 네가 한 짓을 자백할 시간 이 충분히 있었어." 나는 링크의 말을 정정했다.

링크는 고개를 숙였다. "무서웠어. 사람들이 나에 대해 뭐라 고 할지 알았으니까. 내가 미꾸라지처럼 빠져나갈 걸 알고, 기고

만장해서 또 쓰레기 같은 짓을 벌였다고 했을 거야. 그때 이미 비료 사건이랑 다른 머저리 같은 일들로 찍혀 있던 참이었으니까. 아무도 내가 첫 번째 하켄크로이츠만 그렸다고 생각하지는 않았을 거고, 다른 것들도 다 내 짓이라고 했겠지. 우리 아빠는 내가 퍼레이드 때 길에 돼지비계를 뿌렸다고 스포츠 팀에서 나를 제명시켰어. 그런 상황에서 내가 하켄크로이츠 사건의 범인인 걸 알았다면, 아빠는 나와 의절했을 거야."

"그래서 모두에게 거짓말을 했다?" 나는 어이가 없었다.

처음에는 링크가 나를 설득할 것처럼 보였지만, 그는 이내 힘없이 고개를 끄덕였다. "네 말이 맞아. 나는 솔직하지 못했어. 하지만 어느 사이엔가 종이 체인 프로젝트가 시작돼 버렸고, 그때 내가 진실을 말했다면 아마 모든 게 엉망진창이 됐을 거야."

나는 화가 사그라들지는 않았지만, 링크의 딜레마를 어느 정도 이해할 수 있었다. 종이 체인은 모두의 것이었지만, 링크는 그것의 대표 인물이나 마찬가지였으니까. 만약에 그때 링크가 진실을 털어놓았다면, 그의 말대로 모든 것이 엉망이 되었을 것이다. 변명을 들어줄 생각은 없지만, 어떻게 해서 일이 점점 더 꼬여 갔는지는 납득할 수 있었다.

나는 팔짱을 꼈다. "나에게 용서를 구하러 온 게 아니라면, 왜 온 거야?"

"바르 미츠바는 아직 진행 중이란 걸 말하려고." 링크가 대답했다. "랍비 골드에게 모든 걸 고백했고, 그는 담담히 들어주었어. 네가 오지 않을 거라는 거 알아. 나 역시 기대하지 않고. 하지만 그런 일이 있었다고 말해 주고 싶었어. 네가 아니었다면 나는 절대 바르 미츠바를 준비할 수 없었을 거야."

첫 번째 하켄크로이츠의 진범이 밝혀졌을 때, 링크에 대해서 이제 더는 놀랄 일이 없을 거라고 생각한 터였다. 그런데 나의 예상은 빗나갔다. 바르 미츠바를 하겠다고? 진심이야?

링크도 내가 놀라는 걸 눈치챘다. "이게 지금 얼마나 이상한 상황인지 나도 알아. 하지만 할머니의 모든 이야기를 듣고도 어떻게 하지 않을 수 있겠어? 할머니의 모든 가족이 나치에 의해 몰살당했는데, 하켄크로이츠를 그린 범인이 나라니. 앞뒤가 맞지 않는 거 알아. 하지만 나는 뭐라도 해야만 해."

링크는 눈물을 참으려는 듯 눈을 계속 깜빡거렸다. 그의 말은 백 퍼센트 진심이었다. 링크의 만행이 만천하에 알려졌을 때, 나는 링크가 나에게 한 모든 말이 당연히 거짓일 거라 생각했다. 할머니와 유대인 혈통 그리고 바르 미츠바까지, 이 모든 것이 링크가 똘마니들과 벌였던 재미없는 장난들 중 가장 치밀한 것이라 여겼다. 아빠 사무실 우편함 구멍에 비료를 들이부은 일에서 스케일만 커진 장난이었을 뿐이라고.

이제 장난은 끝났다…. 그리고 앞으로도 장난은 없을 거라는 걸 알았다. 링크는 정말 진심으로 원해서 바르 미츠바를 그렇게 열심히 준비했던 것이다. 이제는 모든 것이 까발려지고, 아무도 거기에 참석하지 않을 걸 알면서도 여전히 바르 미츠바를 치르고 싶어 한다.

나는 링크를 빤히 쳐다보았다. "그럼 네 할머니 얘기가 사실이었다는 거야?"

링크는 한 대 얻어맞은 것처럼 나를 쳐다보았고, 그의 어깨와 온몸에서 순간적으로 힘이 빠져나가는 것 같았다. "응, 맞아." 링크는 조용한 목소리로 말했다. "네가 그렇게 생각할 만하지." 그는 현관에서 내려가 어둠 속으로 사라졌다.

나는 그대로 현관 앞에 서 있었다. 나를 따르던 강아지를 발로 차 버린 느낌이었다. 말도 안 돼! 하켄크로이츠를 그린 건 '링크'인데, 왜 '내'가 죄책감을 느끼는 거야!

유대인이라면 누구나 치르는 것이기에 링크는 바르 미츠바를 하려는 것이다.

"마젤 토브(Mazel Tov. 유대인이 행운을 빌 때 하는 축복의 말―옮긴이), 링크." 나는 어둠이 내려앉은 허공에 대고 속삭였다. "부디 방법을 찾길 바라."

# 31장
★ ★ ★ ★
# 링컨 롤리

문득 데이나가 자신의 바트 미츠바가 있기 하루 전날 밤이 인생에서 가장 힘든 밤이었다고 했던 것이 기억났다. 데이나는 그 날 밤 거의 한숨도 자지 못하고 있다가 겨우 잠이 들었지만, 그 마저도 악몽에 시달렸다고 했다. 꿈속에서 자신이 맡은 파트를 잊어버리고, 하이힐 때문에 발목을 삐는 등, 의식에 참석한 사람들 앞에서 웃음거리가 되었다고 했다.

다행히 나는 그럴 걱정은 없다. 하이힐을 신지도 않을 것이고, 또 웃음거리가 되는 것이라면 바르 미츠바가 아니더라도 이미 오래 전부터 익숙했던 일이니까. 그래, 나는 바닥을 쳤다. 우선 장담할 수 있는 한 가지는 여기서 더 나빠질 것도 없기 때문에 내가 나아갈 수 있는 유일한 방향은 위쪽이라는 것이다. 나는 내가 맡은 토라 파트를 마디마다 다 망쳐 버려서 모두의 기대를 저버리지 않을 것이다. 어느 누가 하켄크로이츠를 그린 사람에게 바닥 이상을 기대하겠는가? 또 사람들 앞에서 망신 당할 경우를 생각해 보자면, 어떤 사람들? 엄마와 아빠, 할머니와 할아버지를 제외하고 모두 모르는 사람들일 테니 내가 히브리어 대신 노르웨

이어를 쓴다 해도 아무도 신경 쓰지 않을 것이다.

설령 내가 하켄크로이츠의 범인이라는 사실이 밝혀지지 않았더라도, 사람들은 내일 나의 바르 미츠바에 참석하기 위해서 섀드부시 크로싱까지 갈 기분은 아니었을 것이다. 공룡 뼈 발굴 현장에서 불에 탄 십자가가 발견되면서 초크체리는 다시 혼돈에 빠졌다. 천 개의 횃불의 밤. 다른 사람들도 아닌 과학자들이 증거를 찾아냈으니 이제는 어느 누구도 그것이 없던 일이라 발뺌할 수 없는 상황이다. 마을 사람들 절반은 당혹감을 감추지 못했고, 나머지 절반은 '그러게 내 말이 맞지 않았느냐'라며 믿지 않았던 사람들을 손가락질했다. 말로 설명할 수 없는 이 기괴한 분위기는 곳곳에 보관 중인 600만 개의 종이 체인을 마을 사람들의 머릿속에서 차츰 지워 버리고 있었다. 그렇게 초크체리 역사상 가장 위대한 업적이 될 수도 있었던 그 일은 굳이 드러내고 싶지 않은 찜찜한 에피소드 신세가 되어 버렸다.

누구보다 불행한 사람은 우리 아빠일지 모른다. 웩스퍼드 스마이스의 고생물학자들은 초크체리를 유명 관광지로 만들어 줄 스펙터클한 공룡 화석 대신, 제2의 올랜도급 테마파크나 골프 리조트는커녕 개미집을 지을 가치도 없다는 증거를 발굴해 내고 말았다. 아빠는 다이노랜드가 물거품이 된 마당에 차라리 내 바르 미츠바라도 할 수 있어서 다행이라고 생각하는 것 같았다. 그리고 한번 맞혀 보라. 누가 그 소식을 전 세계에 퍼뜨리고 있을지. 이제는 말하기도 지겨운 릴톡이다. 그는 아직도 초크체리에 머무르면서 이곳에서 일어나는 모든 일에 시시콜콜 참견하고 그것들을 하나도 빠짐없이 블로그에 올렸다. 심지어 그는 내일 있을 나의 바르 미츠바에도 참석하겠다고 떠벌렸다. 내가 바르 미츠바를 다시 하기로 한 건 도대체 어떻게 알았을까. 톡네이션의 구독자는 어디에나 있다더니 정말로 예외 없이 섀드부시 크로싱의 유대교 회당에도 있는 것일까? 그렇다 해도 랍비 골드가 허락할 리 없기 때문에 내 의식을 라이브로 중계하지는 못할 것이다. 하지만 누구도 그를 회당에서 쫓아낼 수는 없다. 교회를 포함한 다른 어떤 예배당과 마찬가지로 유대교 회당 역시 모두에게 열려 있기 때문이다.

아빠는 릴톡에게 이곳을 떠난다면 소송을 취하해 주겠다고까지 했지만 소용없었다. 청중 속에 숨어서 내가 실수하기만을 기다렸다가 그것을 수백만 명의 구독자에게 떠들려고 반만의 준비를 하고 있는 유명 비디오 블로거는 데이나의 바트 미츠바 걱정 리스트에는 없던 것이다.

전날 밤 잠을 잘 수 없었다던 데이나의 말이 맞았다. 나는 침대에 자려고 누웠지만 시간이 지날수록 이상하게 정신이 또렷해졌다. 내일 있을 의식에서 내 파트가 걱정되긴 했지만, 그것은 극히 일부일 뿐이었다. 오히려 꼬리에 꼬리를 무는 생각들로 머릿속이 온통 어지러웠다. 내가 맨 처음 하켄크로이츠를 그리는 바람에 패멀라가 그것을 보고 자극을 받아서 다른 것들도 그려 버렸다. 거기서 비롯된 두려움은 온 마을을 안개처럼 덮어 버렸다. 부인할 수 없는 사실은 나의 하켄크로이츠가 릴톡을 초크체리로 끌어들였고, 그것으로도 모자라 우리 머리 꼭대기에 앉혀 버렸다는 것이다. 이제 아빠의 다이노 드림은 영영 실현되지 않을 것이다. 애초에 이루어지지 않을 꿈이었는지 모르지만, 내가 결정적인 걸

림돌이 된 것만은 확실하다.

그리고 나는 데이나를 크게 실망시켰다. 처음부터 데이나는 나를 돕고 싶어 하지 않았다. 하긴, 데이나에게는 그럴 의무가 전혀 없었다. 마을 사람 누구 하나 웩스퍼드 스마이스 아이들을 반기지 않았지만, 그럼에도 불구하고 데이나는 나를 도와주었다. 그 아이는 정말로 좋은 아이다. 내가 유대인이 되겠다는 것이 막대 아이스크림으로 핵발전소를 짓는다고 하는 것만큼이나 말도 안 되는 일이었음에도 데이나는 나를 포기하지 않았다. 어쩌면 내가 나 자신을 믿기 시작한 순간은 데이나가 나를 믿어 주기 시작한 바로 그때였는지 모른다. 그런 데이나에게 어떻게 보답하면 좋을까? 음, 이제 이 질문에 대한 답은 명확해졌다.

다음 스포츠 시즌과 조디, 파운시와 함께 또다시 엉뚱한 작당을 꾸미는 것 말고는 중요한 게 없었던 시절이 마치 까마득한 옛날처럼 느껴졌다. 심지어 나는 웩스퍼드 스마이스 아이들이 우리 학교에 다니고 있는지도 몰랐고, 유대인은 초크체리와 아주 거리가 먼 사람들이라고만 생각했다. 그때가 더 행복했을지는 모르지만, 내 삶은 굉장히 단조로웠다.

나는 침대에서 일어나 조용히 창문으로 가서 바깥에 내려앉은 어둠을 바라보았다. 13년 동안 내가 나고 자란 곳인데, 지금은 낯선 땅에 이방인으로 서 있는 느낌이다.

춤을 추듯 눈발이 흩날렸다. 나는 다시 내 보금자리로 돌아올 수 있을까. 멍하니 밖을 내다보았다.

선잠이 들었던 것 같다. 문밖에서 속삭이는 소리에 문득 잠에서 깼는데, 뭔가 다급함이 느껴지는 말투였다. 우리 부모님은 세상에서 가장 조용한 언쟁을 벌이는 중이었다.

"저 가여운 아이를 더 자게 두자고요. 지금은 할 수 있는 게 아무것도 없어요."

"링크에게 말해야 해요. 결국 알게 될 일인데."

나는 몸을 일으켜 바닥에 발을 내려놓았다. "무슨 말?"

휴대폰을 보고 화들짝 놀랐다. 7시 18분! 적어도 20분 전에는 섀드부시 크로싱으로 출발했어야 하는 시간이다!

"늦었어요!"

나는 완전히 패닉 상태였다.

"늦지 않았단다." 엄마의 목소리가 들려왔다.

나는 엄마의 말을 잘랐다. "빨리 샤워하고 옷 입을게요! 넥타이도 매야 하는데, 제대로 매려면 한참 걸린다고요!"

아빠는 방으로 들어오더니 아무 말 없이 창문을 가린 블라인드를 열었다.

밖은 여덟 시간 전과는 완전히 다른 세상이 되어 있었다. 지난밤에 흩날리던 눈발을 보았던 게 생각났다. 밤새 눈이 이렇게나 많이 오다니. 내가 잠든 후 바로 엄청나게 많은 눈이 쏟아진 것 같다. 초크체리는 무려 60센티미터가 넘는 눈으로 뒤덮였다.

나는 횡설수설했다. "그래도 갈 수 있잖아요! 우리 차는 SUV니까 눈길도 달릴 수 있어요. 그렇죠?"

아빠는 안타까운 눈빛으로 나를 보며 고개를 저었다. "이렇게 많은 눈을 헤치면서는 달릴 수 없단다. 산에는 더 많은 눈이 쌓였어. 도로는 모두 통제되었고, 아무도 이동할 수 없는 상황이야."

엄마가 말했다. "아마 랍비 골드가 다음 주로 일정을 조정해 줄 거야."

"바르 미츠바는 그런 게 아니에요!" 나는 점점 더 초조해졌다. "오늘이 토라에서 정한 단 하나의 특별한 날이라고요. 다음 주 토요일로 미뤄 버리면 여태껏 내가 열심히 준비한 게 아무 의미 없어진다고요!"

아빠는 일단 나를 진정시킨 다음, 랍비 골드에게 전화를 걸어 나를 바꿔 주었다.

수화기 너머로 숨을 가쁘게 내쉬며 말하는 랍비 골드의 목소리가 들려왔다. "기다리게 해서 미안하구나, 링컨. 바깥에 쌓인 눈을 치우고 오느라."

나는 놀라서 물었다. "랍비들도 눈을 치우나요?"

랍비는 재미있는 질문이라는 듯 웃었다. "모세는 홍해를 갈랐는데, 나는 고작 진입로를 치우는 일에도 재능이 없는 것 같구나."

"랍비." 나는 말했다. "모든 길이 통제됐어요! 오늘은 가지 못할 것 같아요!"

이후 들려온 그의 대답은 나에게 전혀 도움이 되지 않았다. "히브리어로 이런 속담이 있단다. 사람은 계획을 세우고, 신은 웃는다.' 지금 우리가 처한 상황에 완벽히 들어맞는 말이지. 우리는 우리의 계획을 세우고 그것을 위해 할 수 있는 모든 것을 했단다. 다만 우리가 통제할 수 없는 한 가지는 바로 날씨였구나."

"그럼 이제 어떻게 해야 하죠?" 나는 울먹였다.

"이 속담을 통해 말하고자 하는 바는…." 랍비가 차분히 설명을 이어 갔다. "우리가 아무리 노력해도 우리의 능력을 넘어선 일들이 존재할 수 있다는 뜻이야."

나는 울음이 터지기 일보 직전이었다. "하지만 정말 하고 싶었다고요." 내 입에서 이 말이 튀어나오는 순간, 나는 이 모든 것이 백 퍼센트 진심이라는 걸 깨달았다. 모든 게 끝나 버릴 위기에 놓인 지금, 나는 인생에서 그 무엇보다 간절히 원하고 있었다.

랍비 골드의 침묵이 길어지자, 나는 더 초조해지기 시작했다.

"어쩌면…." 랍비의 목소리는 더 차분해졌다. "우리에게 길이 보이는 것도 같구나."

나는 어리둥절했다. "길이라면… 혹시 기적 같은 것을 말씀하시는 건가요?"

"정확하지는 않지만, 전화가 되니까 인터넷도 끊기지 않았을 거야. 그럼 바르 미츠바를 인터넷상에서 해 볼 수 있지 않을까? 줌을 통해서 너희 집 거실로 회당을 가져가는 거지. 그리고 여기 신도들이 너를 볼 수 있도록 카메라를 설치하면 돼."

"그렇게 해도 율법적으로 문제가 없는 건가요?" 나도 모르게 불쑥 말이 튀어나왔다. "유대교 교리에서요."

"글쎄다. 성경에 그에 관한 언급은 따로 없으니까." 랍비는 인정했다. "토라에서 줌에 대한 이야기는 찾을 수 없겠지. 하지만 현대 기술이 오늘 같은 날 신도들과 네가 함께할 수 있는 방법을 제공해 준다면, 우리는 기꺼이 감사할 것이다. 공식적인 기적은 아닐지 몰라도 기술이 가져다준 기적이라고 해 두자꾸나."

나는 아빠가 블라인드를 열고 나서 처음으로 희망이라는 것을 가질 수 있었다. 그래, 이건 내가 계획한 것과는 분명 다르다. 나는 유대교 사원에서 가족과 친구들에게 둘러싸여 있는 내 모습을 그려 왔지만, 할머니와 할아버지마저 눈 덮인 산을 넘어서 이곳에 오는 것은 불가능해졌다. 다행히 두 분은 섀드부시 크로싱 호텔에 먼저 투숙하고 계신 터라 눈을 피할 수 있었다. 비록 지금은 눈에 갇혔지만.

생각해 보니, 최근에 내 인생이 계획대로 된 적이 있었던가? 학교 벽에 하켄크로이츠를 그린 후로 말이다. 내게 바르 미츠바를 치를 자격을 허락해 준다면, 줌을 활용하는 것은 내가 바랄 수 있는 최선의 방법이다. 나는 기꺼이 감사하는 마음으로 그렇게 할 것이다.

랍비 골드와 나는 그 즉시 준비에 들어갔다. 나는 10시 15분에 유대교 사원의 강당으로 불려 나가기로 되어 있었기 때문에 그 시간에 맞추어 옷을 입고 거실에서 대기하고 있어야 한다. 랍비는 안식일 예배 중간에 전자 기기를 작동하는 일이 없도록 예배 시작 전에 줌이 인터넷에 잘 연결되어 있는지 계속 체크했다. 나는 엄마와 아빠가 가구를 옮기는 것을 도왔다. 유대교 회당에 모인 신도들에게 오토만(등받이와 팔걸이가 없는 긴 의자—옮긴이)에 걸려 넘어져 기절하는 모습을 보일 수는 없으니까.

우리가 준비를 하는 동안, 바깥에서는 제설 차량이 큰길의 눈을 치우는 소리, 사람들이 인도의 눈을 치우는 소리, 운행 중이던 차가 눈에 빠져 헛바퀴 돌아가는 소리, 아이들이 눈싸움하는 소리가 들려왔다. 밖에서는 왠지 모를 생기가 느껴졌다.

아빠와 나는 연단으로 사용하기 위해 높은 칵테일 테이블을 끌고 왔다. 나는 이 연단 위에서 내 파트를 소화해 낼 것이다. 노트북을 옆의 선반에 올려 두고 카메라가 잘 켜졌는지 확인했다. 아빠가 다락방에서 램프를 여러 개 가져와 설치하자, 거실은 제법 TV 스튜디오 같은 분위기가 났다.

"좋은데요, 아빠." 나는 말했다. "완벽하지 않아도 돼요. 신도들이 나를 볼 수 있으면 되니까요."

아빠는 고집을 꺾지 않았다. "내 아들이 줌으로 바르 미츠바를 하는데, 할 수 있는 한 완벽하게 준비해야지."

그 많은 일을 겪은 후에도 이렇게 나를 지지해 주는 아빠를 보고 있자니, 내가 다시 사람이 된 것 같은 기분이 들었다.

하지만 아빠는 그런 내 기분을 오래 느끼게 하고 싶지 않던 모양이다. "오늘 같은, 그러니까 네 스스로 고민해서 문제를 해결하고, 예기치 못한 상황에 대처한 경험은 네가 미래에 성공할 수 있는 삶의 기술이 될 거란다."

웩.

우리는 간단하게 아침을 먹고 옷을 갖춰 입기 위해 잠깐 휴식을 취했다. 재단사가 나를 보았다면 아주 뿌듯해했을 것이다. 다행히 내 몸은 12월 4일까지 폭발적으로 성장하지 않았다. 나는 하루하루 갖가지 방법으로 내 인생을 망쳤지만, 정장은 여전히 완벽하게 내 몸에 맞았다. 나는 네 번 만에 넥타이를 겨우 맸지만, 아빠는 아직도 나를 보면 다시 고쳐 매 준다.

"멋지구나!" 엄마는 역시 센스가 있다.

딩동!

초인종 소리에 순간 마음이 살짝 들떴다. 나와 만나는 게 금지된 조디는 아닐 것이고, 파운시라면 눈을 헤치고 나를 보러 와 주었을지 모른다. 분명 바르 미츠바가 취소된 걸 알고 나를 위로 하러 온 게 틀림없다. 아직도 나에게 그런 친구가 한 명쯤은 남아 있다는 것이 기뻤다. 파운시가 나를 웃기지 않고도 위로할 수 있다면 말이다.

하지만 아빠는 나와 생각이 달랐다. "눈을 치우고 돈을 받으려는 아이들일 거야."

듣고 보니 아빠 말이 맞는 것 같아서 나는 기운이 빠졌다. 작년 겨울에 내가 한 짓이기도 하니까. "돌려보내고 올게요."

목이 죄는 셔츠 깃이 조금 신경 쓰였다. 나는 아래층으로 내려가 현관문을 열었다.

문 앞에 서 있는 건 삽을 든 아이가 아니었다. 파운시도 아니었다. 지금 상황에서 마주할 거라고는 생각지도 못했던 사람이 서 있었다.

데이나 레빈슨.

"옷이 멋지네." 데이나는 가볍게 말을 건넸다.

나는 줌으로 바르 미츠바를 하게 되었다는 얘기를 꺼냈다. 데이나는 내 말에 아랑곳하지 않고 집 안을 향해 큰 소리로 외쳤다. "롤리 아주머니, 아저씨. 서둘러야 해요."

데이나가 서 있던 자리 뒤쪽으로 집 앞 차도에 SUV 트럭 한 대가 서 있는 게 보였다. 스노타이어와 스노체인이 달려 있었고, 자동차 앞에는 웩스퍼드 스마이스 대학교 심벌이 붙어 있었다. 데이나의 부모님은 앞좌석에 앉아 있었고, 뒷자리에는 라이언이 보였다.

"이게 다 뭐야?" 나는 물었다. "10시 15분에 줌으로 의식을 진행하기로 했는데."

"계획이 바뀌었어." 데이나가 말했다. "얼른 코트 입어. 밖이 엄청 추워."

나는 머릿속이 복잡해졌다. "데이나, 내 말 듣고 있어? 눈 때문에 바르 미츠바를 비디오 챗으로 하기로 했다고."

"그래, 알아. 장소만 학교로 바뀐 거야. 내가 랍비 골드에게 전화했어. 그분도 전적으로 찬성했고."

아직도 얼떨떨했다. "내가 학교에서 그걸 하고 싶을 리 없잖아. 그곳에는 더 이상 가고 싶지 않아."

"바르 미츠바를 할 때는…." 데이나가 훈계조로 말했다. "너를 아끼는 사람들에게 둘러싸여 있어야 해. 그런데 너희 집에는 그만큼의 공간이 없잖아."

"잊었나 본데…." 나는 데이나의 말을 잘랐다. "이제 나를 아끼는 사람은 공중전화 박스 하나에 들어갈 정도밖에 남지 않았어. 아마 그러고도 공간이 남아서 전화하는 데 아무 불편 없을걸."

엄마와 아빠가 2층에서 내려왔다. 두 분은 이미 코트를 입고 있었고, 나에게도 코트를 건네줬다.

"방금 랍비 골드와 통화했단다." 엄마가 바르 미츠바 노트를 내 손에 쥐여 주며 말했다. "랍비가 다 설명해 줬어."

"뭘요?" 나는 도무지 상황 파악이 되지 않았다.

"일단 장비를 학교로 다 옮기기로 했단다." 아빠가 말했다. "걱정하지 마. 아직 시간은 충분해."

"지금 이 상황을 나만 이해하지 못하는 거예요? 바르 미츠바를 하는 사람은 나인데." 나는 아직도 어리둥절했지만, 일단 코트에 팔을 끼워 넣었다. 그런 다음 신발을 벗어 챙겨 들고 스노 부츠로 갈아 신었다. 데이나는 우리를 트럭으로 안내했다.

트럭에 올라탄 나는 레빈슨 씨 부부를 보자 조금 긴장되었다. 어쨌든 내가 하켄크로이츠 범인이라는 사실은 변하지 않으니까. 하지만 무슨 이유에서인지 그들은 나를 반갑게 맞았다.

데이나의 엄마는 나에게 히브리어로 축복의 말까지 해 주었다. "마젤 토브."

"신나겠구나." 레빈슨 씨도 덧붙였다.

"형의 바르 미츠바에 초대해 줘서 고마워." 라이언이 고개를 내밀었다. "그리고 형도 내 의식에 꼭 와야 해. 6년 반 후에."

엄마와 나는 데이나와 함께 트럭의 세 번째 줄에 앉았다. "이 모든 게 다 네 생각이라는 거 알고 있단다." 엄마가 데이나에게 말했다.

"맞아요." 레빈슨 씨가 운전대를 잡으면서 말했다. "일어나자마자 잔뜩 쌓인 눈을 보고는 온 동네를 미친 듯이 돌아다녔어요. 이벤트 플래너로 다시 태어나려나 봐요."

"무슨 이벤트?" 나는 물었다. "줌으로 하는 것? 그런데 왜 학교에서?"

데이나는 나를 향해 모나리자와 같은 미소를 지었다. "가 보면 알아."

마을의 도로는 그사이에 제설이 되어 있어서 차로 초크체리를 가로질러 가기에 큰 어려움은 없었다. 그런데 학교에 가까워

질수록 뭔가 느낌이 이상했다. 폭설이 내린 아침이라면 다들 따뜻한 집에서 핫초코나 마시며 느긋하게 쉬다가 눈사람을 만들거나 눈썰매를 타러 나오는 게 일반적인 풍경인데. 거리는 어딘지 모르게 부산스러웠다.

저 멀리 학교가 시야에 들어왔고, 순간 나는 몸을 일으키려다 차 천정에 머리를 박았다. 지난봄 농구 결승전 게임 이후로 이렇게나 많은 사람이 모인 것은 처음이었다. 케네디 아저씨는 끝없이 이어진 차량 행렬이 학교 주차장으로 진입할 수 있도록 소형 트랙터를 몰며 눈을 치우고 있었다.

"…저 사람들은 여기서 뭐 하는 거야?" 나는 당황스러웠다.

"바르 미츠바에 온 거야." 데이나가 대답했다.

"내 바르 미츠바?" 굳이 대답하지 않아도 아는 사실이다. 오늘 초크체리 중학교에서 열리는 다른 바르 미츠바는 없으니까. 아마 마을이 생긴 이래 처음 열리는 바르 미츠바일 것이다.

나는 또 다른 의문이 들었다. "그런데 다들 어떻게 알았지? 나조차도 몰랐는데!"

"다 방법이 있지." 데이나는 얼버무렸다.

길게 늘어선 주차장을 지나쳐 원형 교차로를 따라 정문 앞으로 곧장 갔다. 우리는 차에서 내려 건물 안으로 들어가는 사람들의 행렬에 합류했다. 사람들의 시선이 내 쪽을 향했지만 나는 이중벽 위만 쳐다보았다. 내가 투시력이 있다면 처음 하켄크로이츠를 그렸던 중앙 홀 벽을 먼저 훑었을 것이다. 모두 내가 한 짓을 알고 있을 텐데, 왜 나의 바르 미츠바에 온 거지?

그때 우리 앞쪽에서 소란이 벌어지고 있었다. 출입구 앞에서 오캐섹 경관이 삼각대를 메고 있는 땅딸막한 남자를 막아서고 있었다.

"나도 초대받았다고요." 릴톡의 목소리였다. "롤리의 가족이 내가 톡네이션에 라이브 스트리밍으로 바르 미츠바를 내보내는 걸 허락했어요!"

"미안하지만…." 경관은 퉁명스럽게 대답했다. "나는 허락하지 못하겠는데."

"누구한테 지시받은 거예요?" 릴톡이 항의했다. 그의 일자 눈썹은 V자 모양으로 바뀌었다.

"누구긴, 나지." 오캐섹 경관이 대답했다. "내가 이 관할의 책임자거든. 사실 나는 당신이 전부터 마음에 들지 않았소. 당신이 이 작고 고요한 마을에 문제를 일으키려고 온 걸 알게 된 지금은 더더욱 싫고."

릴톡은 격분했다. 그 모습은 그동안 자신의 유명한 유튜브 채널에서 보여 주었던 모습과 비슷했다. "여기 초크체리에는 언론의 자유도 없나요?" 분노에 찬 눈으로 주변 사람들을 훑던 릴톡은 데이나와 눈이 마주쳤다. "저기 있네요! 나를 초대한 사람! 데이나, 뭐라고 말 좀 해 줘!"

데이나는 여유롭게 미소를 지었다. "나는 릴톡을 초대하지 않았어요. 그냥 오늘 이곳에서 바르 미츠바가 있을 거라고만 했을 뿐이에요. 그래야 저 사람이 자신의 구독자들에게 떠벌릴 테니까요. 마을 전체가 알게 하는 데 이보다 빠른 방법은 없잖아요."

나는 데이나를 얼빠진 듯 쳐다보았다. "이게 아까 말한 너만의 방법이었어? 릴톡에게 알리는 게?"

데이나는 씩 웃어 보였다. "효과 만점이지?"

경관은 릴톡에게 경고했다. "길 건너 공원 기억하죠? 지금 가면 텐트는 건질 수 있겠네."

릴톡이 데이나의 옆에 있던 나를 발견했다. "링크, 우리가 항상 말이 통하는 사이는 아니었지만, 그렇다고 너에게 나쁘게 한 건 없잖아. 그리고 이 마을에도 도움이 됐고. 수백만 구독자를 보유한 내 채널에 나오는 것 자체가 엄청난 홍보라는 거 알지? 돈으로 환산할 수 없을 정도로 말이야. 그러니까 여기서 이렇게 끝내지 말고, 네 미래에 어떤 영향을 줄 수 있을지 톡네이션의 힘을 믿어 봐!"

나는 그만하라는 손짓을 했다. 잠깐, 나를 미치게 만들었던 우리 아빠, 그러니까 나를 사랑하는 사람의 입에서 앵무새처럼 흘러나왔던 미래라는 단어를 여기서 또 듣게 되다니, 화를 주체할 수 없었다.

나는 릴톡에게 단호하게 말했다. "릴톡 씨, 당신이 나에게 딱한 가지 잘한 일이 있긴 하죠. 내가 한 짓을 온 세상에 알렸고, 그것을 내 입으로 직접 말하게 한 것. 그건 진심으로 고맙게 생각해요. 하지만 이제 당신이 수백만 구독자를 몰고 다닐 곳은 여기에 없는 것 같아요. 부디 개인적인 감정으로 받아들이지는 마시고요."

그때 엄마, 아빠와 레빈슨 씨 가족이 다가왔고, 우리는 경관과 릴톡을 지나쳐 학교 안으로 들어갔다.

전에 수백 번도 넘게 드나들던 곳인데, 지금 내 앞에 펼쳐진 광경은 꿈에도 생각해 보지 못한 것이었다.

학교는 달라져 있었다. 물론 그 자리에 그대로 있는 건 맞지만, 벽은 다채로운 색으로 바뀌어 있었다. 각 벽면에는 빨강, 주황, 노랑, 초록, 파랑, 보라 그리고 사이사이 음영으로 어우러져 무언가가 걸려 있었다. 나는 순간적으로 그것들이 단순한 사선으로 보여 무엇인지 바로 알아차릴 수 없었다.

엄마가 놀란 숨을 내쉬었다. "링크! 저건⋯."

"종이 체인." 나는 작은 소리로 말했다.

복도를 따라 들어가는 길에는 말 그대로 모든 곳에 종이 체인이 있었다. 벽이며, 창문이며, 사물함이며, 출입구까지도. 심지어 브라데마스 교장 선생님이 교장실로 들어가려면 가위로 종이 체인을 잘라 내야 할 정도였다. 사실 나는 교장 선생님을 만나기가 좀 두려웠다. 오늘이 토요일이긴 하지만, 나는 아직도 정학을 받은 상태다. 하지만 교장 선생님은 나를 따뜻하게 맞아 주었고, 이렇게까지 말씀하셨다. "학교로 돌아온 걸 환영한다, 링컨. 랍비와 얘기했는데, 네가 너의 실수를 만회하고 싶어 한다는 걸 전해 들었단다. 너에게는 지금이 바로 그 기회인 것 같구나."

우리는 종이 체인을 하나하나 놓치지 않고 음미하기 위해 천천히 걸어갔다. 종이 체인은 모든 복도와 계단으로 끝없이 이어져 있었다.

놀라움은 쉽게 사그라들지 않았다. 나는 데이나를 보았다. "네가 다 한 거야?"

"캐럴라인에게 전화했지." 데이나가 대답했다. "걔가 다 모은 거야. 그리고 거의 모든 아이들이 도우러 와 줬어. 마이클은 책임자니까 당연히 왔고. 또 부모님들도 차를 가지고 마을 창고에서 종이 체인을 실어 날랐어. 마을 전체가 힘을 합한 거지."

"그것들을 다 여기로 다 가져온 거라고?" 나는 놀라 눈을 크게 떴다. "600만 개 전부?"

"응." 데이나가 확신에 차서 대답했다. "사일로에 있던 것도 가져왔는걸. 래디슨 시장이 직접 제설기로 모조리 **빼냈어**."

지금까지 나는 계속 꿈을 꾸고 있는 것 같았지만, 마이클과 캐럴라인의 이름을 들으니 이제야 내 눈앞에 벌어진 이 모든 일들이 아주 현실적으로 다가왔다. 울컥하고 목이 메었고, 내가 이 상태로 과연 바르 미츠바에서 내 파트를 제대로 해낼 수 있을지 걱정되기 시작했다.

강당으로 향하는 모퉁이를 돌자, 한 무리의 아이들이 교직원 주차장 쪽에서 들어오고 있었다. 그 아이들은 온 허리와 팔, 어깨와 목까지 종이 체인을 둘둘 감고 있었다.

"아 맞다! 바디스네 지하실을 깜빡하고 있었어!" 한 여자아이가 데이나를 향해 말했다. 그러고는 나를 흘끗 보았다. 아이들끼리 수군거리는 소리가 들려왔다. "링크다! 링크가 왔어!"

강당은 사람들로 가득했고, 온갖 색으로 휘황찬란했다. 아이들은 여기저기 벽에다가 종이 체인을 테이프로 붙이고 있었고, 경비 아저씨들은 손이 닿지 않는 곳을 담당하느라 높은 사다리 위에 올라가 있었다.

레빈슨 씨 부부가 우리 부모님을 맨 앞줄의 특별석으로 안내했고, 그렇게 혼자 남겨진 나는 모두의 시선을 한 몸에 받았다. 오케스트라 석을 포함해서 600개가 넘는 강당의 의자와 복도 그리고 뒤쪽까지 사람들이 꽉꽉 들어찼다. 이렇게 많은 사람들이 지켜보는 가운데 스노 부츠를 벗고 신발로 갈아 신어 본 적 있는 가? 모두가 보는 앞에서 절대 넘어져서는 안 된다. 나는 바르 미츠바 노트를 팔에 끼고 무대로 올랐다. 무대에는 줌이 연결되어 있는 컴퓨터가 나를 기다리고 있었다. 발을 내딛는 한 걸음 한 걸음이 이렇게 외롭게 느껴지기는 난생처음이었다. 문득 예전에 데이나가 했던 말이 생각났다. 바르 미츠바의 진짜 목적은 삶의 어떤 순간도 지금만큼 무섭지 않다는 것을 알려 주려는 것이라고. 나는 이제야 그 말이 무엇을 의미하는지 알 수 있었다. 차라리 백상아리와 수영을 하는 편이 지금보다는 덜 무서울 것 같았다.

나는 단상에 노트를 올려놓고 컴퓨터 화면 쪽으로 시선을 돌렸다. 화면 속에는 전에 늘 보았던 랍비 골드의 사무실이 아닌, 처음 보는 섀드부시 크로싱의 유대교 회당이 있었다. 생각했던 것보다 규모가 작았지만, 스테인드글라스와 광택이 나는 나무 좌석은 장엄한 분위기를 자아냈다. 나는 어깨에 탈리트를 두르고 내가 제일 좋아하는 덴버 브롱코스의 로고가 새겨진 키파를 머리에 썼다. 너무 유대인스러워 보이지 않을까 걱정했지만, 랍비 골드는 괜찮다고 나를 안심시켰다.

랍비 골드는 화면 속에서 나를 바라보고 있었다. 이제 10시 15분이 코앞으로 다가왔다. 분명 이것이 종교의식이라는 것은 알지만, 내 귀에서는 인디500 경주(인디애나폴리스에서 열리는 500마일 자동차 경주-옮긴이)의 시작을 알리는 듯한 말소리가 윙윙거렸다. '자! 여러분, 이제 엔진의 시동을 걸고….'

"좋은 아침이구나, 링컨." 랍비가 인사했다. "의식을 시작하기 선에, 먼저 너에게 인사하고 싶어 하는 분들이 여기 계시단다."

희끗희끗한 머리카락의 두 사람이 화면 안으로 들어왔다. 할머니, 할아버지!

"오셨군요!" 나는 반가움에 불쑥 말이 나왔다.

"이 정도 눈으로는 우리 두 고집쟁이를 막을 수 없지." 할아버지가 먼저 나를 반겼다.

"초크체리까지 가지 못해서 미안하구나." 할머니가 덧붙였다. "하지만 이렇게라도 볼 수 있어서 정말 다행이다. 우리는 네가 아주 자랑…." 할머니는 잠시 울컥했다. "네가 하는 일이 정말 자랑스럽구나." 이제는 노파가 되었지만, 한때 무력한 아기였던 나의 할머니는 부모님의 지혜로 안전하게 생명을 지킬 수 있었다.

랍비 골드는 다른 분들을 더 소개했다. 할머니와 할아버지보다 조금 젊은, 수염을 기른 회색 머리의 남자였다. 그는 표지가 닳아서 해진, 굉장히 오래된 토라 두루마리를 들고 있었다. "내 이름은 밀턴 프리드리히입니다. 나의 아버지는 젊은 군인이었을 적에 벨기에의 한 마을에서 이 토라를 발견하셨고, 1944년에는 벨기에의 해방을 도왔습니다. 나는 아버지께서 남기신 이 두루마리를 평생 보관하고 있었어요. 중요한 물건이라는 것은 알았지만, 이것을 어떻게 해야 할지는 알 수가 없었지요. 당신의 이야기와 또 여기 당신의 할머니 이야기를 듣기 전까지는요." 그는 할머니를 쳐다보았다.

화면 속의 할머니는 감동의 눈물을 흘리고 계셨고 무대 아래쪽 앞줄에 앉은 엄마도 손수건으로 눈물을 훔쳤다.

"우리는 굉장히 먼 길을 달려서 왔어요." 프리드리히 씨가 계속 말을 이었다. "날씨 때문에 당신이 있는 곳까지 가지 못한 것이 유감입니다. 하지만 바르 미츠바가 진행되는 동안 저는 이것을 가지고 예배를 드리겠습니다. 그리고 도로 통제가 풀리는 대로 초크체리의 놀랍고도 기념비적인 종이 체인들 옆에 둘 수 있도록 당장 가지고 가겠습니다."

나는 많이 긴장되었지만, 차분히 노트북을 들어서 강당의 모습이 카메라에 담길 수 있도록 방향을 틀었다. 유대교 회당의 사람들은 화면을 통해 종이 체인으로 가득한 강당의 모습을 볼 수 있었다. "이것은 일부지만⋯." 나는 말했다. "학교 전체가 600만 개의 종이 체인으로 가득 차 있습니다. 마이클 아모로사의 집계에 따르면 총 길이는 608킬로미터입니다. 그 아이는 절대 틀리는 법이 없거든요."

랍비도 놀라움을 감추지 못했다. "600만 개 전부를요?"

우리는 종이 체인을 계속 만들어 왔기 때문에 이미 그것에 익숙했지만, 랍비 골드의 눈으로 다시 새롭게 종이 체인을 바라보았다. 각각의 종이 체인들은 비극적으로 사라져 갔지만 절대 잊힐 수 없는 하나하나의 생명을 기리고 있다. 그 의미를 랍비보다 더 잘 이해할 수 있는 사람이 있을까?

"네, 모든 종이 체인이요." 나는 대답했다.

내가 노트북을 제자리로 옮겨 놓는 동안에도 랍비는 한참 동안 여운이 가시지 않는 것 같았다. 드디어 랍비는 예배를 시작했고, 어느새 나도 예배에 임하고 있었다.

하지만 뭐가 잘못된 것 같았다. 나는 문득 내가 아직 준비되지 않았다는 것을 깨달았다. 나의 바보 같고 경솔한 행동으로 많은 피해를 보았던 친구들과 반 아이들 그리고 동네 사람들 앞에서 있는 지금, 모두가 알아듣지 못하는 낯선 언어로 의식을 시작하기 전에 나는 갚아야 할 빚이 있다. 알아듣기도, 말하기도 쉬운 영어로.

"랍비 골드." 내가 말했다. "이상한 부탁인 걸 알지만, 순서를 바꿔서 제 연설 파트를 먼저 해도 될까요?"

랍비는 나를 조용히 쳐다보았다. 비록 줌을 통한 대화였지만, 랍비는 나의 마음을 충분히 읽고 있음을 알 수 있었다.

그는 고개를 끄덕였다. "잘 생각했다."

나는 바르 미츠바 의식의 일부로 토라에 등장하는 야곱과 에서에 관한 이야기를 토대로 연설문을 미리 써 두었다. 하지만 그 자리에서 생각을 바꾸었다. 나는 내 이야기를 해야 했다. 지금껏 내 인생에서 이렇게 중요한 말을 해 본 적이 없기 때문에, 결코 실수해서는 안 된다.

"지난 며칠 동안…." 나는 말을 시작했다. "저는 '죄송합니다' 라는 말을 내 평생 이렇게나 많이 해 본 적이 없었던 것 같아요. 변명은 하지 않겠습니다. 변명의 여지가 없으니까요. 제가 할 수 있는 최선은 그 말을 한 번 더 하는 것입니다. 정말 죄송합니다.

여러분이 모두 이 자리에 계시다는 사실이 제게는 더없이 소중합니다. 제가 저지른 짓으로 인해 우리 마을은 온갖 부정적인 관심을 받아야 했습니다. 최근에 일어난 일들에서부터 아주 오래전에 있었던 일들까지 들춰졌죠. 하지만 동시에 우리는 멋진 일을 이뤄 냈어요. 바로 종이 체인이요. 이곳을 가득 채우고 있는 600만 개의 종이 체인이, 우리가 서로 협력할 때 나쁜 것들이 선한 것들로 바뀔 수 있다는 증거가 되기를 바랍니다.

오늘 저는 증조할아버지 이후 우리 가족 중에서 처음으로 바르 미츠바를 치르는 사람이 될 것입니다. 그분은 홀로코스트로 인해 돌아가셨기 때문에 저희 할머니조차도 뵌 적이 없습니다. 바로 지금이 그 끔찍한 과거를 선한 것으로 바꿀 수 있는 기회가 아니라면 무엇일까요. 나치는 우리 가족의 혈통을 끊으려 했습니다. 하지만 여러분의 도움으로 이곳에서 우리 가족의 혈통이 계속해서 이어지고 있음을 보여 주고 싶습니다."

나는 고개를 저었다. "하지만 제게 그렇게 가치 있는 일을 할 만한 자격이 있는지 모르겠어요. 제가 저지른 잘못은 결코 용서받을 수 없는 짓이라는 것 압니다. 잘못을 저지르기 전으로 돌아갈 수만 있다면 뭐든 하겠어요. 하지만 세상은 그렇게 돌아가지 않죠. 저는 절대로 과거를 바꿀 수 없습니다. 다만 지금 우리가 할 수 있는 것은 우리 앞에 놓인 미래를 올바로 만들어 가기 위해 노력하는 것입니다. 그리고 이 자리에서 저는 그것을 시작하겠노라 약속드립니다."

나는 숨을 크게 들이쉰 후, 바르 미츠바의 의식을 시작했다.

첫음절부터 생각보다 목소리 톤이 높아져서 내 귀에도 그 소리가 처음 히브리어를 배우기 시작했을 때같이 약간 외계어처럼 들렸다. 그러자 갑자기 새로운 종류의 공포가 나를 엄습했다. 지난 몇 주간 나를 심하게 괴롭혔던 그것과는 아무 관련이 없는 공포다. 그러고 보니 데이나가 이미 나에게 경고한 적이 있었다. 바르 미츠바를 치른 아이들이라면 한 번씩은 겪어 봤을 그 공포. 나를 알고 있는 많은 사람들과 나를 모르는 약간의 사람들 앞에서 바보가 되는, 꼼짝할 수 없는 공포.

순간적으로 내 몸에서 영혼이 빠져나와 모든 절차와 과정을 지켜보는 것 같았다. 링컨 롤리는 어떻게 이곳에서 이 많은 사람들에 둘러싸인 채 바르 미츠바를 하게 되었을까?

내가 거의 분열되어 갈 때쯤, 다행스럽게도 수없이 반복했던 연습이 나를 완벽하게 통제하기 시작했다. 내가 지금 뭘 하는지, 무슨 말을 해야 하는지 의식하고 하는 말이 아니라, 마치 자동 조절 장치가 달린 것처럼 입에서 말이 술술 흘러나오는, 정말이지 이상한 경험이었다. 제발 망치지만 말자는 심정으로 시작했는데, 나쁘지 않은 정도가 아니라 아주 잘 해내고 있었다!

노트북 화면에서는 랍비 골드가 인정의 의미로 고개를 끄덕이고 있었다. 관중석 앞줄에 앉은 엄마의 시선은 나에게 고정되어 있었고, 아빠는 손마디가 하얗게 변하도록 양팔을 꼭 쥐었다. 몇 칸 떨어진 자리에서 데이나는 자기가 나의 조물주라도 되는 것처럼 자랑스러운 웃음을 띠고 있었다.

뒤쪽에서는 조디가 축구 경기를 관람할 때처럼 주먹을 불끈 쥐고서 응원을 보냈는데, 나는 못 본 척했다. 옆에서 파운시가 나를 보며 인상을 찡그리자, 소피는 그러지 말라고 그의 귀를 잡아당겼다.

통제실에서 강당의 볼륨과 조명을 조절하고 있는 마이클이 보였다. 마이클의 입술이 조심스럽게 움직였는데, 분명 나를 따라서 웅얼거리는 입 모양이었다. 종이 체인을 만드는 내내 내가 연습하는 것을 듣고 있다가 마이클도 통째로 외워 버린 것이다! 캐럴라인은 마이클 옆에 서서 학교의 주인이라도 된 양 유리창 너머로 청중을 샅샅이 훑고 있었다. 어찌 보면 여기 모인 사람들은 모두 캐럴라인의 손님이기도 하다.

이제 나는 어느 정도 자신감이 붙었다. 마지막 기도를 남겨 두고는 어느덧 목소리가 차분해졌다. 유대교 회당의 분위기는 알 수 없었지만, 초크체리 중학교의 강당은 숨소리조차 들리지 않을 정도로 엄숙했다. 나는 축구 경기장이나 농구 코트, 야구장 같은 데서 사람들의 시선을 받는 일에는 익숙했다. 하지만 수백 명의 사람들이, 그들이 생전 들어 본 적 없는 언어인 내 한마디 한마디에 온 신경을 집중하는 경험과는 비교도 할 수 없다.

마지막 구절인 '음카데시 하샤바트'를 마쳤을 때, 나는 진정한 나만의 오페라를 끝낼 수 있었다. 내가 잘 해낸 건지 알 길이 없는 초크체리의 관중은 모두 기립해서 우레와 같은 박수를 보냈다. 내가 예상한 반응은 이게 아닌데, 나조차도 내가 잘 마친 것인지 알 수 없었다. 하지만 밀려오는 감동에 압도되어 청중을 향해 꾸벅 인사를 했다. 유대교 회당에서도 박수 소리가 들려오는 것을 보니 그럭저럭 무사히 해낸 것 같다.

할머니의 뺨을 타고 흐르는 눈물이 보였다. "놀라워! 대단해!" 할머니는 더 많은 말을 하는 것 같았지만 강당 안에 터져 나오는 탄성에 묻혀 전혀 들리지 않았다.

아이들은 앞줄로 떼 지어 나와 나에게 함성을 보내며 무대 밑으로 다이빙을 하라고 손짓했다. 엄마가 팔을 흔들면서 소리치는 것이 언뜻 보였다. "하지 마!"

당연히 무대 다이빙을 할 생각은 없었다. 나는 그저 무대 가장자리로 가서 아이들이 뻗은 손을 잡아 주었다. 이 또한 아주 바르 미츠바적이지는 않지만, 적어도 한 가지 정도는 바보 같고 충동적인 행동을 해야 링크답다고 할 수 있으니까. 아이들은 내게 하이파이브를 했고, 내 등과 어깨를 마구 두드렸다.

아빠도 거기 있었다. 아빠는 나에게 다가와 내 귀에 대고 소리쳤다. "내가 네 미래를 걱정하는 게 아니었는데! 이렇게 잘 해내다니."

그때 아이들 무리에 떠밀려 나는 그만 중심을 잃은 채 무대 아래의 아이들 위로 쓰러졌다. 갓난아기 때 말고는 이렇게 내 의지가 아닌 채로 어디에 실려서 이동해 본 건 처음인 것 같다. 기분이 이상했다. 나는 어느 쪽으로 가는지도 모르게 아이들 손에 떠밀려 강당 입구에 다다랐다.

"조심해!" 데이나가 소리쳤다.

나는 낮은 출입구 모서리에 부딪혀 내 머리가 반 토막 나지 않도록 아이들에게로 최대한 몸을 납작하게 붙였다. 복도로 떠밀린 내 위로 끝없이 이어진 종이 체인의 물결이 일렁였다.

나는 가까스로 말을 할 수 있었다. "얘들아, 이제 나 좀 내려줘." 하지만 아무도 듣지 못하는 것 같았다. 아이들은 내 쪽으로 더 몰려들었고, 우리는 마치 학교 안을 흘러 다니는 물결이 된 듯했다. 그 물결 위로 나는 자그마한 카누처럼 떠 있었다. 이제는 멀미까지 나기 시작했다.

그렇게 자포자기 상태로 아이들이 뭐라고 소리치는지 들어 보았다.

"대단해, 링크!"

"하나도 못 알아들었지만, 끝내줬어!"

"또 한 건 했군! 대박이야!"

"그렇게 긴 걸 어떻게 외운 거야? 영어는 한마디도 없던데!"

조디가 소리쳤다. "베스트 미츠바!" 누가 들으면 비교 대상이라도 있는 줄 알겠네.

파운시가 덧붙였다. "지루할 거라고 미리 얘기했어야지."

"학생회는 너를 아주 자랑스러워하고 있어!" 캐럴라인이 가쁜 숨을 몰아쉬며 나를 추켜세웠다.

아이들은 점점 더 속도를 냈고, 눈앞에 펼쳐진 종이 체인의 다채로운 컬러는 눈부신 향연을 이루었다. 나는 학교 출입구를 통해 새로 내려앉은 눈 위로 눈부시게 반사되는 햇빛을 바라보았다. 이 행렬이 과연 어디서 끝날지 슬슬 걱정이 되기 시작했다. 어쩌면 유리창 너머 눈 더미 위로 던져질 수도 있지 않을까?

나는 나를 잡고 있는 아이들의 손에서 벗어나려 버둥거리다 그만 종이 체인을 찢고 말았다.

"그만!" 마이클의 목소리가 들려왔다. "종이 체인이 찢어진다고!"

아이들은 분명 나를 던진 것이 아니었다. 그저 나를 받치고 있던 손들이 떨어진 종이 체인을 주우려고 바닥으로 향하는 바람에 내가 버려진 것일 뿐이다.

바닥에 떨어진 내 뒤에서 누군가 나를 일으켜 세웠다. 데이나였다.

나는 정장의 먼지를 털어냈다. "어떻게 된 거지?"

"아주 적절한 타이밍이었어." 데이나는 이렇게 대답하고는 웃음을 터트렸다.

"네가 나를 위해 이렇게 했다는 게 믿기지 않아." 나는 데이나에게 솔직하게 말했다. "또 다들 함께했다는 것도. 내가 그렇게나 멍청한 짓을 했는데도 말이야."

"우리는 누구나 다 멍청한 짓을 해." 데이나는 나를 안심시켰다. "그다음에 무엇을 하느냐가 중요하지. 그 후에 네가 보여 준 행동이 사람들의 마음을 움직인 거야."

문득 우리가 서 있는 자리가 중앙 홀 계단 바로 아래라는 것을 알아차렸다. 우리는 텅 비어 있는 벽면을 응시했다. 평생 처음 보는 것처럼. 내가 그렸던 하켄크로이츠는 더 이상 보이지 않았다. 그도 그럴 것이 여태껏 몇 달간 닦고 페인트칠을 했으니까.

하지만 마침내 오늘 그것은 완전히 사라졌다.

# 32장
★★★
# 마이클 아모로사

캐럴라인은 벌써부터 2학년 학생회장에 출마할 때 자신의 러닝메이트가 되어 달라고 졸라 대고 있다. 그 아이는 내가 '그 일에 적격'이기 때문이라고 하지만, 사실 종이 체인 프로젝트의 주역인 내 명성을 깎아내리려는 의도가 다분하다. '기네스북' 측에서 새로운 에디션에 넣을 종이 체인의 사진을 촬영하기 위해 초크체리를 방문한다는 소식이 전해진 후로 그 어느 때보다 내 이름이 많이 회자되고 있다. 이 마을에서 600만까지 숫자를 셀 일이 생긴다면, 나 말고 누가 그 일을 할 수 있겠는가.

이것은 공공연한 사실이지만, 나는 굳이 캐럴라인에게 내색하지 않았다. 내년에도 미술 동아리 회장을 하느라 바쁠 것 같다는 핑계만 댔다.

캐럴라인 맥넛에게 거절해 본 적이 있는가? 그건 말처럼 쉬운 일이 아니다.

"고작 바보 같은 미술 동아리 때문에 그렇게 중요한 일을 포기하겠다는 거야?" 캐럴라인은 막무가내였다. "내 말은, 미술 동아리가 바보 같다는 게 아니라, 그러니까 학생회 활동을 하면 세상을 바꿀 수 있다고!"

"아니, 불가능할걸." 나는 말했다. "브라데마스 교장 선생님의 허락 없이는 학교 하나도 바꾸기 어려운데, 무슨 세상씩이나."

나는 캐럴라인의 말에 절대 동의하지 않지만, 한편으로 생각해 보면 학생회가 세상을 바꾼 건 사실이었다. 종이 체인 아이디어는 학생회가 주최한 회의에서 시작된 것이니까. 그리고 전 세계 수많은 사람들과 학교의 도움으로 완성할 수 있었고. 또 얼마나 많은 사람들에게 알려졌는지 짐작도 되지 않는다. 릴톡의 수백만 구독자뿐 아니라 신문사, TV 방송국 그리고 미디어들에서 우리의 이야기를 수억 명의 사람들에게 전달했을 것이다. 우리는 적어도 누군가 영화로까지 만든 테네시주 휫웰의 종이 클립만큼 유명해진 것 같다.

그리고 우리의 종이 체인 프로젝트는 아직 끝나지 않았다. 내말은, 당연히 테네시주에서처럼 3000만 개를 만들려는 사람은 없으니까 600만 개의 종이 체인은 마무리 된 셈이다. 그러나 종이 체인의 영향력은 이제 막 퍼져 나가기 시작했다. 링크의 바르 미츠바가 있은 후 그다음 주 월요일에 마을 위원회는 만장일치로 초크체리에 박물관과 관용 센터를 만들기로 결정했다. 그리고 이미 세 개의 전시가 기획되었는데, 첫 번째는 두말할 것 없이 종이 체인이고 두 번째는 프리드리히 씨가 캐나다에서 직접 가져다준 홀로코스트 토라 두루마리다. 마지막 세 번째는 천 개의 횃불의 밤에 불타 버린 십자가다. 엄밀히 따지자면 그것을 발견한 공룡 화석 발굴 팀의 소유물이지만, 웩스퍼드 스마이스 대학 측은 그것들을 이 전시 프로젝트에 기부했다. 1억 년 전에 일어난 일에만 관심이 있는 사람들이라 1978년의 일은 성에 차지 않는 모양이다.

도로 통제가 풀리고 프리드리히 부부가 초크체리로 토라 두루마리를 직접 가지고 왔을 때, 나는 그들에게 인사하러 모여든 수많은 사람들을 보고 놀라지 않을 수 없었다. 링크의 바르 미츠바는 단순한 종교적 예배 그 이상의 의미였다. 그것은 정말로 이곳 사람들을 변화시켰다.

심지어 파운시까지 그 자리에 나타났다. "멋신 두루마리네. 우리 마을이 겪은 것보다도 몇 배는 더 모진 세월을 견뎠을 텐데 이렇게 멀쩡하다니. 만약 다음번에 또 브라데마스 교장 선생님 같은 천재가 등장해서 우리에게 관용 교육이 필요하다고 하면, 새 박물관을 보여 주고 그 입을 막아 버리겠어."

"과연." 나는 파운시를 쳐다보았다. "가장 신이 나서 종이 체인을 만든 사람이 누구였더라."

"종이 절단기만 있다면 언제든 오케이지." 파운시가 순순히 인정했다. "가끔은 그립기까지 하다니까."

"미술 동아리에 가입해." 내가 제안했다.

좀 주제넘는 말 같긴 했다. 종이 체인이 우리를 변화시키긴 했지만, 내가 인싸 무리에 끼진 못했으니까. 그래도 괜찮다. 요즘 들어 나 자신이 되는 것은 꽤 기분 좋은 일이라는 생각이 든다. 좋은 일들이 일어나고 있고… 그리고 나 역시 그중 일부니까.

프리드리히 부부에게 인사를 하러 온 또 한 명의 사람이 있었다. 카메라, 삼각대와 언제나 한 몸인 릴톡이었다. 아무리 많은 관용을 품고 있는 마을이라고 해도 하기 힘든 일이 있다. 바로 릴톡을 참아 주는 일. 그는 구독자를 늘리기 위해 우리를 이용하고 초크체리를 형편없는 곳으로 만들었다. 초크체리에 더 이상 증오가 들어설 자리는 없지만, 특정 비디오 블로거에게만큼은 예외다.

릴톡은 프리드리히 씨과 인터뷰하면서, 자신이 마을의 영웅이라도 된 것처럼 그의 영광스러운 톡네이션이 아니었다면 그 어떤 것도 불가능했을 거라 떠벌리고 있었다. 부분적으로는 맞는 말이다. 많은 문제를 일으킴과 동시에 결과적으로 종이 체인 프로젝트를 엄청나게 홍보해 주었으니. 인정하기는 싫지만 그도 우리의 관용 박물관이 만들어진 공을 인정받을 자격이 있다. 또 주먹으로 한 대 맞을 자격도 있다. 그렇지만 진정하자. 그것은 전혀 관용적인 방법이 아니니까.

내가 봤을 때, 관용 박물관의 가장 놀라운 점은 불에 탄 십자가를 그곳에 소장하기로 했다는 것이다. 몇 주 전만 해도 마을 사람들 절반은 천 개의 횃불의 밤이 마을에서 실제로 일어난 일이 아니라고 여겼다. 그럼에도 불구하고 사람들은 그것을 박물관에 전시하자는 데 만장일치로 찬성했다. 마침내 초크체리는 KKK의 과거를 인정한 셈이다. 이 마을에는 KKK의 산증인인 파운시의 할아버지와 패멀라의 증조할아버지와 같은 사람들이 더 이상 없는데도 말이다. 데이나, 앤드루, 어쩌면 링크도 포함되는 다른 소수 민족 아이들과 그것에 대해 따로 얘기를 나눠 보지는 않았지만, 적어도 나에게 그것은 엄청난 일이다.

패멀라 얘기가 나와서 말인데, 패멀라의 아빠가 콜로라도 스프링스에서 일자리를 구했고 곧 그리로 이사를 간다는 소문이 돌았다. 이 모든 일에 있어서 패멀라는 정말로 용서하기 어려운 유일한 사람이기 때문에 오히려 잘된 일이라고 생각한다. 링크가 저지른 짓은 끔찍했지만, 그것은 단 한 번의 어리석고 충동적인 일이었다. 하지만 패멀라는 고의적이고 악의적인 목적을 가지고 몇 번이나 못된 짓을 되풀이했다. 그럼에도 불구하고 한 사람이나 혹은 한 가족에게 모든 비난의 화살을 돌리는 것은 옳지 않은 것 같다. 어쨌든 거기엔 역사도 존재하니까.

관용은 정해진 목적지라기보다 그리로 가는 여정에 가까운 것 같다. 종이 체인 프로젝트는 600만 개라는 목표 수량을 채우고 끝이 났지만, 관용은 우리가 항상 노력해 나가야 하는 프로젝트다.

# 33장

★★★★

# 릴톡

**애덤 톡의 유튜브 채널**
**링컨 롤리와의 인터뷰-최종**

**릴톡:** 자, 우리 톡네이션이 콜로라도주 초크체리에서 해낸 굉장한 일들도 이제 모두 끝이 났습니다. 종이 체인은 성공리에 마무리되었고, 그전까지 아무도 모르던 시골 마을은 전 세계에서 가장 핫한 곳이 되었죠. 작별 인사를 남기기 전에 해야 할 일이 한 가지 남았습니다. 저는 지금 바르 미츠바의 소년, 링크 롤리의 집 앞에 와 있습니다. 이 집 현관에 삼각대를 설치한 다음, 초인종을 눌러 보겠습니다….

**조지 롤리:** 여길 찾아오다니, 당신도 참 뻔뻔하군요!

**릴톡:** 아드님에게 몇 가지만 물어보고 나서 해가 지기 전에 이 마을을 떠나겠습니다.

**조지 롤리:** 내 아들은 당신에게 할 말이 없어요. 그리고 상공회의소도 당신에 대한 소송을 취하했으니, 이제 그만 떠나시오.

**링크:** 아빠, 제가 이야기할게요.

**조지 롤리:** 이 기생충 같은 인간한테 더는 말려들지 말자꾸나.

**링크:** 제가 알아서 할게요, 아빠.

**조지 롤리:** 알겠다…. 하지만 필요하면 아빠를 부르거라.

**릴톡:** 링크, 바르 미츠바를 무사히 치른 것 축하해요. 예배에 참석하지 못해서 유감이에요. 하필 그때 급한 용무가 생겨서요.

**링크:** 급한 용무라면, 경관에게 쫓겨난 일 말인가요?

**릴톡:** 자, 그럼, 첫 번째 질문부터 할게요. 유대교 신앙에서 바르미츠바는 성인이 되는 것을 의미하는데, 느낌이 어떤가요?

**링크:** 느낌이라… 그건 나에게 정말 큰 행운이라고 생각해요. 나는 내가 저지를 수 있는 가장 멍청한 짓을 저질렀어요. 장난으로 넘어갈 수 있는 게 아니었죠. 정말 끔찍한 짓이었으니까요. 하지만 이제 모두가 나를 용서해 주었습니다.

**릴톡:** 당신은 용서받을 자격이 있고, 패멀라는 그럴 자격이 없다고 생각하나요?

**링크:** 당신 말은, 그러니까 내 가족은 홀로코스트의 희생자이고, 패멀라의 가족은 KKK라서요? 그건 패멀라가 어떻게 할 수 있는 일이 아니에요. 그렇다면 왜 패멀라가 아닌 내가 용서를 받았을까요? 우리 둘 다 똑같은 짓을 저질렀는데도요. 다른 점이라면, 나는 잘못을 바로잡기 위해 변화하려고 노력했다는 거예요. 패멀라도 언젠가는 그럴 수 있기를 바랍니다.

**릴톡:** 당신은 이제 다른 사람이 되었나요?

**링크:** 나는 그때 내가 한 짓을 증오해요. 그 일을 후회하고 또 후회해요. 하지만 나는 여전히 하켄크로이츠를 그렸던 바로 그 사람입니다.

**릴톡:** 난 당신에게 새 인생을 시작했다는 대답을 들으려는 게 아니에요.

**링크:** 그냥 솔직하게 말하는 거예요. 더 잘하고 싶어요. 현명해지고 싶고요. 그래서 그렇게 되기 위해 노력하고 있는 겁니다.

**릴톡:** 그럼 됐네요. 자, 이제 마지막 질문. 그럼 당신은 이제 유대인인가요?

**링크:** 나는 6개월 전에는 틀림없는 유대인이었습니다.

**릴톡:** 그 말인즉슨, 지금은 유대인이 아니라는 거네요.

**링크:** 그렇게 말한 적 없는데요. 엄밀히 말하면 유대인이죠. 우리 할머니와 엄마 그리고 내가요. 하지만 앞으로의 내 삶은 어떻게 될지 모르겠어요. 유대인들이 열세 살에 바르 미츠바를 치르는 이유도 어쩌면 자기 자신이 누구인지 탐구하기에 아주 완벽한 나이라고 여기기 때문일지 몰라요. 그전까지 나는 그냥 스포츠를 좋아하는 소년이었어요. 하지만 종이 체인을 통해 이전에는 생각해 본 적 없던 사람들과도 친구가 될 수 있다는 것을 알았죠. 그것이 종이 체인이 본래 목표했던 바는 아니지만, 엄청난 부수 효과였던 셈이죠. 그것은 모두를 하나가 되게 했어요.

**릴톡:** 그리고 당신의 마을도 유명하게 되었고요, 톡네이션 덕분에.

**링크:** 그래요. 당신은 우리 얘기를 아주 먼 곳까지 퍼뜨렸죠. 없이도 살아갈 수 있는 다른 수많은 것들도 굳이 떠벌렸고요.

**릴톡:** 초크체리의 인종차별적인 과거를 말하는 거로군요. 확실히 당신의 아버지는 그걸 반기지 않더군요. 불에 탄 십자가와 KKK에 대한 이야기들이 나올수록 당신 아버지의 다이노랜드도 저 멀리 사라져 갔으니까요. 제2의 올랜도는 무슨, 꿈도 야무지네.

**링크:** 이봐요, 그런 건 어떻든 상관없어요. 이제 우리에겐 새로운 관용 박물관이 생겼다는 게 중요하죠. 이제부터 우리 초크체리는 제2의 테네시주 휫웰이 될 거니까!

　이 소설은 테네시주 휫웰에 있는 휫웰 중학교 2학년 학생들이 이뤄낸 유명한 종이 클립 프로젝트가 아니었다면 절대 완성할 수 없었을 것입니다. 휫웰 중학교 학생들은 1998년 방과 후 활동의 일환으로 홀로코스트에 대해 공부하면서, 홀로코스트에서 희생된 600만 유대인들을 기리기 위해 600만 개의 종이 클립을 모으자는 아이디어를 냈습니다. 이는 제2차 세계대전 중 나치 점령에 항의하기 위해 노르웨이 시민들이 종이 클립을 착용한 데에서 착안한 것이었지요.

　마침내 이 프로젝트는 휫웰에 세계적으로 유명한 어린이 홀로코스트 기념관을 세우는 결과를 가져왔고, 이때 모은 종이 클립은 독일 유대인들을 강제수용소로 이송하는 데 사용되었던 실제 나치 철도 차량에 보관되었습니다. 이 철도 차량에는 학살된 600만 명의 유대인과 나치 정권에 의해 희생된 500만 명의 비유대인을 의미하는 총 1100만 개의 종이 클립이 실려 있습니다.

　휫웰의 학생들은 마침내 3000만 개가 넘는 종이 클립을 모았고, 이들의 이야기는 책과 장편 영화를 제작하는 데도 큰 영감을 주었습니다.

이 소설에서 초크체리 중학교의 중앙 홀에 등장한 하켄크로이츠에 대한 대처로 관용 교육이 시작되었을 때, 아이들이 테네시주의 또래 중학교 아이들이 이뤄 낸 놀라운 업적을 가장 먼저 연구하게 될 거라는 생각에는 의심의 여지가 없었습니다. 그리고 이후에도 인종차별적인 공공 기물 파손 행위가 계속되면서, 초크체리 아이들이 휫웰 중학생들의 발자취를 따라간 것은 어찌 보면 이치에 맞는 행동이었지요. 그러면서 아이들은 종이 클립 프로젝트가 자신들에게 주는 교훈을 차츰 배워 나가기 시작합니다. 상상할 수 없을 정도로 끔찍한 비극을 이해하는 첫 단계는 바로 600만이라는 가늠할 수 없는 거대한 수치를 이해하는 것입니다.

이 책에서 마이클 아모로사는 이렇게 말합니다. "종이 체인 프로젝트는 600만 개라는 목표 수량을 채우고 끝이 났지만, 관용은 우리가 항상 노력해 나가야 하는 프로젝트다."

여기에 인종차별과 반유대주의 그리고 편견에 맞서 싸워 나가는 몇몇 단체들을 소개하겠습니다.

반명예훼손연맹
The Anti-Defamation League(ADL.org)

남부 빈곤 법률 센터
The Southern Poverty Law Center(splcenter.org)

유대인 유산 박물관
The Museum of Jewish Heritage(mjhnyc.org)

미국 홀로코스트 기념 박물관
The United States Holocaust Memorial Museum(ushmm.org)